André Pieyre de Mandiargues, d'origine languedocienne par son père, normande par sa mère, est né à Paris le 14 mars 1909.

Il entreprend une licence de lettres, puis l'abandonne. Il s'intéresse à la civilisation étrusque, visite l'Europe et l'Orient méditerranéen et commence à écrire, à partir de 1934-35, les poèmes de *L'Âge de craie*.

Pendant la guerre, il se réfugie à Monaco où il publie, en 1943, son premier livre : *Dans les années sordides*. Il rentre à Paris en 1945. Malgré ses affinités avec le groupe surréaliste, il ne participe à ses activités qu'après sa rencontre avec André Breton, en 1947. Passionné de peinture, il écrit des essais et des articles sur l'art ancien et moderne.

Le prix des critiques lui est décerné en 1951 pour *Soleil des loups ;* le prix Goncourt, en 1967 pour *La Marge*. Poète, romancier, conteur, auteur dramatique, essayiste, André Pieyre de Mandiargues occupe dans la littérature contemporaine une place qui ne cesse de grandir.

I

Cinq heures. Un clocher, lointain par bonheur, vient d'en donner l'annonce. Sigismond a-t-il dormi pendant sa sieste ? Il ne saurait le dire avec certitude, et si, comme habituellement, il a l'impression d'être resté conscient dans son corps immobile et d'avoir laissé divaguer son esprit à la manière d'un promeneur sous surveillance, cependant il se rappelle comment sa femme s'est moquée de lui une fois qu'il s'était vanté ou plaint de ne jamais s'abandonner au sommeil pendant le repos de l'après-midi. La bouche ouverte, oui, voilà comme Sergine l'avait vu dormir sur le divan de la chambre haute du mas, quand elle y était allée sur la pointe des pieds, pour le surprendre, et elle a dit aussi que la violence de son ronflement seule empêchait les mouches de septembre d'entrer dans sa gorge et de le visiter jusqu'à l'estomac ou plus profondément peut-être. Elle a dit qu'il était béant comme un sanctuaire où l'on gagne des indulgences en descendant dans la crypte. Elle a dit qu'il était devenu comme un monument qui eût contenu des machineries, et qu'elle aurait pu, sans le réveiller, lui peindre les lèvres en bleu, si elle avait eu de la couleur, ainsi qu'on peint l'entourage des portes et des fenêtres dans les pays qui sont infestés par les insectes volants. Sergine n'a pas cessé d'être moqueuse autant qu'à l'âge où elle était étudiante à Montpellier. Sa moquerie, soutenue d'analogies et de connaissances, n'est pas exempte de pédanterie ni de pointu. Il faut ajouter que Sergine s'irrite si on fait de la lumière pendant la nuit, tant elle craint d'être vue en train de dormir, et que le sommeil lui paraît un état morbide, à cause de l'inertie dans laquelle il laisse le corps. Le caractère essentiel de Sergine est la vivacité ; sa beauté, son esprit, sont presque agressivement vivaces ; la mobilité chez elle est si grande que l'on ne peut évoquer son image autrement que dans une suite d'instantanés, ce qui est fatigant. Ainsi la sieste, se dit Sigismond, lui a-t-elle semblé toujours un usage d'anémique ou de lourdaud ; puis il pense qu'une frontière, deux postes de douane et plus de trois cents kilomètres le séparent de son épouse, et qu'il ne risque pas, cette fois, d'être moqué ; il se tourne, pour ne pas reposer sur le cœur, et la conscience en lui s'atténue.

Il aurait pu, se dit-il confusément, voir encore des clients de son cousin à Perpignan pendant cette journée de samedi et attendre l'après-midi pour prendre la route de Barcelone, de sorte qu'il serait en chemin à l'heure qu'il est, non loin de l'endroit où il s'est arrêté pour déjeuner de provisions au bord de la mer, sur une petite plage au-delà de la voie ferrée. Il aurait pu partir après avoir fait la sieste à Perpignan ; il serait arrivé le soir à Barcelone, bien avant le dîner, qu'on y sert tardivement, comme partout en Espagne. Ainsi, dans le lit de sa chambre d'hôtel, à cinq heures passées, il est en avance sur l'horaire probable de son voyage, et c'est à bon droit qu'il paresse. Sergine en usant de moyens fantastiques eût-elle été conduite jusqu'à sa porte, qui d'ailleurs est fermée à clé, et fût-elle entrée par prodige, il n'aurait pas besoin, lui, de recourir à de grands artifices pour se défendre, puisqu'en toute justice rien ne l'empêche de rester couché jusqu'au moment d'aller au restaurant. Pourquoi est-il tellement obstiné à penser à sa femme comme à une sorte de juge, ou tout au moins de critique ou de censeur ? Les railleries de Sergine n'ont jamais été méchantes, et elles ne sont pas bien sévères. Venant d'une femme qui a beaucoup de vie en elle, dirigées vers un homme qui n'en a pas autant, il faut les considérer comme un débordement régulier, qui est conforme à l'ordre de la nature. Et la voix par laquelle elles s'expriment, quand même elles passent les limites de ce qui est permis courtoisement à l'humour, garde le ton doux d'une caresse.

Sur la plage solitaire où il a déjeuné un peu après midi, songe-t-il, il s'est assis sur une large touffe de petites fleurs des sables que butinaient des abeilles, et il se remémore l'odeur mielleuse qui s'en dégageait tandis qu'il mangeait le jambon cru et le pain beurré achetés ce matin à Perpignan. Voilà cinq jours qu'il est parti, et il se dit que s'il trouvait un bon prétexte il arrêterait là son voyage et rentrerait dès le début de la semaine prochaine, au lieu d'aller ensuite à Tarragone, ainsi qu'à son cousin Antonin il a promis de faire. Antonin est nîmois. Il porte le nom de cet empereur nîmois que les historiens louent d'avoir su dérober au monde la conduite impudique de son épouse Faustine (alors qu'à l'histoire il n'avait su dérober rien du tout !). Ce sont les filles de Nîmes que l'on devrait prénommer Faustine, se dit Sigismond, qui en toute occasion et sans nul esprit de chevalerie, mais parce que dans le domaine masculin il s'ennuie, prend le parti des femmes. Passer trois jours à Barcelone (la journée de lundi étant réservée aux affaires), puis regagner mardi le mas où l'attend Sergine, il le désire trop fermement, maintenant, pour ne pas être persuadé qu'il en fera tout à sa tête. Quant à la raison, ou à l'excuse, qui lui manque encore, elle viendra, ou bien il l'inventera, car il a du temps devant lui et son imagination a des ressources qu'il s'est plu parfois à juger presque féminines. Évidemment, le mieux serait que Sergine lui eût écrit en le rappelant d'urgence. Pourquoi ne l'aurait-elle pas fait, à la réflexion ?

Un cri, qui est une sorte de gémissement, depuis peu se fait entendre, à des intervalles assez largement espacés. Il vient de la rue par la fenêtre ouverte (le store seul étant baissé, obstacle au soleil mais non pas au bruit), et l'on devine qu'il part du gosier d'une femme, âgée sans doute. La signification est plus difficile à reconnaître, et Sigismond, qui a l'oreille au guet depuis les premières fois qu'il a retenti ou que dans sa conscience il s'est logé, s'étonne et s'irrite de n'en retenir que le mot « parabole », qui de toute évidence n'est pas le bon.

« Parabole » ; son ouïe attend les trois syllabes (traînante, la troisième), et, quoi qu'il fasse, il ne saurait leur donner un autre sens. Mais l'effort et l'agacement ont servi à le tirer de la torpeur en laquelle son corps au moins se trouvait ; il prend, sur le bois de la table de chevet, le bracelet-montre qu'avant de s'étendre il y avait laissé. Presque cinq heures et demie, lit-il au cadran dans le faible jour, tandis qu'à ses oreilles, une fois de plus, le son de « parabole » abusivement s'impose. Tout serait au mieux (point ne serait besoin de mensonge), se dit-il de nouveau, si Sergine prétendait son retour immédiat. Et il se rappelle qu'ils étaient convenus qu'elle lui écrirait à Barcelone à la poste restante. Bien éveillé, il pense que les bureaux ferment peut-être tôt le samedi, à six heures au plus tard selon les probabilités ; il a donc peu de chance d'arriver avant la clôture du guichet, même en se hâtant ; il risque fort de n'avoir pas de nouvelles avant lundi matin.

Autant vaudrait demeurer là, mais l'une des merveilles de la sieste est la débâcle brusque par laquelle elle se termine, comme si un courant chaud se déversait dans le corps engourdi. Sigismond, en outre, sait que le cri qui monte avec régularité de la ruelle va lui devenir insupportable, et que pour se libérer il n'est d'autre moyen que d'en comprendre le sens (ce qui n'est pas en son pouvoir), ou de s'éloigner de la source de la vocifération. Alors il rejette le drap sous lequel il était nu, il saute hors du lit bas. Debout, ce qu'il prend d'abord et qu'il revêt est le slip qui était sur le bras d'un fauteuil proche, où il l'avait jeté sans regard, après s'être déshabillé. Les autres vêtements sont sur le dossier, rangés en ordre, mais, comme il est entre le cabinet de douche et la cuvette du lavabo, et qu'il se voit ébouriffé, dans le miroir au-dessus de celle-là, il passe un peu d'eau fraîche sur son visage et ses cheveux et puis se peigne, heureux de trouver sur la tablette de verre les objets de toilette qu'il a eu la bonne idée de tirer du sac à chaussures en arrivant, tandis que l'autre valise n'a pas été débouclée. Lissés, ses cheveux ne sont pas abondants ; ils font comme une barrière un peu frisée entre un début de calvitie frontale et la nudité du sommet de la tête. « Quoique j'aie l'air châtain, se dit Sigismond, en réalité je suis roux comme était mon père. J'ai des yeux, gris rosé, d'homme roux. La peau de mon visage, qui rougit ou se tache sans brunir, la peau de mon torse tout blanc, sont des attributs de rousseur. » Et il pense que ce n'est pas sans raison que Sergine l'a comparé, parfois, à un renard, bien que dans les traits de sa figure il y ait moins de fourberie que de naïveté, bien qu'il n'y ait rien de pointu dans sa mine, rien de rapace dans son allure. Sa barbe, qu'il a rasée tôt ce matin, à Perpignan, commence à repousser, franchement cuivrée sur les méplats des joues creuses. Ses dents ont un éclat dont Sergine, qui est fumeuse opiniâtrement, à la différence de lui, n'a jamais cessé d'être jalouse.

« Dans un peu moins de deux mois, quand le soleil entrera dans le crabe, se dit-il encore, j'aurai quarante-deux ans. » Sergine en a vingt-huit. Sans qu'il l'ait fait exprès, il a mimé une petite scène dont son épouse est coutumière, la gorge nue, devant le miroir de la table à coiffer rococo où quotidiennement elle s'inspecte, avec une sollicitude et une sévérité qui l'amènent assez souvent à mentionner son âge. Quand il s'aperçoit de cela, il a un peu honte et il est content aussi d'avoir été dans la chambre de l'hôtel Tibidabo comme un reflet de celle qui est dans le mas (ou dans le jardin du mas) des environs de Montpellier. La table à coiffer, sans doute, aura servi d'appui quand elle a écrit la lettre (ou les lettres) qu'il va trouver ce soir ou lundi matin à la poste restante. Ah, s'il pouvait, aujourd'hui même, arriver à temps !

En s'écartant du lavabo il se retrouve dans le fauteuil où sont ses vêtements (si exiguë est la chambre individuelle de l'hôtel Tibidabo, en comparaison avec les belles pièces du mas), et il enfile les chaussettes noires qui traînaient sur les grands carreaux jaunes du pavement, il introduit ses pieds dans les mocassins de daim qui leur tenaient compagnie. Puis il se lève et il passe le polo de coton beige sur lequel il était assis. Le pantalon de tergal, gris taupe, lui fait perdre un peu de temps, car il est étroit des jambes, selon la mode dite italienne, et certes Sigismond aurait mieux fait de le mettre avant de se chausser (ainsi qu'il l'a remarqué mainte fois). La veste de peau vient par-dessus en un clin d'œil. Point de cravate ; nul besoin de boutonner le col ; les poches de la veste et du pantalon n'ont pas été vidées ; le bracelet-montre, au cadran duquel il est maintenant six heures moins le quart, a repris sa place au poignet du voyageur, dont l'habit et le fourniment sont exactement ceux qu'il avait en descendant de voiture.

Ouvrant la porte, il se rappelle les étranges façons que Sergine a de jouer avec le miroir de sa table à coiffer, quand elle le fait pivoter lentement sur l'axe horizontal pour se voir réfléchie en un raccourci de plus en plus étroit, jusqu'à ce que son image soit totalement abolie. Il lui semble revoir le visage de son épouse effilé comme une lame peu avant la disparition, entendre encore un rire qui ne se put jamais qualifier que de cristallin. « Adieu Sergine Montefiore », disait-elle habituellement en ces moments-là, préférant son nom de jeune fille à son nom d'épousée. Il l'a entendue dire aussi qu'elle se serait échappée anamorphiquement à la barbe des pères dominicains et des bourreaux à leur service, si elle avait vécu à l'époque de l'Inquisition. Aussi loin qu'il se souvienne, il a toujours éprouvé une impression de gêne, voire de véritable souffrance, à la regarder jouer ainsi, mais jamais il ne l'a priée de cesser. De la rue s'élève à nouveau le cri plaintif ; alors, en refermant derrière soi la porte, il le coupe avant qu'il ne s'achève, et par la même occasion il se sépare du souvenir pénible. La clé est à l'extérieur. Il la retire de la serrure et constate qu'il est logé au numéro dix-sept, ce qu'il avait oublié, ce qu'il oubliera probablement dès qu'il n'aura plus entre les doigts la plaquette de laiton gravé.

Une fille de chambre, qui pourrait être une surveillante, a paru sans bruit, et tout en le considérant un peu lourdement de ses yeux bruns et beaux elle lui montre l'ascenseur, dont elle a pressé le bouton d'appel. Mais il prendra plutôt l'escalier derrière elle, car le point le moins douteux de la situation est que la chambre est au premier étage et qu'il sera tout de suite en bas. Elle se range contre le mur, sous une applique à deux lampes, dans le couloir étroit, et il passe sans la toucher mais en la regardant comme elle le regarde, en aspirant profondément pour qu'elle comprenne qu'il a saisi d'elle quelque chose de plus intime qu'un pan de son léger vêtement noir. Gardienne, espionne ou bonne bien soumise, un effluve ambré l'entoure. Sans se retourner, tandis qu'il descend les premières marches, il sait qu'elle le suivra des yeux, avant qu'elle n'aille ailleurs sur ses chaussons de feutre gris qui glissent en silence.

L'escalier, en effet, n'est pas gênant. Après deux paliers coudés il débouche devant le bureau du concierge, dans une antichambre assez longue et peu large, qui ne mérite assurément pas le nom de hall que les serviteurs sont instruits à lui donner. Une pendule, au mur, retarde de six à sept minutes par rapport à la montre de Sigismond, mais la deuxième serait-elle fautive que l'heure n'en serait pas moins proche de celle de la fermeture des bureaux en de nombreux pays, sans parler du samedi soir, qui est une circonstance aggravante. Sous la pendule, derrière l'étroit bureau (coupé de manière à tourner partiellement, pour livrer passage), un homme est assis, qui est celui à qui Sigismond a demandé une chambre en arrivant. A-t-il fait la sieste, lui aussi, ou bien est-il demeuré là tout le temps ? On pencherait pour la seconde hypothèse, à voir l'air de lassitude et d'ennui avec lequel il se tient derrière sa planche de bois sombre, comme un vieux collégien puni. Il pose sa cigarette (au pli d'un registre qui sur la planche est étalé), cependant, quand Sigismond se présente, et il le salue avec une courtoisie moins empressée qu'au premier abord. Toute question d'âge mise à part, ses petits yeux éteints, son nez en bec d'oiseau, son expression triste, font douter qu'il puisse être de la même espèce humaine que la belle fille d'étage. Sigismond hâtivement le questionne sur ce qui est pour lui d'intérêt majeur. Le bureau de poste principal est-il éloigné ? Le guichet de la poste restante n'est-il pas déjà fermé, ou sur le point de l'être ? En prenant sa voiture, qu'il a parquée non loin de l'hôtel, sur le terre-plein de la plaza Real, ou un taxi, aurait-il quelque chance d'être à l'heure et d'obtenir qu'on lui donne son courrier ce soir-même ?

— Vous avez bien le temps, monsieur, dit l'homme triste. La grande poste n'est pas loin ; les guichets ferment tard dans la nuit. Vous aurez votre courrier tout à l'heure, s'il est arrivé quelque chose pour vous.

Il se tait, espérant sans doute avoir satisfait le client et le voir partir. Puis, comme Sigismond persiste, il lui dit qu'il peut, avec sa voiture, descendre la Rambla et prendre le paseo de Colón qui le portera directement à l'édifice postal, mais qu'il est plus simple d'aller à pied jusque-là, par les petites rues où l'on a toujours de l'ombre. Sigismond, qui marche plus volontiers qu'il ne roule, accepte le conseil, mais il ne voudrait pas se perdre. Alors l'autre lui donne un plan de la ville, réclame de l'hôtel Tibidabo, et il lui montre son chemin, tout simple, il le répète, depuis le seuil jusqu'au guichet. Il lui rend son passeport aussi, qui sera nécessaire pour retirer ce qui lui fut adressé, dans le meilleur des cas. Et il se rassied, en détournant les yeux pour exprimer poliment qu'il n'a plus rien à dire.

Est-ce bien un concierge, ou si c'est le gérant, ou même le propriétaire de l'hôtel ? Peu importe, d'ailleurs, puisqu'il s'est expliqué précisément sur ce qu'on lui demandait. Mieux vaut le laisser tranquille, maintenant qu'il est retourné dans son ennui comme dans une chambre noire. Sigismond le quitte. La lumière du jour est devant lui, au bout de la longue antichambre, et plus loin, un peu à gauche à vol d'oiseau, se dit-il, une lettre (au moins) l'attend, qui va lui donner des nouvelles de Sergine.

Passé l'escalier, l'antichambre devient un peu plus large, pour faire place à des canapés courts, rangés dos à dos, à la manière des banquettes de wagon-restaurant. Des colonnes bleutées, incrustées de menus carreaux miroitants, font comme si elles supportaient le plafond, troué de lucarnes à vitres dépolies qui doivent s'éclairer le soir. Sur quelques tables, ou sur le paravent, des vases de cuivre ou de verre contiennent des fleurs manifestement artificielles. Plutôt qu'au train, à la réflexion, c'est à l'étage inférieur d'un petit paquebot, courrier de la Sardaigne ou des Baléares, que fait songer ce pauvre luxe. « Classe touriste », dit à haute voix Sigismond. Puis il est confus d'avoir parlé sans interlocuteur, comme un débile mental, et il va vers la porte à grands pas.

Atteinte en quelques enjambées, à la première poussée que légèrement il donne elle s'ouvre ; alors il passe le seuil. « Escudillers », se dit-il (mentalement, cette fois), en se rappelant comme il fut séduit quand son cousin lui parla de cette rue étroite où est l'hôtel Tibidabo, qu'il lui avait recommandé. Mais en face de lui, sur l'autre trottoir, un gosier lance le cri qui un peu plus tôt lui était devenu persécuteur, à cause de sa rauque insistance et parce que dans la chambre il restait inintelligible. Maintenant qu'il voit la femme infirme (au moins s'appuie-t-elle sur des béquilles) qui en proposant des billets de loterie le pousse, il en comprend la signification tout de suite, et il se dit qu'il fut un idiot de n'avoir pas compris auparavant et de s'être mis en colère. C'est « *para hoy* », « pour aujourd'hui », que la pauvresse crie, avec une sonorité déchirante qui semble partir de plus bas que le sol, comme si son corps affaissé n'était qu'un porte-voix revêtu de haillons. Et elle précise en proclamant « *dinero para hoy* », « de l'argent pour aujourd'hui », quand elle s'aperçoit que Sigismond la regarde.

Tant d'énergie, dans le cri sinon dans le geste, mériterait d'être payée, mais Sigismond est intéressé au gain aussi peu qu'il est charitable (gagner l'ennuie autant que perdre ; donner lui est difficile), et il considère les billets que de l'autre trottoir on lui tend avec la curiosité qu'il aurait pour de jolis poissons roses rassemblés en face, derrière la vitre d'un aquarium. Subitement, le bonheur de se sentir étranger est descendu en lui. Il est content, oui, d'être à six heures de l'après-midi (ou presque) à Barcelone, dans la calle Escudillers, au centre d'une Venise de petites ruelles où l'on ne va quasiment qu'à pied, et son regard au-delà de la mendiante cherche les tavernes, les bars à marins et les salons de filles qu'il n'a pas remarqués en arrivant avec son bagage, mais qui devraient être très nombreux aux alentours, selon ce que lui a raconté le cousin. Il est content d'être là, parmi les magasins de plaisir qu'à droite et à gauche en effet ses yeux commencent à distinguer, un peu comme s'il était, non plus devant des vitres d'aquarium, mais (ce qui revient au même) dans un scaphandre au casque transparent immergé dans des fonds monstrueux. Solitaire en tout cas au sein d'un milieu qu'il peut laisser extérieur à sa personne ainsi qu'un spectacle. Témoin anonyme entre une multitude de choses et d'êtres dont les rapports avec lui n'auront aucun poids s'il ne veut pas leur en accorder, ni plus ni moins que dans un songe remémoré.

Car dans cette sorte de plaisante aliénation qu'il goûte, reposé par la sieste, tous les sens en éveil, la question des rapports et des contacts l'occupe assez intensément ; ce n'est pas la moindre part de son bonheur que de savoir qu'il est maître d'ouvrir quand il voudra, sans inconvénient, le vitrage, et de sortir du scaphandre (ou d'y introduire un objet de son choix).

« Dans Escudillers, lui a dit Antonin Pons (quand il l'a prié de le remplacer pendant la convalescence d'une mauvaise grippe qui l'empêchait de faire sa tournée de représentant en apéritifs et en vins de liqueur), la nuit, le soir, à la fin de la journée et même avant midi, tu seras dans une mer de filles. » « Mer », évidemment, n'est pas le mot qui convient, et plus justement le Nîmois eût parlé de canal ou de ruisseau, voire de rigole, mais s'il usa toujours de lieux communs pour s'exprimer, par nostalgie, peut-être, d'un conseil municipal où les électeurs ne lui permirent pas de siéger, il n'y a là point de mal. Hyperbole à part, a-t-il menti, fut-il dupe de son imagination, cherchait-il à poser virilement ; ou bien y a-t-il du sérieux dans ce qu'il disait ? Entre la mendiante (provisoirement silencieuse) et Sigismond, l'étroit chenal est plein de gens qui vont et viennent, à cette heure où la ville s'anime de nouveau, comme si elle avait enfin digéré le déjeuner pesant et tardif. Parmi ceux-là, les femmes sont en minorité, mais Sigismond a observé sur deux d'entre elles un fard, une coiffure et une toilette qui laissaient peu de doute sur la catégorie à laquelle elles appartenaient. Sans donner cependant le moindre regard aux passants, elles sont entrées dans l'un de ces bars que Sigismond vient de remarquer et qui racolent à l'extérieur par l'entremise de bruits violents d'électrophones. Allons, le cousin a un peu exagéré, sans doute, mais, d'après les premières constatations, son propos n'était pas une tromperie.

Quoiqu'il n'y ait pas urgence (d'après l'homme triste du bureau), il serait temps d'aller aux nouvelles de Sergine. Deux chemins s'offrent pour gagner la grande poste : suivre la calle Escudillers dans la direction contraire à celle de la Rambla, ou bien traverser et prendre l'une des ruelles qui s'ouvrent en face. Sigismond, pourtant, ne bouge pas de là où il s'est arrêté, passé le seuil, sur le trottoir où la vendeuse de billets le guette. Il pense au cousin toujours ; il agite en son esprit des choses qui, si elles ne lui semblent pas honteuses (à d'autres elles le pourraient sembler), sont au moins (il se l'avoue) curieuses.

Ce qu'il a dans la tête est qu'il se souvient d'avoir acheté la veille, à Perpignan, en deux pharmacies différentes, des préservatifs et de la poudre insecticide à l'usage humain (contre les poux du corps). La boîte de poudre est au fond du sac à chaussures, dans sa chambre, et le petit étui de carton métallisé où sont les (trois) préservatifs est dans la pochette antérieure de son porte-monnaie, sur lequel sa main vient de se refermer, dans la poche droite de son pantalon. Ainsi est-ce, tout à fait indéniablement, quoique jusqu'ici, depuis plus de cinq ans de mariage, il soit toujours resté fidèle à Sergine, et que même il n'ait jamais été tenté d'être infidèle. Mais les descriptions et les fanfaronnades du cousin, quand il lui a parlé de la calle Escudillers et de ses environs, ont ouvert en lui une sorte de serrure ou ont repoussé une sorte de verrou auxquels il n'avait pas été touché auparavant et qui condamnaient rigoureusement l'entrée d'un espace que le songe lui avait quelquefois permis d'entrevoir. Or il est indéniable aussi que les rêves qui l'emmenaient naguère, en secret, dans le quartier de plaisir de certain port méditerranéen situé hors de toute réalité, lui ont été brusquement remis en mémoire par la proposition d'Antonin Pons, comme si de plain-pied un passage dissimulé lui avait été montré pour se rendre en chair et en os dans l'espace imaginaire, et que rien autant que cela ne l'a persuadé d'accepter.

Commis voyageur en vins et en apéritifs, Sergine a bien ri quand Sigismond lui a dit que ce serait là son métier pendant une dizaine de jours... Des rues illuminées de la cité où il allait en rêve, elle n'a jamais rien su, évidemment ; à plus forte raison est-elle dans l'ignorance de ce qu'il va trouver (peut-être) aux environs de la calle Escudillers. Et si elle a très facilement consenti à son départ, la raison en fut de pouvoir obstinément se moquer de lui, et de préparer des moqueries encore, il le sait, pour l'accueillir à son retour. « Quel beau représentant en limonade tu vas faire, lui a-t-elle dit ; quel succès tu vas avoir chez les gens du bocal ! »

En cela, comme en la plupart des choses, elle n'avait pas tort de rire. Sigismond a fait la tournée de son cousin Antonin sans y apporter aucun zèle, et de succès il n'a pas remporté davantage. Il s'est arrêté à Sète, à Agde, à Béziers, à Pézenas, à Narbonne et à Perpignan, mais pendant ces cinq jours de voyage il lui semble qu'il a dormi profondément, ou plutôt qu'il a été en proie à une sorte de maladie de faiblesse, à une extrême asthénie, et il ne veut ni ne saurait se rappeler le moindre point des mornes endroits ou des gens vulgaires qui ont passé devant ses yeux. Seule, la ville de Pézenas a laissé quelques empreintes dans sa mémoire, du fait de la rue des Litanies et de la rue de la Juiverie derrière les sinistres façades desquelles il s'est ému à évoquer les ancêtres de Sergine, et puis à cause des folles peintures de la salle à manger du Grand Hôtel et des extravagances de la serveuse bancale qui fournissait les tables. La journée du vendredi, passée à Perpignan, est pour lui comme une scène sans plus de décor que d'acteurs, sauf ce qu'il a retenu des deux pharmacies et de l'homme et de la femme qui avec un sourire presque pareil (qu'aurait-ce été s'il n'avait pas changé de boutique !) lui avaient donné ce qu'il désirait. Quand il a franchi la frontière, dès que le douanier espagnol lui a permis d'aller outre, il s'est ranimé. Il est reparti en sifflant *L'Internationale* ; il a roulé plus vite et il a conduit sans distraction jusqu'au second poste de douane, à quelques kilomètres du premier. Là, pendant que l'on contrôlait (superficiellement) son identité, il a vu un portrait photographique du maître de l'Espagne, punaisé au-dessus du guichet comme une bête puante sur la porte d'une demeure maléficiée, et son regard s'est arrêté sur l'enflure de l'officier général avec tant d'insistance qu'on lui a rendu son passeport avec gêne. « En Espagne, et surtout en Catalogne, s'est-il dit, il vaudra mieux ne pas trop regarder l'enflé... »

Il serait capable de rester longtemps planté là, mais ce qui le fait sursauter et à ses pensées l'arrache est le cri de « *para hoy* », proféré si furieusement qu'il en ressent comme une blessure de l'ouïe, car la mendiante, voyant qu'il ne se décidait pas à prendre un billet, a voulu se rappeler à son attention, et elle s'est penchée vers lui en s'appuyant sur une béquille boutée hors du trottoir pour donner plus d'élan à sa requête. Elle ne se taira plus, c'est certain. Elle pourrait bien traverser d'un saut l'étroite voie et aborder de son côté, vociférer directement dans son oreille, lancer de venimeux crachats. Alors il se résout à traverser, lui, pour en finir et pour rentrer dans l'isolement où il avait trouvé quelque espèce de bonheur. Sans s'arrêter devant la tordue, qui est en train de reprendre souffle, il va vite à gauche et se jette, au coin du restaurant Los Caracoles, dans la calle Nueva de San Francisco.

Plus étroite encore qu'Escudillers, celle-là est beaucoup moins passagère, dépourvue de trottoirs, et si elle est ombreuse à toutes les heures où le soleil n'est pas à la verticale on ne cherchera pas d'autre raison à l'odeur de relent qui semble monter du bas des murs. Devant la salle à manger vide, le patron de Los Caracoles, énorme comme une réclame vivante de son établissement, est assis sur une chaise. Ses jambes au-dessous du mollet sont cachées par un rebord de tôle, ce qui, joint au gonflement de ses mains posées sur les genoux et à la coloration de son visage, pourrait faire croire qu'il est en train de prendre un bain de pieds pour se décongestionner. « Tu mangeras la *paella* de Los Caracoles », a dit à Sigismond son cousin, ajoutant que c'était un plat de riz si copieusement garni de viandes, de poisson, de crustacés, de mollusques et de légumes qu'il n'était besoin de manger rien d'autre au repas. La gastronomie solennelle, de tradition nîmoise, a souvent ennuyé Sigismond ; néanmoins il n'est pas prouvé qu'il ne suivra pas le conseil.

Son regard va des pavés disjoints et sales aux enseignes brillantes qui fleurissent au-dessus des portes et des fenêtres, avec un air d'orchidées parasites des sombres troncs qui les souffrent. Ainsi, retenu par la belle couleur des plaques, il met au catalogue le bar de La Macarena, celui du Patio Andaluz, la brasserie El Camarote, et tout à la suite il prononce des mots que sans s'efforcer à les comprendre il enregistre : « *Tú Tú Droguería – Pinturas Titanlux – Colores Nerca – para beber agua Fonter, bodega los tres hermanos* » ; puis ses pas le conduisent devant le bar Saint-Germain-des-Prés et le bar Madeira, où dans l'intérieur, à travers une vitre peinte, il essaye de jeter un coup d'œil. Peu à l'aise dans ce rôle de curieux ou d'espion, qu'il prend pour la première fois de sa vie, il n'a pas vu venir un petit garçon qui portait des annuaires du téléphone en pile sur sa tête et qui, ne l'ayant vu non plus, le bouscule. Mais les annuaires, tant mieux, ne tombent pas. D'un geste (car il est plus sûr de ses mouvements que de ses mots, en ce pays étranger), il écarte l'enfant et presse le pas pour se tenir à la hauteur d'une jeune femme qui va dans la même direction que lui, le long du mur opposé. Musclée, les cheveux coupés presque aussi court que ceux d'un homme et décolorés jusqu'au ton de la paille, elle revient probablement de la plage, si elle porte sous le bras une serviette roulée qui pourrait bien contenir un maillot humide qui aurait contenu son corps. Le soleil a rougi son visage que nul fard n'accentue, ses épaules qui sortent largement d'une étroite robe blanche. Ses pieds, dans des sandales de cuir beige, sont nus ; l'une de ses chevilles, la gauche, est écorchée ; les ongles de ses orteils n'ont que des traces de vernis. Par l'allure et par le maintien elle n'a rien d'une femme galante, mais ses grands yeux marron ont lancé sur Sigismond un regard leste (« furtif », se dit-il qu'aurait dit le pédant cousin), et dans la main qui vient de repousser l'enfant aux annuaires il lui semble qu'il sent la rondeur robuste de l'épaule de celle-là. Après avoir dépassé l'Inter Club Bar, cependant, elle entre dans la pension Toledo, et elle ne s'est pas retournée vers le suiveur, qui sait qu'il ne fut pas inaperçu. Quelques instants il reste devant la pension (de mauvaise apparence), l'œil au guet des volets clos ; or son espoir est déçu de voir une fenêtre s'ouvrir et une figure se pencher pour lui sourire ou se moquer de lui ; il se remet en chemin (lentement). TINTORERIA LINA, BAR GALLEGO, ces inscriptions et les établissements qu'elles désignent lui sont des prétextes à s'assurer que derrière lui la passante ensoleillée n'a pas reparu. « Pourquoi la peau marquée par le soleil a-t-elle en même temps quelque chose d'offert et de fuyant ? » se dit-il, songeant à Sergine qui est avide de rayons au point de s'exposer même en hiver sur une terrasse du mas, et de n'être jamais blanche. Encore une belle enseigne, celle du bar des Quatre As (LOS 4 ASES Y SU SALON, en caractères gras au-dessus d'une plaque qui porte un as de cœur), retient son regard, et à l'intérieur, derrière le comptoir, deux serveuses, si pareillement brunes qu'elles pourraient être des sœurs, attendent le client. Presque au coin de la rue, au-dessous d'une palme considérablement ouvragée (souvenir de la fête des Rameaux), dans une vitrine, sous une lampe forte, près d'une petite machine à coudre, une ravaudeuse de bas est au travail. Sigismond, qui la regarde sans qu'elle veuille le regarder, trouve une expression maligne à son visage, qui n'est ni vieux ni jeune et qui n'a connu que l'ombre ou que la lumière artificielle. Il passe outre.

Le voilà devant une petite place en retrait du paseo de Colón, celle du duc de Medinaceli. La statue d'un amiral de jadis, le Catalan Galceran Marquet, est sur une haute colonne, au milieu d'un carré de palmiers qu'il domine avec des airs de royal inverti. Sigismond, qui a vérifié sur le plan son itinéraire, prend, à gauche, la calle del General Primo de Rivera, par laquelle il arrive à la place de La Merced, où le joli décor baroque et la couleur ambrée des façades lui remettent en mémoire un voyage qu'il fit trois ans plus tôt à Rome, avec sa femme. Sergine avait aimé Rome. Pourquoi donc, au retour, s'est-elle capricieusement persuadée qu'elle haïssait les voyages, pourquoi dès lors a-t-elle obstinément déclaré qu'il faudrait un malheur pour lui faire à nouveau quitter le mas ? « Si en ce moment je lui tenais la main, elle aimerait la quiétude douce de La Merced », se dit Sigismond, et sans mauvaise conscience il se demande pourquoi elle manque à son côté. Aisément il lui reprocherait d'être absente, oubliant que s'il l'a invitée à venir, ce fut à peine. Rendu à l'innocence par cet involontaire artifice, il trouve, au bout de la place, la calle de la Fusteria, et après peu de pas il aperçoit, par le flanc, la grande poste, un très gros édifice qui donne sur le port, non loin de la gare.

Le soleil, qui a décliné, est chaud cependant, au sortir des rues étroites, et dans le large espace persiste la douceur d'atmosphère de La Merced, malgré la présence, à quai, de trois contre-torpilleurs américains qui pointent vers le ciel des choses en forme de griffes. Sigismond leur tourne le dos, plus intéressé qu'il est par la prétentieuse énormité du palais postal, lequel fut uni par un pont (assez « pont des Soupirs ») à un bâtiment nouveau, construit derrière, pauvre et plat comme une caserne avec ses grandes parois de briques vernissées sur des soubassements de blocs. En contraste avec celui-là, le palais principal déborde d'opulence, tant par la matière, qui est une belle brèche grise et rose, que par l'ornementation, à laquelle ont dû contribuer des milliers de sculpteurs et de tailleurs de pierre, ce qui tout ensemble évoque une démesurée pâtisserie dont l'aspect donnerait envie de vomir et l'excrément d'une immense bête ou d'un génie qui eût ingurgité tous les styles inventés par les hommes. Goûtant bien, détaillant l'incongru, Sigismond à pas lents se rapproche.

Dans le haut, sous de petits nuages qui vont dans le bleu, deux enfants nus tiennent entre leurs corps gras le blason de Castille. La couronne est surmontée d'une chauve-souris (le *murciélago*, l'animal de mauvais augure, pense Sigismond, qui se rappelle un compliment qu'on lui a dit qui se disait beaucoup aux filles dans le pays où il se trouve : « Tu as des yeux noirs comme l'avenir de l'Espagne »). A côté, quatre statues, plus massives encore que leurs proportions ne le commanderaient, semblent glorifier des modèles repus de lard et de lentilles ; elles sont flanquées de deux tours à pilastres, dont le dessin, sans doute, est redevable aux gracieux caprices de Borromini qui enchantaient Sergine à Rome. Mais l'observateur, qui a monté plusieurs degrés du perron, est maintenant si près de la façade qu'il ne la voit plus en totalité, et ce qu'il admire, ou du moins ce qui l'étonne, est la proportion gigantesque des quatre colonnes surmontées de chapiteaux d'un genre entre corinthien et 1900 qui soutiennent le fronton. Un peu à Rome, comme il est en pensée, il se souvient, bien entendu, de Saint-Pierre et de l'étrange plaisir que ressentent les hommes à entrer dans des architectures qui les réduisent à l'état de parasites d'un être colossal. L'intérieur, tout de même, est plus modeste que celui de San Pietro. C'est une grande salle carrée, dans laquelle il y a quatre grandes colonnes, qui portent une verrière traitée comme un dais de plume, et trois hautes tables de brèche sur des supports en forme de volutes. Les yeux de Sigismond s'habituent à la lumière moindre, ils font le tour des grilles, lisent des écriteaux, puis s'arrêtent, à gauche de l'entrée, sur le guichet de la *lista de correos*, où l'on pourrait parier qu'est en dépôt une lettre de Sergine.

Parmi ceux qui font queue pour accéder à la petite fenêtre (conventuelle), d'où l'on procède à la distribution du courrier, les femmes sont en majorité. Tenant à la main son passeport blasonné de la croix de Genève, une jeune Suissesse précède Sigismond, qui regarde les épaulettes et le ruban élastique du soutien-gorge de celle-là, bien visibles sous le transparent nylon de la blouse, au-dessus d'une jupe de toile orange à la taille étroitement bouclée par une ceinture de cuir noir. Blonds et plats, les cheveux balayent une nuque aimable, suivant les flexions du dos. Quand elle enferme dans son sac les trois lettres qui lui ont été remises, et quand elle s'éloigne, Sigismond, d'abord, est déconcerté ; il se fouille pour trouver son passeport, qu'il avait placé dans la poche intérieure de son veston ; il s'agite, se baisse pour mieux voir l'employé, formule avec effort sa demande en espagnol (ce qui n'était nullement nécessaire). L'homme revient avec une lettre ; pari gagné donc si le pari avait eu lieu.

Eh bien non, le pari aurait été perdu, car ce n'est pas l'écriture ronde et rapide (bonne pouliche au trot) de Sergine que Sigismond voit sur l'enveloppe, mais pointue (à l'ancienne), régulière, rigide, celle de Féline, qui pourtant est l'une des personnes les moins portées à la correspondance que l'on sache. « Monsieur Sigismond Pons », est-il écrit à l'encre noire au milieu du blanc rectangle, avec une calligraphie que l'on dirait de croix ou d'épée, tandis que dans les adresses de Sergine, qui vont généralement vers le haut comme une fumée sous le vent, le « Monsieur », quand il s'agit de son mari ou d'un intime, est omis toujours. Pourquoi Féline a-t-elle écrit, au lieu de se consacrer totalement au petit Élie, leur unique enfant, dont elle est la bonne, après avoir été celle de Sigismond en des temps lointains dont le souvenir brille en lui comme une perpétuelle lampe ?

Chère Féline (Félicie-Aline)... Et pourquoi Sergine n'a-t-elle pas écrit ? Quelque nerveux accès encore, ou s'est-elle dépitée, contrairement à ses propos têtus, d'être restée au mas ?

« *Lista de Correos* – à Barcelone (Espagne) », voilà ce qui, par la vieille Féline, fut écrit sur l'enveloppe, exactement comme Sigismond l'avait écrit sur une feuille de papier rose, qu'il a glissée, avant son départ, entre le cadre et le verre du miroir de Sergine. Il aurait pu, à la réflexion, laisser l'adresse de l'hôtel où sur la recommandation du pieux hypocrite il avait décidé d'aller loger. Point de dissimulation, pourtant, au vrai sens du mot, dans son acte. A côté de Sergine endormie, n'allait-il pas dans des lieux bien insolites, par le moyen du rêve ou de la rêverie ; n'allait-il pas, sans qu'elle ait jamais rien su, dans des villes à rues comme des couloirs et à places comme des chambres d'amants ou comme des cellules de condamnés ? Peu différemment, il a voulu que son voyage fût comme de perdre conscience à côté de sa femme assoupie, et qu'elle restât dans l'ignorance de là où il pourrait être emmené à la dérive. Mais il a placé la feuille rose en pensant que la couleur irait bien près du reflet de Sergine, quand elle contemplerait le régulier ovale de son visage brun en secouant de courtes boucles châtaines au-dessus de ses yeux à l'iris vert trouble et de son petit nez busqué, quand elle sourirait de sa belle bouche aux lèvres pâles, les dents pas très blanches, seulement, à cause du tabac dont elle abuse, et quand elle déformerait son image en donnant un lent mouvement de bascule à la glace.

Une question se poserait, qui serait de savoir jusqu'à quel point Barcelone est en Espagne. Sigismond se dit que beaucoup de ces gens qu'il a côtoyés n'hésiteraient pas trop à répondre par la négative, si on les interrogeait. Dans Escudillers, tout à l'heure, n'a-t-il pas lu cette inscription, modérément dissimulée au coin de la vitre d'une vieille boutique : « *Se habla español* » ? « On parle espagnol » : plaisante manière de traiter le castillan de langage étranger... C'est en français, cependant, sans nul accent que languedocien, qu'à ce moment une voix prie Sigismond d'avancer, car il est resté distraitement, sa lettre à la main, devant le guichet, et il empêche les autres de s'adresser à l'employé, qui considère l'étourdi sans paraître fâché d'être un peu tranquille. La voix est féminine, mais Sigismond ne se retourne pas, car il lui est doux d'avoir quitté son pays et il aurait de la peine (comme si on le tirait du songe) à entrer en rapport avec des compatriotes. Sans s'excuser, il avance de quelques pas ; puis, rendu à l'espace où il se tient, il revient vers la porte et il sort de la salle.

Son passeport est dans sa poche ; il s'en est assuré d'un geste qui a porté sur son cœur la lettre de Féline. Cette lettre, il faut, maintenant, la lire, et Sigismond regarde s'il se trouverait un banc au soleil, non loin. Or ses yeux sont attirés par une autre statue juchée sur une colonne, à gauche, sur un terre-plein où de petites fleurs rouges se mêlent à des plantes grasses. Venu là, une inscription du piédestal lui apprend qu'il s'agit d'Antonio Lopez, marquis de Comillas, fondateur de la Compagnie Transatlantique Espagnole, et il a souvenir qu'en s'informant, pour son voyage, il a récemment lu quelque chose au sujet de cet homme d'affaires, qui dans les premières années du siècle commanda à l'architecte Gaudi plusieurs ouvrages, religieux surtout. En redingote, un papier roulé dans la main, le bonhomme est à l'image de ces statues qui sont le point d'attraction des tableaux de Giorgio de Chirico, à l'époque dite métaphysique. Mais au lieu de faire le vide autour de lui sur une place ou dans une rue à portiques où presque à ras du sol il eût été fantôme de pierre, c'est à près de trente mètres en l'air qu'il s'érige. Il n'est pas de villes où les statues soient placées aussi haut qu'à Barcelone, comme si on avait craint de les laisser à la portée des hommes.

Sigismond s'est appuyé à la colonne du marquis de Comillas, sans respect (façon de méridional pour qui les monuments sont des commodités, et l'on n'a pas mal agi, sans doute, en mettant haut le marquis). Il fait beau ; le soleil est encore assez chaud pour donner au voyageur envie de quitter sa veste de daim ; un vent léger, qui vient du quartier de Barceloneta où sont de nombreux restaurants à spécialités de poissons et de fruits de mer, lance des bouffées d'odeur de friture, qui ne sont pas désagréables ; une fille attirante, en laquelle il reconnaît la Suissesse de la poste, passe devant lui ; deux chiens se roulent parmi les plantes grasses, presque à ses pieds. Alors Sigismond, sans rien déchirer, ouvre l'enveloppe qui est mal collée (« comme sont souvent les enveloppes mandées par les femmes », se dit-il, surpris que Féline, qui est tellement soigneuse, ait pu choir dans un défaut qui est habituel à Sergine). Tirant la lettre, il voit qu'il est tombé sur le recto du feuillet, plié en deux, et d'une manière un peu machinale, au lieu de déplier pour trouver le début, il lit : « Elle a couru à la tour des vents. Elle a monté la spirale. Elle s'est jetée du haut. Elle a expiré tout de suite. »

Le feuillet, entre ses doigts qui ne tremblent point, est devant ses yeux, mais il ne lira pas davantage. Autour de lui, tout est pareil. Le ciel ne s'est pas assombri, l'air ne s'est pas rafraîchi, les chiens n'ont pas cessé de jouer sur les feuilles couleur de zinc. La jeune Suissesse est arrêtée devant la vitrine d'un magasin de chaussures, au coin de la via Layetana, et l'on pourrait, le voudrait-on, la rejoindre. Sigismond remet la lettre dans l'enveloppe, qu'il glisse, ensuite, dans la poche où est son passeport. Puis il s'écarte de la colonne en lui donnant de la main une petite tape, comme à un bon cheval qui vous a porté à destination, et il repasse, sans hâte, devant la poste ; il passe devant un restaurant chinois, le premier qu'il ait vu à Barcelone, et il va, sur le paseo de Colón, en direction de la plaza de la Paz.

Marchant sur le trottoir de droite, le seul qui soit bordé de maisons, il voit à sa rencontre venir des hommes, des femmes, des enfants, qui s'écartent pour ne pas le heurter, puis derrière lui disparaissent comme des bois flottés derrière une barque qui va à contre-courant. Deux fillettes, qui se parlent par gestes et rient, le regardent, et il regarde leurs genoux et leurs mollets nus entre une courte jupe et des souliers de femmes. Il regarde un vieux homme qui s'appuie sur deux cannes blanches et qui n'est pas un aveugle pourtant, car leurs regards se sont croisés, sans plus d'intérêt d'une part que de l'autre. Deux marins américains, souples et longs, qui tiennent entre eux comme une captive une fille jambes nues et bras nus hors du fourreau de rayonne rose, viennent sans le regarder, et c'est lui, cette fois, qui s'est écarté pour n'être pas bousculé. Sur la patte d'une vareuse il a lu le nom de leur bateau : *Altaïr.* Ce nom, sans que d'ailleurs il s'interroge à son sujet, va demeurer douloureusement en lui, griffe plantée au centre d'un tourbillon qui est moins pensée qu'absence de pensée, sonorité que scandent ses pas à mesure qu'il s'éloigne d'Antonio Lopez.

Sigismond a repassé, bien à l'extérieur, devant le square où Marquet est éventé de palmes, au-dessus de bancs qui sont vides et qui seraient accueillants. L'idée de s'asseoir, cependant, ne lui vient pas. *Altaïr,* le nom persiste, originaire d'espaces infiniment lointains. Des êtres humains qu'il croise en cheminant, Sigismond a cessé de distinguer clairement les silhouettes, mais il a l'impression que c'est par paires, toujours, qu'ils se présentent, et le chiffre deux se forme à chaque rencontre, ainsi que sur un écran où lui serait montré le reflet du couple aboli. Il arrive sur la vaste place de la Paz, devant une sorte de caserne où deux factionnaires en uniforme couleur de bran, baïonnette au fusil, montent la garde, et le mot *paz,* qu'il a lu au coin de l'édifice, s'impose à ses yeux derechef sur une affiche que veillent les soldats de Castille plantés agressivement dans la cité catalane. Leur aspect peu engageant fait qu'il leur tourne le dos, sans lire davantage (malgré la grande disponibilité qu'il y a en lui, à la manière d'un homme que l'on aurait saigné et que le coup de lancette a rendu ouvert à tout venant). Alors sa vision s'éclaircit, et l'espace en face de lui s'approfondit et s'élargit jusqu'aux grilles qui bordent le quai, jusqu'aux mâtures des cargos mixtes qui sont amarrés au flanc du môle. Point milieu du tableau, la colonne du monument à Christophe Colomb (mais, parce qu'il est à Barcelone, c'est de Colón qu'il s'agit, comme d'un héros tout neuf) porte très haut un globe surmonté d'une statue encore qui se détache contre le bleu du ciel. « Comillas et Marquet font piteuse figure au voisinage... » se dit Sigismond, ébahi autant par l'altitude où est le bonhomme de bronze que par la décoration copieuse de la base et du fût. Avec l'idée de voir de plus près, de toucher peut-être, il va traverser la chaussée.

Pour cela, car sur le paseo le trafic est intense, il faut attendre l'arrêt des voitures au feu rouge, gagner le trottoir central, et puis de là, comme d'une langue de sable dirigée vers un îlot, arriver sur le refuge ovale où le mémorial est construit. Deux marins, qui ne se distinguent de ceux de tout à l'heure que par l'absence d'une fille entre eux, font en curieux aussi le tour de la base, et Sigismond, quand il les croise, sait d'avance le mot qui sur les pattes d'uniforme est inscrit. *Altaïr,* lit-il en effet, avec le sentiment de recevoir confirmation d'un arrêt implacable. Va-t-il à la dérive comme un corps culbutant dans les immensités du vide interstellaire, ou bien si ses pieds foulent un ferme sol, si sa main droite traîne contre la pierre grenue du soubassement, si son regard distraitement passe sur le mufle un peu ridicule de l'un des huit lions de bronze, sur les reliefs de pareil métal où est tracée la vie du navigateur, sur les médaillons des protecteurs de celui-là, sur les figures allégoriques des principaux pays du royaume ? « Colón », prononce-t-il en lui-même, ce qui le rattache à un temps historique et ainsi à la terre. Levant les yeux, il aperçoit que le globe supérieur est doré, quoique privé d'éclat.

Quand son regard retombe, il a fait quelques pas autour de la base, et devant lui voici un petit auvent qui abrite une porte ouverte en direction de la mer. « Ascenseur à la coupole ; 60 mètres d'altitude ; vente de souvenirs », est-il écrit en caractères délavés au-dessus de cette sorte d'entrée de cave. On peut donc, surprise ! monter dans le globe (car il ne fait aucun doute que c'est celui-là qui est désigné sous le terme assez inexact de coupole), on peut aller dans le gland (mot plus juste) de l'éminent phallus, et pour être élevé, comme par un pieux symbole, il faut commencer par descendre. Sigismond cédera d'autant plus volontiers à l'invite qu'il vient de trouver une force conjuratrice dans le nom de Colón, et qu'il lui paraît bénéfique de se rapprocher de sa statue, surtout par la voie hautement virile que le panneau propose. Il descend donc, comptant dix marches, ce qui l'amène dans un étrange lieu, qui est moins une salle qu'un couloir arrondi, bas de plafond, mal éclairé, peu net et qui tient autant de la sacristie d'une chapelle de troglodytes que de la station d'un très petit chemin de fer souterrain. L'entrée de l'ascenseur est là, mais une dizaine de personnes attendent leur tour, et d'abord il faut prendre son billet à l'autre bout du couloir. C'est cinq pesètes que cela coûte, ce qui n'est pas cher pour voyager à l'intérieur du grand priape. Quant au caissier, débile homme au teint cireux, à la voix quémandeuse, il est plutôt bedeau qu'employé de gare.

Des vitrines, courbes comme la paroi, offrent des objets de piété en coquillages et surtout de modernes madones électriques où de minuscules ampoules rouges et blanches font un effet assez épouvantable à côté de la porcelaine, du verre et de l'aluminium. Il y a aussi des Vierges du Pilier, de Saragosse, tronconiques et iridescentes, des saints Jacques de chevet, cendriers. On n'échappe guère à ces étalages, qui ont été gratifiés d'à peu près toute la lumière qui fût disponible, et le caissier suit de l'œil les clients éventuels, prêt à mettre la marchandise en main au moindre signe d'intérêt. Méfiant, Sigismond ne s'attarde pas ; il préfère retourner à l'obscur, quoique devant l'ascenseur la file n'ait pas beaucoup diminué ; il voit que le couloir va un peu outre et qu'il y a une porte basse, au fond, qui n'est pas celle des toilettes auxquelles on pourrait s'attendre, mais qui donne accès à un « musée de la vie de Colón ».

Là-dedans, il est tout seul, et pour la première fois depuis qu'il fut à la colonne de Comillas il éprouve un sentiment de bien-être, il ressent comme une caresse ou comme une gorgée la fraîcheur de l'air. Le musée n'est que la continuation du couloir, un cul-de-sac également arrondi, mais les deux parois sont percées de petites baies éclairées de l'intérieur, qui ressemblent à des fenêtres d'aquarium. Point d'eau, pourtant, et le poisson principal n'est autre que Colón, représenté aux divers âges et dans les diverses péripéties de sa vie par une figure modelée à peu près aux dimensions d'une grosse écrevisse. Sommaire est le théâtre de ces scènes, où des plans rocailleux conduisent vite au but le regard qui cherche la bête. Que rien ne s'y meuve, tant pis, on s'en console, on goûte la stabilité dans le pathétique, la durée du plaisir ou de la douleur distribués à la figurine, la fixité des beaux orages. A l'aquarium ou au vivarium, d'ailleurs, n'en va-t-il pas souvent de même, et dans son coin l'animal ne reste-t-il pas désespérément immobile ? La lumière vient uniquement de derrière les vitres, et l'ombre, la solitude et le frais donnent à Sigismond l'idée qu'il eût été plaisant d'amener là une jeune fille, par exemple la Suissesse de la poste restante... Pourquoi celle-là est-elle restée ainsi dans sa mémoire ? Agacé, il se tourne vers le trou où Colón est agenouillé devant le roi et la reine ; il essaie de s'intéresser aux souverains d'Espagne. Sans succès. Alors il se détache de son théâtre de crustacés, il pousse la porte et il revient parmi les hommes.

La plupart de ceux qui attendaient sont montés, ou bien, découragés, ils sont partis, et la file est maintenant réduite à une lourde femme en robe noire avec un garçon de treize à quinze ans en complet rayé blanc et bleu, probablement son fils à juger par le nez busqué à la pareille. Descendu l'ascenseur (après quelques minutes), ils entrent, Sigismond entre derrière eux, présente son billet au machiniste. De deux filles, ou jeunes femmes, survenues, on prendra l'une encore, la première, qui est la plus petite, et l'autre ira dans la prochaine course, car le nombre des passagers est limité à quatre, selon un avis placardé que le machiniste montre du doigt sans parler. Le taciturne est tellement massif que l'on est un peu compressé, quand il fait la place nécessaire à la manœuvre.

L'ascenseur, évidemment, est cylindrique, puisqu'il épouse l'intérieur du fût, et quelque chose fait penser à un projectile d'artillerie glissé dans l'âme d'un canon pointé à la verticale. « En quelle compagnie me suis-je mis ! », se dit Sigismond, que la lourdaude avoisine en dégageant des bouffées de parfum fort et d'odeur de transpiration. Dans la grande queue, il eût aimé être l'objet d'une élévation solitaire, puis jaillir au sommet, être lancé du coup jusque dans la statue peut-être. La statue, n'est-ce pas le curé ou le Napoléon de baudruche qui surmonte certains préservatifs farceurs que son cousin lui a dit qu'on trouvait en quelque *clínica gomas* du quartier réservé, au nord de la calle Conde del Asalto ? Un Napoléon, pourquoi pas l'enflé qui gouverne l'Espagne, et que l'on pourrait, enfin, mettre à sa juste place, au fond du trou de balle ! Mais l'ascenseur est parti, et s'il s'agit d'un obus c'est un obus très lent, ce n'est ni par de la poudre ni par un spasme qu'il est mû. Des fenêtres, d'où l'on voit glisser vers le bas, semble-t-il, les pièces de fer dont la colonne à la façon d'une carène est bâtie, permettent de contrôler la marche de l'appareil.

Cela dure plusieurs minutes, longtemps certes. La lourdaude et l'adolescent, au lieu de se dire quelque chose, craintivement se regardent, en se tenant par la main. Puis il se fait un petit choc ; le machiniste ouvre la porte et s'écarte autant qu'il peut.

Pour sortir, l'espace est très mesuré, car la cage de l'ascenseur remplit tout le milieu du globe dans lequel on est parvenu, et autour d'elle ce n'est qu'un petit anneau qui est concédé aux visiteurs, une passerelle circulaire sur laquelle on va derrière une rambarde de fonte épaisse, devant des ouvertures haut placées par où le vent souffle plus fort qu'au sol. Au-dessus des têtes, le plafond est bas, courbe selon le dessin de la sphère dont la passerelle occupe le plus grand cercle horizontal. D'être entouré de métal ainsi et de l'entendre résonner sous les pas, crisser, de sentir l'air engouffré, de respirer les fumées qui viennent du port, Sigismond a l'impression de se trouver dans les superstructures d'un navire, dans la hune blindée d'un cuirassé d'ancien modèle. Ses compagnons d'ascension ayant pris à leur droite, au sortir de la cabine, il est allé, lui, à gauche (sans nul esprit de contradiction, d'ailleurs). Il voit bien qu'il est tout seul à examiner l'intérieur du globe et la passerelle plutôt qu'à regarder dehors. Les gens ne montent, c'est connu, que pour un panorama.

Question de panorama, ils en ont, à ce qu'il semble, largement pour leurs cinq pesètes, et Sigismond, quand à son tour il se penche entre les têtes de deux accoudés heureux, est attentif à ne pas distraire ceux-là de leur béatitude. Il a suffisamment étudié le plan de la ville pour être averti que c'est la colline de Montjuich (mont de Jupiter ou mont des Juifs ? il choisirait, lui, le deuxième sens, en faveur des ancêtres de Sergine) qui est devant ses yeux, avec la citadelle où l'on fusilla beaucoup, les palais d'exposition, les grands arbres du parc aimable, les jeux d'eau des fontaines. Quelqu'un le pousse, ce qui fait qu'il cède la place à un petit homme accompagné d'une femme à sa taille, et ceux-là ne verront pas grand-chose avant qu'ils n'aient conquis le premier rang. Pour lui, c'est tout un, foutaise, que le Montjuich ou que la Montagne Pelée qui doit être située au nord, que les anciens quartiers de la ville, ou les nouveaux, ou les faubourgs vers San Marti et Badalone, ou la vue de la mer. Quatre enjambées le conduisent à la fenêtre, tournée vers le port, qui vient d'être abandonnée par le couple ; il s'y installe et s'y tiendra.

Ce qu'il lui faut, pour le moment, comme aux autres qui contemplent, est seulement un espace où laisser courir ses yeux en espérant que sa pensée se raffermisse, car il se sent comme s'il avait trop bu à jeun. Par celui qui devant la fenêtre s'étend, il est servi selon son besoin, et son regard va sans choisir sur les darses pleines de navires marchands, sur les quais et sur les môles où des voies ferrées amènent les wagons à portée de bras des grandes grues électriques, sur la forme de radoub qui enserre un blanc et bleu paquebot avec deux cargos éclatants de peinture au minium, sur le dock flottant qui provisoirement est vide, sur les toits plats des entrepôts, sur la mer qu'un petit vent d'est fait moutonner au-delà du chenal où se croisent des bateaux de promenade. L'élévation où il se trouve est cause que tout cela, littéralement, fourmille. Le soleil, qui descend vers les crêtes auxquelles il tourne le dos, met sur l'eau des reflets qui vont au loin comme les traverses d'une échelle pourpre. Quelque chose de son trouble ou de sa peine s'en va par ce chemin peut-être ; quelque paix vient de même. Mais une main, à côté de lui, s'appuie sur le métal poli de la clôture, et l'ouverture est rétrécie par une manche d'uniforme bleu marine. Avant que de cette main, qui sur une chevalière porte un camée à tête de bouc, les yeux de Sigismond aient remonté au long de cette manche, il sait ce que sur la patte d'épaule il va lire. *Altaïr*, en effet (et, pour avoir dans Barcelone déversé un si nombreux contingent d'équipage, ce doit être une très grosse barque, un porte-avions sans doute), le nom qui allait sortir de sa mémoire y est replacé brutalement, la conscience lui est rendue d'un vide où il bascule. Il a le sentiment qu'une force énorme et stupide le pousse au-dehors, sans relâche après même que le marin s'est retiré. Bien sûr, les grands fleurons de bronze de la décoration extérieure rendraient le passage très difficile, mais, à condition d'être maigre et suffisamment leste, on pourrait se hisser jusqu'au trou, s'y glisser, se jeter en bas. Des désespérés, comme on dit facilement, l'auront fait. Plus d'une fois.

Le monument à Colón n'a pas rapetissé, mais le sol, où des promeneurs regardent vers la boule, soudain semble plus proche. Divagation ou retour à une réalité tragique, Sigismond a été tiré (au bout de quelle ligne, par quels doigts tenue ?) jusqu'en cette pointe du jardin du mas où sur des rochers vers Sète se dresse la tour des vents. Là, où est aussi un clair bassin, une gourgue, comme il se dit, où des couleuvres nagent, le caprice de l'architecte de la maison a bâti une colonne en briques rouges entourée d'un escalier de fer, lequel, dépourvu de rampe, porte à une plate-forme ceinte d'une frêle balustrade et couverte d'un toit de forme chinoise. C'est la tour des vents, et l'on ne sait par qui elle fut ainsi nommée, ni quand. Du sommet, à une hauteur de vingt et un mètres, on voit surtout des vignes, après le mur du jardin, mais Sigismond n'a pas souvenir d'y être allé depuis un temps fort long, car prudemment la base a été encerclée de grillage pour empêcher son fils, le jeune Elie, de passer, et la porte est condamnée par un nœud de fil de fer, qu'« elle » a dû défaire avant de monter. Dans le globe du mémorial au navigateur, Sigismond se croirait sous le toit baroque de la tour du mas, au-dessus de l'extrémité sauvage du jardin ; pour un moment, oui ; puis il retire de la poche de son veston la lettre et, quoiqu'il ait senti la tentation de l'envoyer voler dans les airs, il mouille d'un trait de langue le bord encore gommé de l'enveloppe, qu'il recolle soigneusement, en pensant que ce soir, ou demain matin, il l'ouvrira, et qu'alors il saura ce qu'il ne veut pas savoir à présent.

Descendre la spirale de la tour des vents est une assez vertigineuse entreprise, et Sergine eut besoin de son aide, après avoir voulu monter avec lui, à l'époque où elle était dans sa grossesse. A-t-il lu vraiment le mot « expiré » ? D'une enveloppe close, et qui ne sera ouverte qu'après délai, on ne peut estimer le contenu en se fiant à un souvenir incertain. Cette personne qu'il voit maintenant courir après une autre plus petite, au pied de la colonne, est-ce bien une mère qui poursuit son enfant et le rattrape avant qu'il soit arrivé sur la chaussée où vont les voitures ? N'est-il pas en proie à une exaspération morose ?

En tout cas, l'enveloppe restera fermée, au moins jusqu'à demain. Il l'a remise en son lieu, dans la poche intérieure.

Le mouvement des humains, en bas, paraît s'accélérer, et sur le quai des brimborions s'empressent. Étourdi, Sigismond s'éloigne de la baie dans laquelle il a passé peut-être moins de temps qu'il ne dirait, car ses compagnons d'ascension, la lourde femme et le garçon jeune, se hâtent de prendre la place pour contempler à leur tour. L'ascenseur est en haut, vide, tandis que le promenoir circulaire est encombré à proportion de la répugnance à descendre qu'il y a chez ceux qui ont été de file pour monter. Quoique Sigismond soit seul, le gros machiniste le voit avec plaisir, semble-t-il, entrer dans la cabine, et il le salue de la main élevée à son béret noir. Il ferme la porte, après s'être assuré que nul autre ne viendra, agit sur ses manettes, puis il laisse glisser le lent obus dans le tube sans quitter le passager d'un regard dirigé vers le cœur, comme s'il avait connaissance de ce que renferme la poche pectorale du veston de daim. A l'arrivée, Sigismond lui donne une pesète de pourboire, moins pour entendre sa voix quand il rend grâces enfin que pour effacer la trace de l'œillade.

Dans le couloir inférieur, quand on vient de la haute boule, l'atmosphère est pesante. Sigismond s'écarte de la porte derrière laquelle est l'aquarium où est montrée la vie de Colón, il ne donnera aucun regard aux Vierges électriques de la vitrine, il n'achètera point de souvenirs. Le sentiment d'être une sève redescendue rend nauséabondes ces bourses, pieux comptoirs autant que testicules en dessous du mâle mémorial, et c'est d'un pied rapide qu'il franchit le seuil, monte les dix degrés, jalons de l'escapade. Autour de la base il va vite, le feu pour les voitures est rouge à la traverse du paseo, le voilà du côté de la caserne supposée, il passe devant le *paz* de l'affiche entre les baïonnettes des soldats en faction, la rambla de Santa Monica s'ouvre devant lui, il s'y engage, après avoir négligé les efforts de cireurs qui sont à l'affût près d'une terrasse de café. Malgré l'étroitesse du trottoir qu'il a pris, celui de droite en montant, il méprise le vaste espace central, où sous les arbres vont moins des passants que des promeneurs. Aux rencontres, d'ailleurs, il s'efface, et son pas, de façon involontaire, s'est ralenti. Plaisamment (à la réflexion), il traîne.

« Plaisamment », c'est bien le mot, pour étonnant qu'il soit, si loin de Sigismond était quelques instants plus tôt toute idée de plaisir. Mais l'air est doux, et il y a une certaine satisfaction pour le voyageur à penser qu'il respire un oxygène qui n'est plus celui de son pays, tout de même que ces femmes et ces hommes auxquels il cède volontiers le pas lui sont sympathiques pour la seule raison qu'ils ne sont pas de ses compatriotes, selon les probabilités. « L'ennemi héréditaire, pense-t-il encore, n'est-ce pas le concitoyen, le parent proche ? N'est-ce pas de la famille et du sang que viennent les maux héréditaires ? » Conscient d'avoir joué un peu abusivement de l'épithète, il sourit, et une femme lui sourit en réponse devant l'entrée du Fronton, établissement qui, d'après les programmes affichés, doit être à demi sportif et voué à la pelote basque, à demi galant et ouvert à la danse et aux spectacles de cabaret. En jupe collante blanche, en chandail de tricot blanc, celle-là est la première que depuis le paseo de Colón il observe, et elle lui remet en mémoire le propos d'Antonin Pons (bel exemple d'ennemi héréditaire, au fait, malgré la reconnaissance qui lui est due et portée pour avoir envoyé Sigismond à Barcelone !). Le cousin, au lieu d'une mer, eût-il parlé d'un troupeau de femmes, sa phrase aurait été justifiée dans l'actualité par l'air de jument que Sigismond trouve à la créature, à cause de la noire crinière qui repose sur les épaules, à cause du nez busqué entre des yeux globuleux, à cause de la finesse des jambes qui ne sont qu'os et que muscles durs sous la nudité sèche de la peau. Sans doute il a le bonsoir d'une pute andalouse.

D'autres saluts, d'autres signaux l'attendent, et quand, plus haut, il a dépassé le restaurant Amaya, ses yeux passent en revue une garnison de filles qui se tiennent à l'entrée du Beachcomber's Bar, deux d'entre elles, et des plus brunies d'épiderme, ayant la vedette aux tables extérieures où elles font pendants en pareilles robes roses. Plus haut encore est une ruelle obscure où est le bar de Los Cabales, dans les profondeurs duquel des silhouettes se dessinent qui ne sauraient appartenir qu'à des miliciennes de même arme. Grande armée des putains, non pas massée en ordre de défense, mais hasardée partout en enfants perdus, Sigismond te considère avec mieux que de la sympathie, car ce sont les couleurs de la femme, celle de l'épouse qu'il chérissait, que déploient pour lui les robes chemises de tes mercenaires, et c'est aux confins des songes qui près d'elle endormie lui furent donnés qu'elles lui paraissent plantées. Quand la nuit sera venue, se dit-il, il t'inspectera, et si tes sentinelles ne lui refusent pas le passage vers les premières banlieues d'une cité naguère interdite, il ira sans se préoccuper de retour. Pour le moment, un bref aperçu lui suffit, coup d'œil sur le bastion où paradent les enseignes des bandes ténébreuses. Et il traverse la chaussée afin de gagner le refuge voisin, sur la plaza del Teatro, derrière un mouvant rideau de taxis qui sont à point venus pour le séparer des objets de sa vision ou de son imagination. Là, sous la statue du dramaturge Frederich Soler, qui avec un air et une barbe d'ingénieur de la fin du siècle dernier est assis au sommet d'une effrayante volute, vague de ciment portant le siège, il s'oriente. L'Arc du Théâtre est en face de lui ; la calle Escudillers, où se trouve son hôtel, est donc derrière la statue, au socle de laquelle il tourne le dos. Il va traverser derechef.

Auparavant il achète un paquet de cigarettes américaines à une sorte d'infirme qui sur un plateau posé sur le guidon d'un vieux tricycle à moteur offre aussi des billets de loterie, cigarettes de trafic, fournies par des marins (pourquoi pas ceux de l'*Altaïr ?*). S'il sourit, c'est qu'il se dit que Sergine, dont il s'est plaint mainte fois qu'elle fumât tant, eût été étonnée de le voir empocher le paquet, puis se pourvoir d'allumettes, lui qui ne fume pas.

Le restaurant Tibidabo, où il ira prendre quelque repas à son caprice puisqu'il n'a pas convenu d'un prix de pension, est à l'angle de la place et d'Escudillers, au premier étage. Le rez-de-chaussée est occupé par le bar du même nom, dépendance de l'hôtel encore, et derrière la vitre on voit des femmes qui par la coiffure et le maintien se rangent dans l'espèce des miliciennes de tout à l'heure, peut-être avec un plus haut grade. Sigismond à peine les remarque, car il va sur le trottoir opposé, où il s'est souvenu qu'ouvrait la porte de l'hôtel. Il s'arrête devant la montre d'un magasin d'alimentation où quelque chose qu'il ne distingue pas subitement l'a rendu attentif et, après un instant de recherche, il découvre parmi les boîtes de conserve, les pots de confiture, les bocaux, les flacons et les gourdes un étrange objet qui est une bouteille moulée à la forme de la colonne mémoriale qu'il vient de parcourir de bas en haut. Un petit Colón sur un globe la bouche, et son contenu est d'anis, d'après une étiquette qu'il doit être aisé de décoller pour augmenter sa valeur artistique. Tour de verre, talisman ou maléfique bulle, l'objet se fait indispensable à tel point que l'homme après l'avoir détaillé reste perclus de membres et d'esprit, et qu'il sent qu'il ne pourra repartir avant d'en être devenu possesseur. Le seul remède est d'entrer dans la boutique et de demander le prix au patron, un vieux gringalet de peau moins jaune que verte, les yeux bruns vrillés dans la tête chauve. C'est cinquante pesètes, ce qui, pour le verre seulement, n'est pas cher au tarif des brocanteurs de Montpellier, et l'anis ne doit pas être aussi bon que celui de Las Cadenas, mais à tenir en main la bouteille curieuse Sigismond se sent comblé d'une satiété qui à vrai dire laisse peu de place à l'espérance. La tour des vents ? Sur un billet de cent, qu'il a posé sur le comptoir, le vieux sorcier lui rend une lourde pièce frappée à l'effigie de l'enflé. Elle déforme, quand il l'y introduit, son porte-monnaie déjà difficile à clore à cause d'un menu cartonnage dont il aperçoit presque à regret la boursouflure.

L'épicier l'a salué, « *buenas tardes* », il est dans la rue, il voit devant soi l'image de la colonne de verre qui est sous son bras pourtant comme une matraque, enveloppée d'un fort papier gris ficelé d'un gros fil rouge. Puis au-dessus de lui s'allonge la plaque qui porte en caractères miroitants le nom de son hôtel : Tibidabo. Lui sera-t-il donné ? Et si oui, au hasard ou d'après son mérite, ou selon de secrètes lois ? Sergine, qui fut longtemps pour lui le don par excellence, en même temps que la donatrice, et qui suivait dans la chute d'osselets jetés sur un tapis vert des combinaisons fatidiques auxquelles elle ne croyait peut-être pas beaucoup, se fût moquée de son interrogation. Rire est mieux qu'expliquer, quand on est certaine d'être aimée. Quant à lui, sa certitude est qu'il ne lui sera jamais donné d'aimer une autre femme que Sergine. S'il allait, malgré l'impossibilité logique de la chose, trouver une lettre d'elle au bureau de l'hôtel...

« *Buenas tardes* », le concierge lui remet sa clé sans demander s'il eut ce qu'il souhaitait de la poste restante, on ouvre pour lui la porte de l'ascenseur, on la referme, on expédie le client avant qu'il ait pressé le bouton de l'étage. Dans la chambre, il tire la lettre de sa poche et la place sur le tapis d'une petite table qui est à côté du cabinet de douche, au bout du lit, puis il défait le paquet gris et pose la bouteille sur l'enveloppe, bien au milieu. L'étiquette, ainsi qu'il l'aurait parié, ne tient pas ; elle n'est collée qu'à la glu et s'en va sans qu'il soit besoin de mouiller ; voilà nue la tour de verre, elle brille, sous la lumière de l'applique, avec un éclat magistral, elle a trouvé son lieu et domine.

S'étendre en bas de cette tour est un mouvement auquel il serait exagéré d'accorder le sens d'un acte de soumission, car Sigismond est fatigué d'avoir marché longtemps sur le pavé chaud ; néanmoins il lui faut s'avouer qu'il donne à l'objet une attention respectueuse, tandis qu'il se débarrasse de son veston et puis qu'il se déchausse, et quand il s'allonge sur le lit qui n'a pas été retapé depuis sa sieste. Il éteint, par le moyen d'une menue poire blanche qui est à portée de ses doigts.

Qu'il ait sommeil, non, et cette fois il sait qu'il ne dormira pas, mais en reposant un peu il voudrait penser à Sergine, l'évoquer, la revoir en imagination. Etrangement (se dit-il), c'est le visage de la vieille Féline qui s'impose à sa rêverie, un visage qui lui paraît n'avoir en rien changé depuis la première fois qu'il s'est penché sur le sien, dans l'extrême enfance, et qui a l'expression de bonté solaire que l'on voit à certaines faces de lions sculptées jadis dans une pierre dorée. Telle figure immuable sourit au-dessus d'un col très blanc et d'une longue robe stricte de tissu bleu sombre, le vêtement qu'il a toujours vu à Féline, aussi bien il y a trente-cinq ans et plus, quand elle le gouvernait, que dans le présent où elle gouverne le petit Elie. Le chariot léger que Féline traîne, quand elle emmène Elie recueillir des escargots dans les vignes, n'est-il pas celui où elle l'a traîné lui-même, à pareil âge, au retour de pareilles quêtes ou de pareilles promenades ? La bave des escargots sur les feuilles qui parent les bords d'un panier familier étincelle. Mufle de bon lion, masque de bon lépreux, soleil couchant au-dessus d'un phare translucide, la face de Féline rayonne sur l'image de la tour de verre.

II

Sur un fût cannelé, à hauteur de poitrine d'une personne ordinaire, un carré de marbre poli, c'est dans le jardin du mas un cadran solaire que Féline eut en durable affection, si elle y conduisait Sigismond petit aussi habituellement qu'Elie hier encore. Plus moussu du pied seulement, le cadran est tel qu'on le voyait dans la lointaine époque, et Sigismond se rappelle comme il se retrouvait assis sur la table de marbre quand il avait été soulevé par les robustes bras de Féline, qui prenait soin que l'enfant ne se blessât pas en touchant la pointe du style de bronze. Le jardin, de ce côté-là, qui est à l'opposé de la tour des vents, est soigné, fleuri presque en toute saison. Une allée de gravier fin, bordée de cyprès, va de la maison au rond-point du cadran solaire, en serpentant. Des rosiers nains y sont au début de leur splendeur, qui durera tout le mois, puis ira en déclinant jusqu'à la mi-juin.

Sigismond quand il s'est étendu n'a pas regardé son bracelet-montre, comme il vient maintenant de faire, après avoir pressé le bouton qui donne du courant à l'applique, et de savoir qu'il est huit heures moins cinq sa rêverie définitivement est interrompue. Le jour baissait, quand il est rentré, or la fenêtre entrebâillée n'est plus témoin que de lumière artificielle au-dehors. Entre la pénombre et l'obscurité il a donc passé un long moment dans la compagnie des images de Féline. « Vieille Féline, adieu », prononce-t-il (bas), tandis qu'il se lève, puis il se rechausse, confus d'avoir parlé seul comme faisait son père, Gédéon Pons, qui donnait tant de petits signes d'insanité qu'on l'eût probablement enfermé si ne l'avait fait respecter son métier de directeur d'école. Féline se méfiait de lui, et le soir, aussitôt qu'elle pouvait, elle écartait le père, veillait farouchement sur le sommeil de l'enfant. Sous la garde d'un lion, ainsi dans la jeunesse de Sigismond les nuits avaient coulé. « Comment s'écoulera celle qui dans le présent commence ? » se dit l'homme, en se souvenant d'un refrain entendu parfois : *Barcelona de noche*. Pour celle-là, sans hésitation, il lui faut une cravate, et d'abord il va suspendre à la tringle de l'armoire sa valise souple, qu'il déboucle ; puis il tire l'anneau de la fermeture éclair et il ouvre un fourreau de plastique, où est le menu linge. De trois cravates qu'il avait roulées avec un nœud papillon, sous les mouchoirs et les slips, il en choisit une de laine noire, qu'il va nouer devant la glace où tout à l'heure en se mirant il avait pensé voir l'image de Sergine. Ensuite, il remet son veston. Il est prêt pour sortir (après avoir adressé un salut à la colonne de verre sous laquelle est la lettre scellée).

Dans le couloir, la soubrette intrigante n'est pas de

revue. « Tant pis », se dit Sigismond, qui s'attendait à la découvrir collée au mur et qui avait le projet d'éteindre l'éclairage pour s'arrêter devant elle et la flairer longuement dans le noir. Puisqu'il n'y a pas lieu de refuser son offre, cette fois, il prend l'ascenseur, qui le dépose en bas avant qu'il soit arrivé à retrouver le souvenir de l'odeur suavement féminine et sensuelle. La clé sur le bureau tombe, avec les mots préparés, « *buenas tardes* » ; cependant c'est *buenas noches* qu'il fallait souhaiter à cette heure, et le concierge en souriant lui a donné la leçon. Qu'il ne l'oublie pas, la nuit est venue, la bonne sorgue amie des vauriens de jadis, on n'y verrait goutte n'étaient les étoiles artificielles du ciel de verre au-dessus de sa tête, et dehors, dans Escudillers, les restaurants, les bars et les tavernes rivalisent d'enseignes à feux fixes ou clignotants.

Sans que ce soit la première nuit où Sigismond dans une grande ville se trouve complètement seul, il n'a pas en mémoire que depuis son mariage, cinq ans plus tôt, la chose lui soit arrivée, et dans les deux ou trois années précédentes il n'avait pas quitté le Languedoc, où les cités sont provinciales et se font désertes quelques heures après la fin du jour. Le bain de minuit, que lui ont appris les récits de Sergine qui vécut à Nice avant d'être étudiante à Montpellier, n'est pour lui qu'à l'état imaginaire, néanmoins c'est comme on se jette à l'eau dans l'ombre ou sous la lune qu'il se joint au flot humain difficilement contenu entre les bords d'Escudillers. Bois flotté à fil de courant, fétu entre des milliers de fétus qui dérivent, feuille tombée de la berge à la saison de la chute, il se laisse aller et se plaît à cette mise en commun qu'il doit non pas à des ténèbres mais au remplacement de la lumière solaire par une foison de lampes électriques. Sa volonté, ses facultés d'observation, provisoirement sont abolies. Il ressent une fraîcheur qu'il attribue à la condition de noctambule.

Puis il se rend compte qu'il approche de la Rambla. S'il a pris cette direction, c'est par l'effet du hasard, ou peut-être parce que la circulation est plus forte par là que dans le sens opposé.

Sur la place du Théâtre il est lancé en vertu de la loi de jet qui régit les corpuscules soumis à une poussée au débouché d'un orifice étroit. Quelques pas l'ont dégagé de la cohue. Dans l'espace ouvert devant lui, il ralentit sa marche, hésite à traverser l'asphalte où des taxis s'arrêtent qui au coin d'Escudillers débarquent des putains. Mis en commun, déjà il ne l'est plus, non, et sans plaisir il s'aperçoit qu'il recommence à se distinguer, et que rentre dans une existence particulière ce Sigismond Pons dont il aurait abandonné la défroque au courant de la foule avec aussi peu de regret que pour un chapeau marqué d'initiales que le torrent trimbale. Malencontreusement dirigés comme il faut bien s'avouer qu'ils sont, les quarante et un ans de ce fichu voyeur ou témoin se recomposent derrière lui comme une chaîne de bactéries entre les plaques du microscope, comme dans la visée du télescope la queue d'une comète. Frederich Soler ricane au sommet de la vague pétrifiée, et entre sa barbe et les mèches de sa chevelure il y a quelque chose de paternel, de supérieur et de hagard qu'il y avait peu différemment dans les traits de Gédéon Pons quand il ressentait une certaine difficulté d'élocution, laquelle, en l'empêchant de prêcher, l'avait détourné d'une vocation de pasteur. « Ta vie est devant toi ; marche droit », semble-t-il que veuille (sans y parvenir) dire le père au fils, et Sigismond, qui pour être protégé du dément roux n'avait confiance autrefois qu'en l'amour de la vieille Féline, va s'éloigner de la statue qui n'est plus tout à fait celle d'un dramaturge inoffensif. Droit devant lui, quand il a traversé les deux chaussées et le trottoir central de la Rambla, il voit le Panams, un ensemble de bars, de buffets et de cabarets, situés au sous-sol, au rez-de-chaussée et au premier étage, sur les bâtis de verre, de pierre et de métal desquels la foudre sûrement frapperait si elle était docile aux volontés de feu Gédéon. Trop de gens là vont et viennent, entrent ou sortent, pour qu'il ait envie d'aller se remettre dans une mêlée si voisine de celle d'Escudillers. Commandement paternel ou non, d'ailleurs, marcher lui va. Il ira à gauche, pour tourner à droite ensuite, sous l'Arco del Teatro, à trente mètres.

L'arc est un passage voûté dont le sombre crépi assez bien s'accorde à des relents d'urine qui font la suggestion de l'entrée d'une vespasienne à l'usage de géants. Tout au moins la voûte et l'odeur ont-elles pour Sigismond le caractère de ce qui est romain, et qui se trouve à Nîmes autant que dans la cité couleur d'or et de bran où il fut avec Sergine au mois de mai, guère plus tard qu'à présent, dans l'année qui suivit la naissance du petit Elie. Rome est partout dans les villes du Midi, quoique le denier à Vespasien ne soit plus payé par personne. Sergine, un œillet sous les narines un peu busquées qu'elle remuait avec des manières de pouliche, accélérait le pas aux endroits où vraiment le marbre sentait trop, car la puanteur du marbre où l'ammoniaque au soleil s'évapore est le plus intolérable défaut des lieux sublimes. Sans tant de nervosité, Sigismond de même accélère. Le quartier de ruelles, où par la voie de l'arc il est venu de la Rambla, n'est pas aussi peuplé que les environs de son hôtel, les lumières n'y sont pas aussi vives, les bars n'y ont pas de si tapageuses musiques, et lui-même, en épiant entre les rideaux d'une cafétéria le jeu muet des serveuses, éprouve un sentiment de gêne que la persistance de la mauvaise odeur ne suffit pas à expliquer. Devant lui se rétrécit la calle Arco del Teatro. A droite, au premier coin, il préfère tourner dans Lancaster, large tranchée sinistre au milieu de laquelle sur de gros pavés joints de poussière et d'ordure il chemine, méprisant le trottoir plus disjoint, négligeant un bar assez louche qui à la mode anglaise se réclame de pirates. Point de passants là. Il est, pour un moment, à l'obscur.

Court moment après lequel il débouche dans la transversale éclairée autant qu'animée de la calle Conde del Asalto, qu'il avait observée sur le plan de la ville, à l'intention d'aller, suivant les conseils du cousin, de la Rambla au Paralelo. La Rambla est à droite, c'est donc à gauche qu'il prend, et parce qu'il y a plus de lumières et plus de peuple en face il traverse entre deux taxis qui charrient des filles fardées encore pour le probable but de piller des marins américains à l'entour de la statue de Frederich Soler. Un cinéma attire son regard moins pour les affiches de westerns que pour un bar, devant la caisse, où deux jeunes gitanes mangent du jambon noir et des olives avec une avidité féroce qui le fait penser à des perroquets carnivores. Le désir, jamais exaucé, qu'il eut d'avoir un perroquet, tenait peut-être à ce que Féline lui avait raconté qu'en donnant de la viande crue à un oiseau de cette espèce on lui donnait le goût vicieux du sang, et qu'alors, en se servant de sa patte habilement preneuse, il arrachait toutes ses plumes pour en sucer la racine. Sergine s'était bornée à dire que les perroquets détestaient les femmes, et qu'elle n'en voulait pas. S'il en avait eu un, cependant, aurait-il résisté à la curiosité de vérifier son appétit morbide ? Sans doute que non. De l'épais jambon cru il sent quelque envie, et de s'en faire servir une tranche à côté des petites perruches. Et puis merde il s'éloigne.

Observateur, il l'est redevenu tout à plein, ce qui n'empêche pas ses pensées d'errer du côté de la tour de verre, sous laquelle est une lettre qui certainement ne sera pas ouverte cette nuit, demain non plus selon les probabilités. Par une assurance de vingt-quatre heures au moins ses faits et gestes sont garantis. Ses pas ne sont soumis à aucune loi que de le porter au terme du délai, qui peut être prolongé, d'ailleurs. « Jamais, se dit-il, je n'ai été aussi maître de ma vie que maintenant ; jamais le songe ne m'a donné si surhumaine liberté. » Il se dirait tout-puissant puisque pour lui rien n'importe pendant le temporel intervalle dont il jouit, puis il se trouve un peu drôle ; il sourit de nouveau. N'est-ce pas une sorte de saturnale qu'en posant la tour dans la juste case il s'est concédée ? A la réflexion, puisque provisoirement il est maître du jeu, il fera durer le répit jusqu'au troisième jour. Trois jeunes gens, comme en confirmation du propos, qui viennent en se tenant par le bras, le forcent à s'abriter dans une entrée de boutique où dans les vitrines illuminées brillent des mantilles de satin, et un bossu vêtu de noir s'apprête à lui ouvrir la porte. Étonné que les magasins soient si tard ouverts à Barcelone, il est huit heures et demie, Sigismond, par politesse, fait à l'homme un signe de la main et regagne le trottoir, qui à la vérité n'est pas large pour l'affluence quand tant de voitures courent sur la chaussée. Mais dans les maisons une trouée se présente, qui est celle de la calle de San Ramon, à droite. Là, tout le milieu de la rue est rempli de gens, qui sont assemblés autant qu'ils vont ou viennent. A ceux-là Sigismond se mêle.

Curieux est le magasin d'angle, qui du côté de San Ramon offre sur des tablettes de bois un prodigue étalage d'appareils et d'objets d'hygiène intime où les grandes poires des douches rotatives voisinent avec les petits injecteurs urétraux, les petites éponges vaginales, les seringues, les suspensoirs et surtout les préservatifs dont les charmants emballages, variés non moins de forme que de couleur ou d'illustration, opposent galamment l'industrie nationale à celles de la France, de l'Allemagne, de l'Angleterre, des États-Unis et du lointain Japon. *Gomas* est en gros caractères le mot qu'on lit au-dessus de la vitrine. Désigne-t-il l'une de ces « cliniques » particulières, qui selon Antonin ne seraient pas rares au nord de Conde del Asalto ? Boussole à part, c'est possible, puisque Sigismond vient de traverser la populeuse rue, et ainsi, d'après l'indication, il doit être arrivé dans le voisinage immédiat de ce que son cousin nommait le quartier réservé. Le bazar de capotes est ouvert, clinique ou non, et la lumière intérieure peint doucement de mauve le verre dépoli de la porte. Tourner le bouton serait facile, mais qui trouverait-on là ; par quel prudent détour amorcer la requête d'un empereur ou d'un prêtre romain en latex, destiné au plus infâme usage ? Il vaut mieux s'être pourvu dans la banale pharmacie de Perpignan.

Que la cohue soit aussi dense que dans Escudillers, mais qu'elle stagne, voilà un signe encore qu'il y a de bons sujets d'attraction derrière les portes et les fenêtres de ces maisons moroses à partir du premier étage, percées de profonds lieux publics au rez-de-chaussée. Sigismond, qui fut poussé par un groupe exubérant, s'excuse (de son mieux) auprès d'une vieille en guenilles blanches qu'il a bousculée sans le vouloir, puis sous une voûte il va boutonner discrètement la poche de pantalon où est son portefeuille. Le porte-monnaie, qui contient de grosses pièces d'argent à côté de l'étui dont la pensée l'obsède, suffira largement à la dépense, s'il veut manger ou boire. Toujours solitaire, il a l'impression que le théâtre ou le songe devient plus consistant autour de lui, et que les acteurs ou les apparitions ne cessent de prendre corps. Ils pourraient lui jouer un mauvais tour, s'il a trop confiance.

Écartant des enfants qui fument un tabac fort, il progresse. Sans se retourner, il sait (de façon intuitive) qu'on le regarde par-derrière, comme si un écriteau entre ses épaules dénonçait sa qualité d'étranger, tandis que les gens qu'il a devant lui ne l'ont encore observé qu'un peu. Ceux-là, c'est donc lui qui les regarde. « Qu'ils sont verts ! » se dit-il, presque à voix haute, en riant tout seul une fois de plus, ce qui le fera passer pour un ivrogne et le rendra moins singulier aux yeux de la population. Des visages d'un vert olivâtre, ainsi colorés par un épanchement de bile, peut-être, c'est ce qu'il voit dans le trouble éclairage de San Ramon, sauf à quelques fillettes ou jeunes garçons qui ont une pâleur grise en laquelle se détachent des prunelles très brunes. A droite, à la devanture du bar Ramona, trois putes sont en exposition, et au-dessus de leurs caracos déteints, sous le blond pareillement factice de leurs maigres bouclettes, leur peau est verte aux endroits libres de fard. Derrière elles, cinq ou six vieux hommes (le juste compte est malaisé, dans la profondeur), rangés au long du zinc, montrent de creuses joues vertes hors de la noirceur lustrée de leurs habits. Vert est surtout le crâne des chauves, et l'on pourrait hésiter s'il faut de ces tons accuser, comme il s'est dit, des foies malades, un vernis de crasse huileuse ou le courant bas dans les tubes au néon. La première explication ne se justifierait pas mieux que les autres, et en bonne justice on les unirait, or Sigismond ne veut aucune des trois, car avec une assurance d'explorateur plus que de simple voyageur il a décidé qu'en mettant le pied dans la réserve des putes il était arrivé au pays de la race verte. A cette folle idée, en enfant, il s'exalte. D'être venu où maintenant il est, qu'il fut inspiré bien ! Louange à son cousin qui l'a persuadé de partir et qui l'avait devancé probablement dans ce pays même.

Parmi le peuple vert, en contournant des groupes, il a cheminé. Au carrefour de San Ramon avec la calle del Marqués de Barbara, les coins d'angles sont occupés par des bars moins caverneux et plus clos, dont le plus voyant, à l'enseigne de Cuba, révèle à l'explorateur, quand à la manière des hommes de la rue il a posé son front sur la porte vitrée, une vingtaine à peu près de filles en location, qui sont moins défraîchies de peau et de vêtements que leurs pauvres sœurs précédemment passées en revue. Dans les autres bars, avec moins de satin et de galbe, sensiblement c'est idem, à la différence que les consommateurs masculins, attachés comme des chevaux au râtelier du comptoir, sont plus nombreux dans les endroits où les putains sont laides. Le bar Marseille, à droite, est derrière Sigismond déjà. Des bars encore, de petits restaurants, sont au bas de chaque façade ou presque, et à droite et à gauche il jette des regards en suivant le courant, car à partir de la croisée des rues le mouvement s'est accentué dans la direction que lui-même avait prise. En quelques pas, il dirait bien quelques tours d'hélice, le voilà poussé dans un plus important canal, la calle de San Pablo. Les bars y sont moins abondants que les restaurants, ce qui pourrait s'interpréter comme une marque du respect rendu au nom de l'apôtre Paul, et le pasteur manqué qui planta le germe du petit Sigismond dans une matrice de bonne espèce calviniste, s'il eût été par mégarde aventuré dans ce quartier de rues charnelles, se fût tenu au milieu de celle-ci jusqu'à ce qu'avec sa crinière rousse et ses yeux d'or clair il eût débouché sous les arbres de la Rambla. D'avoir pensé à lui, Sigismond sent peser la malédiction. Ainsi pèse la tour de verre sur la lettre de Féline. Vieille Féline ; à la seule articulation silencieuse de son nom l'image du père est défaite, nuée qui avait pris une forme menaçante et qui s'éparpille entre deux toits.

Un terrain vague, cependant, s'ouvre à gauche, où des camelots, sous une lampe à acétylène portée par un pieu, débitent de menues utilités en matière plastique. Le courant d'hommes se répand là, ralentissant, négligeant San Pablo, qui est vide dès l'endroit où s'évanouit l'image paternelle. Au fond est une étroite rue, dont à l'approche de Sigismond le nom devient lisible au-dessus de la vitrine d'une *clínica gomas* dépourvue de vergogne encore plus que la première. Calle de Robador, n'est-ce pas rue du voleur que cela veut dire ? Ancienne et légendaire appellation, mais le voleur, ou plutôt le ravisseur, aujourd'hui c'est le noir sexe de la femme de plaisir, la plaie frisée, l'œil velu dans l'angle bas du triangle isocèle, sorte de taureau inverse qui se fortifie des coups qu'il reçoit et qui d'être estoqué s'engraisse. A près d'un millier d'exemplaires, on le voit grouiller dans la rue et dans les ruelles adjacentes ; les morceaux charnus qui l'environnent, cuisses, croupe, ventre, gorge, le visage ailleurs adoré sous l'opulente chape de la chevelure, les tissus du vêtement plus ou moins indiscret, tout cela, dans Robador, n'a valeur et fonction que d'accessoire ; l'essentiel est l'œil inférieur, dieu autant que bête et doublement rapace ; en regard, l'homme est un être de troupeau, dont le rôle est moins viril qu'alimentaire.

Mêlé à la cohue, Sigismond est entré dans ce qui lui paraît une sorte de corridor à ciel ouvert, le ciel comme un ruban d'obscurité au-dessus de la violente illumination des baies latérales. Épaves est le nom que parfois l'on donne aux bestiaux égarés, il s'est souvenu de cela en voyant dériver les hommes de la bouche d'un bar à celle d'une cafétéria, à celle d'un couloir d'estaminet, à celle d'une impasse, à celle d'un autre bar, et si les hommes vont au Robador avec l'illusion d'être des chasseurs à la recherche de proies, la vérité, se dit-il, est plutôt qu'ils sont eux-mêmes à prendre et que leur démarche flottante les offre sans déni au licou. N'est-ce pas leur meilleur plaisir que de s'exposer ou de se proposer à l'agression féminine ? On le dirait, à voir comme d'œillades ils la suscitent, comme en déployant la cape rose on encourage le taureau à foncer. Parmi les putains, les hommes se font putains plus qu'elles.

Sans désir et sans crainte, pour cette fois, d'être pris (quelle qu'eût été son intention quand il avait garni la pochette du porte-monnaie), Sigismond entre les filles et les hommes en chasse a l'impression de n'appartenir ni à l'espèce des unes ni même à celle des autres. N'était que les premières lui font signe, l'appellent ou se moquent de lui, tandis que les seconds le bousculent ou marchent sur ses pieds, il penserait au milieu d'eux et d'elles n'avoir pas plus d'existence qu'un regard à l'état pur et aller là comme un miroir roulant, comme un spectre tout immatériel ou comme un dieu. Puis il pense que dieu, fantôme ou miroir à roulettes, il serait privé de chaleur et de vie. « Pourquoi, se dit-il, toutes ces filles autour de moi font-elles que je me sens comme une sorte de mort ? Antonin, à ma place, serait un exultant gaillard, et c'est précisément pour venir à la place où je suis que j'ai écouté son conseil. Qu'est-ce donc qui me met hors du genre humain ? Ne suis-je pas malade ? » Phallus transparent, l'image de la tour de verre se présente à ses yeux, et alors, pour ne point recevoir une réponse qu'il ne veut pas encore accepter, Sigismond prend secours de ce qui ne l'a jamais déçu, le rêve, ou le souvenir du rêve. Oui, c'est quand il songeait auprès de Sergine endormie qu'il s'est trouvé déjà dans de pareilles situations, entouré d'hommes errants, de filles et de lumières, sous un ciel sombre qui n'était pas celui des vivants ou tout au moins de ceux qui veillent. Réconforté, il entre, à la suite de trois jeunes gens qui entrent là comme à l'université, dans le couloir d'accès au bar Lola.

Entre des murs carrelés de céramique noire, sous des lampes faibles, les arrivants rencontrent des hommes qui sortent, et l'un de ceux-ci tient le bras d'une grande poupée teinte en roux, très brune de peau dans le double décolleté d'une robe en satinette crème. Pour lui, le rêve (si c'en fut un) touche au terme : quatre pas dans la rue, un escalier, un lit salement ouvert, puis la gagneuse en quelques ruades va le mettre au point de regagner la chambre triste qui est son lot probable, après les heures d'usine et de bureau. A cause de l'étroitesse, pour se croiser, les hommes se rangent en file, mais ils ne se saluent pas. La fille en passant a jeté sur Sigismond un lourd regard oblique. S'il veut l'attendre à l'intérieur, elle ne sera pas lente à revenir, promis, c'est en clair ce que signifiait l'œillade.

Point de porte ; directement l'on débouche dans la salle qui est beaucoup plus longue que large, avec un grand comptoir d'aluminium qui occupe à peu près les deux tiers de la longueur, ménageant ainsi une arrière-salle plus spacieuse, où règne un électrophone aussi bruyant et chamarré qu'un ara. Les murs sont carrelés de blanc, comme si on était sorti du négatif en quittant le couloir. Quelques hommes boivent, qui pourraient être des maquereaux, mais la plupart se promènent parmi les filles, quarante à peu près, qui tiennent debout la pose ou qui pour mieux se montrer marchent, tandis que cinq ou six chaises portent le poids des lasses. Peu vêtues, beaucoup sont énormes. Leur œil est généralement mordoré tel que celui du cheval, leur comportement est autoritaire et, porterait-on l'uniforme, il faudrait se retenir pour ne pas leur dire « mon colonel ». Les maigres, alentour, ont un air d'enfants de troupe.

Sigismond n'a fait qu'aller au fond et revenir. Courtisé (comme il lui a paru) pendant le premier trajet, il se voit méprisé ou moqué à mesure qu'il se rapproche de la sortie, et les mots que derrière son dos on prononce semblent des allusions à sa mollesse. Il s'est conduit, pourtant, comme se conduisent la majorité des visiteurs. Ceux qui avaient été ses compagnons à l'entrée l'ont rejoint à l'issue. Dehors, il se dit que l'expérience est bonne, car une chose, en tout cas, est certaine : c'est que tous ces bars ou lupanars grands ouverts sur la calle Robador sont des lieux aussi publics que la chaussée, dont ils constituent un simple prolongement. Libres d'accès, on peut les parcourir et même un moment demeurer sans justifier par aucune consommation sa présence. Passe que l'on soit un peu raillé, puisque dans le rêve aussi l'impression dominante est souvent que l'on fait rire de soi. La leçon vaut d'être mise à profit, non moins que la tolérance.

En orange une et l'autre en vert, le fruit et la feuille, deux grosses filles brunes, qui du bar Triana derrière Sigismond sont sorties, le poussent gentiment car ses épaules, qu'il croyait au mur, bouchent la voie qui de la rue mène à des chambres. Quand il reprend sa place : « *Hombre* », entend-il qu'on lui crie, et de nouveau il faut s'écarter pour les clients des filles, deux jeunes hommes qui ont l'air de mécaniciens qui seraient passés à l'établissement de bains entre le garage et le claque. « Pourquoi des mécaniciens ? » se dit-il en entrant, à son tour, au Triana ; la réponse qu'il se fait est que leur allure penchée et leurs rudes mains remuantes vaguement évoquent des professionnels de la clé anglaise, comme elles pourraient évoquer des gynécologues. Qu'ils aillent donc déboulonner les putes ! Cependant il a constaté que jouxte chaque bar est un escalier surmonté du mot *habitaciones*, peint sur le mur ou lumineux par l'entremise d'une tôle découpée ou d'un verre dépoli. Ainsi l'on ne peut aller, directement, de l'estaminet aux chambres, et la morale est sauve et devant les assises internationales les ministres de l'enflé pourront prétendre qu'il n'y a plus de maisons de prostitution dans le pays qui pavoise aux couleurs du sang et de l'or de vidangeur. Mettre le pied dans la rue est obligatoire avant de monter ; certaines filles vont jusqu'à traverser, par zèle, l'étroit boyau. Voilà de quoi les justifier aux yeux de la police (dont on voit rôder deux grisâtres représentants) et les faire pardonner, peut-être, à la petite fenêtre du confessionnal, quand elles iront en vêtement strict, manches longues, bas aux jambes, les cheveux couverts d'une mantille noire. Sans qu'il y ait contradiction, il paraît nécessaire qu'en la rue les filles ne soient que de passage, tandis que dans les bars et, c'est probable, dans les chambres, elles ont un air de personnes qui sont à l'atelier ou dans leur domicile. Au Triana, c'est quasiment comme chez Lola, sauf que la salle, plus vaste, a des murs enduits d'un crépi rose qui sied à la nudité de la chair parfois blanche et plus souvent bise, et puis qu'il y a peu d'hommes et que les filles sont encore plus nombreuses. L'aller et le retour de Sigismond ont été si prestement dirigés que nulle n'a fait attention à lui.

Dans le métier de miroir (ou d'observateur) roulant, il est en notable progrès.

Son pied gauche a buté sur un corps mou. « Me garer à sénestre », pense-t-il, en reculant, comme au tango, d'un pas, pour voir ce qui l'a fait trébucher. Quel dégoût, alors, quand il constate que c'est le cadavre d'un gros rat ou d'un petit chat gris, sur lequel tant de gens ont pesé qu'entre les deux espèces on hésite ! Voudrait-on juger avec certitude, il faudrait (de la pointe du soulier) retourner la chose, pour savoir si la queue est lisse ou poilue. Mais quel surcroît de dégoût ! Du bar Triana l'image qui plus fermement dans sa mémoire est demeurée est celle d'une robuste fille brune en corsage blanc très décolleté, en jupe très courte, zébrée de blanc et de noir, en sandales bouclant deux fois de cuir noir la peau des pieds. Jeune encore, elle avait réuni les mains derrière une nuque couenneuse, et elle tournait sur elle-même avec lenteur, exhibant les sombres touffes de ses aisselles. La bosse de son ventre égalait presque la bosse unique de ses seins jumeaux, sanglés comme le chargement d'une mule. Etonnant relief dont le corps féminin est susceptible : les putes du Robador, enflées de coca, de pepsi-cola, si on les mettait toutes sur le dos (ce qui, pense Sigismond, est en réalité leur posture fonctionnelle), ne ressembleraient-elles pas à un grand troupeau de chameaux accroupis dans le désert ? Et la petite motte velue sur laquelle il vient de marcher, comment rejeter cette ordure hors du troupeau ?

C'était le dégoût, peut-être, mais, parce qu'il s'est

retourné brusquement, il se trouve vis-à-vis d'une grande pute maigre, qui allait vers les habitations en tirant comme au bout d'une invisible laisse sa prise, un épais bilieux. Les cheveux noirs tombant plats sur le saillant des clavicules, nue visiblement sous une sorte de chemisette en satinette orange, elle est ainsi que le vivant déni de la forme de chameau par Sigismond songée. « *Accidente* », dit-elle, comme ils se retrouvent face à face, lui dans la cohue s'étant jeté à droite et elle à (sa) gauche, « *Accidente* », dit-elle à nouveau, mais avec un sourire à son adresse, comme la cohue empêche que l'un de l'autre ils se dépêtrent. Des galets, vraiment, entre tant de galets roulés par le courant dans l'étroit lit du Robador. Enfin il s'est dégagé d'elle, mais l'aurait-il embrassée il ne la connaîtrait pas mieux, et il n'oubliera pas de sitôt (pense-t-il) sa forte senteur. Par la presse il est poussé dans un bar où moins de femelles sont en vue que de mâles, et s'il n'a pas lu l'enseigne lumineuse au-dessus de la vitre, tant pis, il entre, car il commençait à souffrir de la bousculade.

En ce boxon-là, comme chez les poulaillers pendant l'été la volaille, les *señoritas* sont à l'intérieur, ce qui laisse les places de devanture à de menus mecs. Dedans, que d'orange au-dessous de l'or bis des épaules, autour du brun ou du safran des gorges ! Ne dirait-on pas que par coton, fibrane, rayonne, satin et satinette, la couleur entre mandarine et rouge, dans tout le Robador et dans tout Barcelone même, est celle qui le mieux colle à la peau des putes ? Et si, comme Sigismond, l'on fait la réflexion que la belle teinte donnée par le soleil à l'épiderme des femmes est plus ou moins celle du flux de ventre, n'est-on pas ramené à l'or de vidangeur qui entre deux traînées de sang s'étale au centre du drapeau pesteux ? Mais de sa réflexion, qui ne vaut maille, il se tire, car il est dans le fond du local une petite pièce carrée où sur trois côtés les putes assises composent à peu près le décor de ce que l'on est convenu d'appeler un *cuadro flamenco*, et là, au point précis où sur les cartes postales on voit s'exalter une danseuse, se trouve un phénomène qui accroche impérieusement le regard. Ce phénomène est sur une chaise une naine de la plus brève espèce, qui n'est vêtue que d'une chemisette courte et d'un caleçon (pareillement rose orange). Ses jambes de bébé vieux, bien droites, dépassent de peu le rebord de la chaise, et les ongles de ses orteils sont peints, mais il ne semble pas que toute seule elle serait capable de mettre pied à terre. Autour du cou (replet), on a lié une ficelle, au bout de laquelle s'agite sur ses mamelons pointus, suivant les mouvements de son monstrueux torse, une étiquette à bagages de l'*American Merchant Line*... Elle est formidablement vivante, malgré son air de chose de musée, elle ressemble à un gros perroquet, et Sigismond après s'être approché recule quand elle tourne vers lui sa face idiote et qu'une voix de fausset lui dit : « *guapo* ».

Fuir sous les lazzis des putes, que d'autre à faire lui reste-t-il ? Sorti, il regarde en arrière, lit l'inscription tubulée qu'auparavant il n'avait pas lue. C'est au bar Trebol que trône la naine, et l'on serait tenté de guetter là-devant le client qui la porterait sous son bras aux habitations, si son rôle n'est pas seulement de bouffonner pour distraire les bagasses ou de donner réclame à la compagnie de navigation américaine. Sans doute elle coûte plus cher que les autres, quand elle accepte de rendre les mêmes services. « J'aurais dû lui demander son nom et son prix », se dit Sigismond. Eût-il ainsi agi, pourtant, n'aurait-il pas mis en folie les putes d'entourage, qui déjà tapageaient à ses dépens, le traitaient de *manolita*, semblaient battre des ailes, et toute la volière ne serait-elle pas tombée sur lui pour le saisir et l'offrir à la naine ? Chargé de liens, soumis à des baisers ou pis, quel beau divertissement il eût procuré aux oiselles ! Des jeux romains, quoi...

Rome en son esprit est inséparable de Sergine, et voilà qu'il va l'imaginer assise entre les putes et se moquant de lui, nue ou presque en nocturne chemisette de crêpe orange. Elle eût battu des mains à la mesure de toutes, devant sa dérision. Quelle honte ! « Si Sergine savait ce que je pense à présent, se dit Sigismond, je devrais me détruire, peut-être ; quoique l'on soit responsable du moindre fait ou geste plus que de sa pensée. »

Du Trebol quelques pas l'éloignent, mais de Sergine il ne s'écartera pas si aisément. L'image de sa jeune épouse est liée maintenant à celles des putes sur trois rangs, devant des murs de brillant carrelage noir, et de la laisser en si hideuse compagnie il éprouve un sentiment de faute, comme à Nîmes, une fois que devant lui un valet d'hôtel avait capturé une pauvre chatte qui traînait son ventre plein et l'avait emportée dans un sac, sans qu'il eût protesté, empêché par une timidité sotte. A présent il sent le même embarras, la même culpabilité, la même envie de vomir (quoiqu'il soit à jeun, et qu'alors il eût fini de dîner). Ne va-t-il pas rentrer dans le bar et affronter la naine, bravader à son tour pour faire aux putes rompre les rangs et pour libérer l'image de Sergine ? Belle et bien bâtie, courts cheveux bruns, grands yeux clairs, lisse peau dorée, une fille en léger corsage rouge, jupe jaune et sandales rouges s'approche de lui directement après être sortie d'un porche d'habitations ; elle le frôle, puis contre lui s'arrête, comme si la foule (peu dense là, pourtant) l'eût retenue, et Sigismond sent une cuisse presser sa jambe gauche, tandis que s'élève du corsage une odeur d'œillet et qu'à son oreille elle dit doucement le mot : « *vienes ?* » Dans les cheveux certain désordre, un peu de moiteur, sinon de vraie sueur, sur la peau, témoignent assurément de ce qu'elle vient de faire il y a cinq minutes, ce qui engagerait bien l'homme à le lui faire refaire illico, mais Sigismond coupe le contact en ramenant sa jambe en arrière. Non sans grâce elle sourit, pousse contre lui sa gorge en adieu. « *Marica* », entend-il qu'elle lui a dit, et il la voit traverser la ruelle, entrer au bar Luz, en face.

L'image de Sergine persiste à côté de celle de la dernière venue, qui a fait remonter de l'oubli la servante de l'hôtel Tibidabo, collée au mur du couloir, près de l'ascenseur. Car les parfums jouent de la lanterne magique, nul rêveur ne l'ignore. Dans les jambes de Sigismond, un souvenir du pas de danse ébauché demeure, avec en tête une idée nette, qui est d'aller rejoindre au bar Luz celle qui de peu a manqué d'être sa partenaire, et le bar Trebol, la naine et le cadre de putes glissent hors de l'actualité. Une main, sur un verre de liqueur verte, se voit au seuil du Luz, qui pourrait être celle de la gracieuse insolente (point n'étant besoin d'être bachelier en castillan pour comprendre le sens du mot *marica)* ; la lumière qui tombe d'un tube rose fait chatoyer ce verre, le rend prestigieux comme une plume de paon qui serait venue entre les doigts de la tentatrice. Que Sigismond avance d'un mètre, il verra la femme entière, la jupe relevée sur un genou à condition qu'elle ait pris un tabouret pour s'asseoir, les lèvres serrées sur une cigarette qu'il faudra attendre qu'elle ait fini de fumer... Antonin eût emmené celle-là sans lui laisser le temps d'allumer son *cigarrillo*, ou bien il le lui ferait jeter pour l'emmener tout de suite. Mais, à Rome, combien de fois Sergine, nue sur le lit de la chambre d'hôtel, n'a-t-elle pas retardé d'une cigarette ou de plusieurs l'instant de se joindre à Sigismond, qui voyait avec désespoir tomber la cendre, monter la fumée vers un plafonnier à tulipes irisées comme dans le présent la boisson de la courtisane ?

Rupture il y a, et non pas seulement parce que deux gars en pantalons texans et bleus maillots de corps se sont arrêtés entre le Luz et l'étranger, qu'ils regardent avec un intérêt malicieux, sans donner d'attention au bar. Quoi qu'il eût pensé parfois, Sigismond ne sera pas l'ombre de son cousin en cette ruelle (où nul n'a d'ombre, au fait, à cause de la cohue et puis de l'opposition des lumières de part et d'autre d'un sol mal éclairé). Toute femme qu'il considère fera-t-elle surgir devant lui la sempiternelle image ? Les malicieux, en attendant, se sont rapprochés ; ils portent leurs doigts à leurs bouches avec un geste égal, qui peut-être n'est pas purement allusion à la tabagie, demande de cigarettes ; riant, ils prononcent à plusieurs reprises un mot qui n'est ni *manolita,* ni *marica,* mais *mariposa,* et dans leur jargon l'écart ne doit pas être grand du dernier aux premiers. Sigismond, qui pour rompre la tangence s'est tourné brusquement, voit à sa gauche une rue aussi étroite, plus sombre, moins passante que le Robador : la calle de San Rafael. Il s'y jette.

Curieuse réflexion encore : il se dit qu'à l'égard des deux importuns la raison principale de son aversion fut que ceux-là portaient des pantalons semblables à celui qui dans le jardin du mas habille souvent Sergine (avec une blouse ou un chandail), et que la façon assez féminine dont leurs fesses étaient moulées par le treillis violâtre lui a péniblement rappelé la façon masculine dont sur les fesses de Sergine collait la même étoffe.

Sergine n'a pas les fesses larges. Vue de dos, avec ses jambes musclées, on pourrait la prendre pour un garçon à la taille un peu trop mince. Elle aurait battu son mari à la course, s'il avait voulu courir (du perron du mas à la tour des vents).

« Aurais-je l'air d'un efféminé ? » se dit-il, légèrement surpris par tous ces mots en *ma* qu'on lui adresse depuis que dans les rues du *barrio* il va. San Rafael, près du Robador, a de petits bars à putes au rez-de-chaussée de chaque maison ou presque, et les habitations communiquent avec le dehors par des escaliers sinistres. Sous la lumière d'un néon rose, la pierre semble gluante, malgré la sécheresse. Un passant parfois s'arrête devant un seuil et regarde à l'intérieur d'une salle, ce qui pour un instant émeut la garnison de grosses commères, mais l'on ne voit pas qu'elles aient, comme là-bas, des clients. Plutôt la clientèle va là-bas, ou bien de là elle retourne, satisfaite ou détachée, traînant peu. Sigismond ainsi presse le pas, et il marche au milieu de la rue (tant pis pour ses souliers de daim qui heurtent des choses assurément malpropres dans une sorte de caniveau central), car il a l'impression qu'au long des murs les poux et les punaises doivent des fenêtres affluer. Au coin d'une transversale est un bar de meilleure apparence, où des filles s'adossent à de modernes machines à sous, et de nouveau la couleur orange dans les tissus domine, et la plupart des crinières sont violemment noires. La rue, ensuite, comme on dit, se moralise, si les boxons s'y raréfient ; elle n'est pas loin de s'être embourgeoisée.

Casa Leopoldo, c'est un restaurant de bonne mine, le premier qui dans l'aventureux quartier ait paru tel à Sigismond, et le menu crayonné sur une ardoise est attirant malgré le prix si bas qu'on hésite à donner foi à sa lecture. Quelque appétit, que Sigismond ressent, lui fait poser la main sur la poignée de la porte ; mais un coup d'œil suffit pour lui rappeler que l'on dîne plus tard à Barcelone ; il faudra pérégriner encore ; soit ; s'il ne s'éloigne pas trop et s'il ne rencontre pas mieux, il reviendra.

A gauche (depuis le Robador le demi-tour est complet), il prend la calle de San Geronimo, qui est à peu près exempte de galanterie et qui, pour cette raison peut-être, n'a point de passage. Seule une fillette saute à la corde dans le noir, en face d'une boulangerie dont la vitrine expose de beaux pains anthropomorphes. Sigismond devant le magasin s'arrête, sans déranger la gamine qui d'un bout de la corde l'effleure. En cette *panaderia,* tout près du Robador, se dit-il, et à portée de lasso de l'équivoque enfant, des flûtes priapiques ou de vulvaires brioches ne seraient pas messéantes. N'a-t-il pas vu ailleurs, entre divers comestibles, la parfaite imitation d'un sein de femme, qui semblait un ex-voto en cire et qui n'était qu'un fromage de Galice ? Il se détourne et regarde, autant que faire se peut dans l'ombre, la sauteuse qui le regarde aussi et ne se trouble pas et conserve son rythme. Le visage, à chaque instant encadré par le mobile arceau de la corde, est ce qu'il y a de plus visible : cheveux courts et quasiment crépus, grands, sombres yeux, petit nez, lèvres minces entrouvertes sur de menues dents à faire croire que la fillette sourit à son observateur. Joue-t-elle à qui cédera le premier ? C'est lui, en tout cas, qui sera le vaincu, après plusieurs minutes de vis-à-vis pendant lesquelles il aura lutté contre le désir de mettre les mains sur ces hanches bondissantes, encore plus garçonnières que celles de Sergine.

Qu'elle ait ri quand il a pris, oui, la fuite, il jurerait l'avoir entendu, quoiqu'il soit probable qu'il se trompe. Sans observer plus rien, il va jusqu'à la calle de San

Pablo, large transversale assez passante, qu'il méprise au profit de la petite calle de San Olegario, presque en face. Et à sa gauche un étonnant local se présente, qui défléchit son attention de la sauteuse à la corde.

De part et d'autre de l'entrée, les devantures du bar de Los Cuernos font une surabondante exposition de cornes et de têtes cornues fournies par de multiples espèces animales, avec d'autres animaux (plus petits) naturalisés tout entiers, crocodiles, varans, iguanes, tortues, squales, poissons divers, avec aussi des modèles de locomotives désuètes et d'anciens bateaux à vapeur, avec des statuettes en bronze d'époque 1900, des armes, des bibelots incertains. Les nourritures sont en montre dans ce décor agressif, et l'on ne sait comment procèdent les garçons pour retirer sans se blesser une portion de fèves à la catalane ou de poulpes à la galicienne. Des tonneaux sur le trottoir empiètent, qui portent des plats dont le contenu, saupoudré de piment rouge, est peu reconnaissable, sauf quand il s'agit de moules ou de palourdes que distinguent leurs coquilles bleutées ou grises. Entre ces tonneaux, s'effaçant pour laisser sortir trois hommes, puis deux autres, dont la bouche est grasse d'avoir goûté des mangeailles huileuses, Sigismond se glisse. Il fut toujours sensible au charme des choses biscornues.

Dedans, à cet égard, que de satisfactions, car les trois parois de la petite salle ne sont pas chargées différemment de la devanture, ni moins encombrées ! Point de sièges (pour gagner de la place, sans doute) ; Sigismond se tiendra debout, dans un angle libre, au fond, et un souvenir littéraire le pousserait à s'enquérir s'il y a du vin d'Amontillado ; mais quand le serveur vers lui se penche il bafouille, demande un verre de Jerez. La saveur un peu amère du vin ne s'accompagne pas mal d'une moule au piment, mordue à la pointe du cure-dent qui la piquait sur une soucoupe à portée des consommateurs.

Faut-il s'étonner que dans ce coin de bar, entre une tête de taureau et une hure de sanglier, sous une tête de bouc, se trouve punaisée au mur une photographie de l'enflé tyran que Sigismond se plaît à nommer le furoncle ? Non pas, car le sens est bien connu que l'on donne au mot *cabron,* en Catalogne comme dans toutes les provinces d'Espagne. Sigismond a l'idée soudaine d'une orthographe meilleure (plus convenable à l'objet ou au personnage particulier ici cloué au pilori), qui serait « furhoncle ». « D'où donc, se dit-il, m'est venue cette bonne idée ? »

A la réflexion, elle lui est venue du souvenir d'une plaque publicitaire, lue sur la route, en France, et qui signalait aux touristes le voisinage d'un hospitalier « mhotel ».

Sigismond rit tout seul (comme un dément de nouveau ; tant pis).

Il boit d'un trait ce qui restait dans le verre. « *Cuanto ?* » demande-t-il au garçon, qui guettait. C'est sept pesètes, et il paye, en ajoutant une piécette, content d'avoir diminué l'enflure de son porte-monnaie. Il sort (bousculant un peu, cette fois, une sorte de verdâtre officier qui entrait).

Plus haut (vers Conde del Asalto), le putanat, mais avec discrétion, derrière des portes vitrées, reprend ses assises. Et Sigismond ralentit le pas, puis s'arrête devant un petit bar, le Pigalle, où se voit confusément une silhouette enfantine qui est frappante en pareil endroit comme un propos déplacé dans une conversation. C'est au coin de San Olegario et de la calle del Marqués de Barbara.

Aguerri par sa fréquentation des salons de putes du Robador, Sigismond ouvre la porte et pénètre. Mais il faut consommer, au bar Pigalle, où devant le comptoir des tabourets s'alignent, dont quelques-uns sont inoccupés. Sigismond s'assied donc et, soucieux de ménager son estomac en évitant les mélanges, il commande un autre verre de Jerez.

Celle qui l'intrigua et qui, sous la blanche lumière intérieure, a pris corps dans le contour de la silhouette aperçue, est debout à quelques mètres, un coude posé sur la table d'un billard mécanique, à côté d'un électrophone à pesètes qui violemment débite une chanson de genre andalou, accompagnée aux castagnettes et à la guitare. Sur le gris lino qui couvre le sol, elle débute par des chaussons de souple basane beige, tels qu'au gymnase, sous le nom de kroumirs, portent les lycéennes ; elle se prolonge par des bas de coton (semble-t-il) noirs et lustrés, par une courte jupe à raies verticales, tabac et prune, par un léger tricot framboise (moulant le torse et les avant-bras, échancré sur la gorge), au-dessus duquel le cou mince élève un petit visage que l'on serait tenté de dire « arabo-mexicain », à cause du menton bien dessiné, des pommettes saillantes, de la bouche aux lèvres un peu renflées, du nez fin, busqué un peu, des grands yeux à la prunelle d'un brun pailleté qui brille sous l'arc épais des sourcils, du front noyé sous la vague d'une chevelure très brune, coupée court, bouclée au fer quoique de nature ostensiblement frisée. Et tout cela, de l'avis de Sigismond, est charmant.

Adossé à la barre du comptoir, il tient son regard fixé sur la gentille pute, comme il l'avait tenu tout à l'heure, dans la rue, sur la petite sauteuse. Sans plus d'intention, d'ailleurs (quoique cette fois le jeu soit de son initiative). Elle, qui a vite aperçu l'observateur, lui fait quelques sourires en réponse, quelques grimaces qui ne nuisent pas à son charme, puis, parce qu'il persiste dans la même attitude sans toutefois l'appeler, elle va vers lui et lui parle (un peu comme à un animal, pense-t-il). « *Fucky, fucky...* » voilà ce qu'elle lui a dit. Elle l'a pris pour un Américain, quoiqu'il n'en ait pas l'air (pense-t-il). Du haut de son tabouret, il la domine, tandis qu'elle se presse sur son genou, et d'un geste machinal il met la main sur la hanche proche, attire le corps. Le visage tendu vers lui, elle porte le doigt à ses lèvres, comme les malicieux du Robador. Il lui offre une cigarette et du feu, inaugurant ainsi le paquet et les allumettes achetés à l'infirme au tricycle, et le contact du tabac, selon la coutume, fait qu'il se souvient de son épouse, l'invétérée fumeuse. « *Fucky, fucky...* » répète obstinément la fille, entre une bouffée et l'autre. Alors, non sans quelque regret, il entend qu'il lui a dit : « *Cuanto quieres ?* » C'est deux cents pesètes qu'elle veut, et, parce qu'un aiguillage qu'il a laissé jouer l'a placé dans cette voie, il lui répond « *Vamos,* allons ».

Quand elle a souri de contentement, largement, elle lui a paru plus gamine encore et le regret s'est effacé. Elle est près de lui comme une monture de louage, un petit âne (pense-t-il, cependant qu'il paye le serveur). Puis il se lève et elle lui donne la main. Ainsi vont-ils.

Dehors, ils prennent, à gauche, la calle del Marqués de Barbara, puis la première rue à droite, qui est la calle de San Ramon, par laquelle Sigismond a mémoire qu'il est entré dans le district de la prostitution. Seuls mots qu'il ait adressés à sa compagne, il lui a demandé son nom, et elle a répondu qu'elle s'appelait Juanita. Elle a répété deux fois : « Juanita », en insistant pour que cela ne fût pas oublié. Ensuite ils n'ont plus parlé, mais leurs mains ne se sont pas désunies, et Sigismond a vu que l'on se tournait pour les regarder.

Il avait été assez surpris de voir la fille jeter sa cigarette, fumée seulement au tiers, avant de sortir du bar.

Effet peut-être de l'extinction dans certaines vitrines qui se trouvaient éclairées d'abord, San Ramon paraît plus sombre que les autres rues du quartier, et le peuple qui sans but déterminé s'y agglomère est plus flottant que déambulant. Sans mauvaise grâce, toutefois, il s'écarte pour faire place au couple, qui va parmi des effluves de sueur anisée. Au n° 20, il est une maison assez sordide qui porte les inscriptions : EL 20, HABITACIONES 10 Ptas, et plus bas : *habitaciones, todo confort.* Dans un renfoncement où la peinture, qui fut brune, s'écaille, la porte est à deux vantaux étroits, garnis de carreaux chaulés dont plusieurs ont été remplacés par du carton. A côté, les habitations Ciudad sembleraient plus « civiles », mais c'est au grand 20 que Juanita a ses habitudes et, toute louée qu'elle soit, c'est elle qui dirige la marche. Sigismond suit, docile.

Dans un réduit obscur, un gros homme lui a demandé vingt pesètes, qu'il a payées sans discuter, malgré le tarif lu au-dessus de l'entrée et qui devrait avoir été corrigé s'il fut inscrit en d'autres temps. Après avoir monté un étage, ils ont été reçus par une vieille femme qui tremblait (de fièvre ?) et que Sigismond a gratifiée de quelque monnaie quand elle leur a ouvert la chambre où il se trouve avec Juanita, qui le regarde avec le même sourire qu'elle avait au bar Pigalle. Elle va lui dire : « *Fucky, fucky* », bien sûr.

Et pour quoi d'autre, au fait, est-il venu dans cette petite pièce carrée, moins sale que le dehors ne laissait supposer, autant que l'on peut en juger sous la faible lumière qui tombe d'une coupe de verre rose pendue au plafond ? La porte est peinte en gris ; elle fait face à la cuvette d'un lavabo de porcelaine noire, sous lequel est un bidet de tôle émaillée. Les murs sont pareillement tendus de papier gris à points rouges. Le lit, point grand, est couvert d'un châle de coton à décor de fleurs rouges sur fond noir, et des franges noires retombent sur le plancher, lessivé récemment. De draps il vaut mieux ne pas parler, comme il vaut mieux, c'est certain, ne pas soulever le dessus-de-lit.

Pendant qu'il faisait l'inventaire (manie dont il ne se corrigera jamais ! disait Sergine), Juanita preste a retiré ses chaussons, elle a quitté sa jupe, sous laquelle elle ne porte rien. Ses bas noirs, qui tombent un peu, tiennent par l'effet de jarretières élastiques, dont l'une sous le bord roulé se voit. Vêtue de son pull framboise (sous lequel elle a un soutien-gorge noir, que le tricot usé ne cache pas efficacement), elle accole Sigismond. « *Hombre* », dit-elle, et elle dit encore qu'elle veut l'argent tout de suite. Alors il lui paye le prix de location convenu, puis il se dévêt, heureux de s'étendre nu sur un lit, même douteux au point de la propreté, dans une chambre fraîche, dans la paix. Pourvu qu'elle ne soit pas pressée, il lui donnera cent pesètes de plus, dit-il à Juanita en outre, tandis qu'elle le rejoint.

Il a beau la prier, elle se refuse à enlever son pull (pour ne pas déranger sa coiffure, dont la joliesse est pourtant l'air fou). Tout ce qu'il obtient est de lui faire dégager les bras des demi-manches, et de dégrafer le soutien-gorge, et de rouler ces hardes autour du cou, ce qui n'est pas sans donner à la créature le plaisant aspect d'être la victime d'un viol, finalement.

La grâce de ses épaules est pure. Ses seins ont une rondeur et un volume suaves, avec de fermes bouts bistrés, sur de menues aréoles à peine plus foncées que les dômes. Tendrement Sigismond regarde la fille qu'il a découverte.

A ce singulier sentiment de reconnaissance qu'il éprouve, il doit y avoir un profond motif, et il se demande à quelle image enfouie dans sa mémoire correspondent les jeunes seins qui sont devant ses yeux. Puis il abandonne la recherche. « Caresser est plus merveilleux que se souvenir », dit-il, pour lui, mais à haute voix ; ce qui fait relever les paupières fardées de crème ou de vaseline que la fille avait baissées en s'étendant, à la manière d'une poupée de bonne fabrique. Elle s'est tournée vers lui, il se tourne également et, contact pris, il se laisse glisser dans le courant de lumière rose que dispense la ridicule coupe au-dessus de leurs pieds suspendue. Sa pensée, qui va sans contrôle, échafaude une échelle à saumons, par où de brillants grands poissons franchissent un écumeux barrage. Mille gouttelettes, que le plaisir diapre, déploient un arc-en-ciel ; qui retombe.

Il ne s'est pas protégé, quoique dans la poche de son pantalon accroché à la patère murale soit le porte-monnaie qui contient la petite sauvegarde achetée à Perpignan : trois préservatifs laiteux dans leur étui de carton argenté, sans étiquette extérieure, mais garantis au-dedans par une marque allemande. Nul oubli de sa part, non ; simplement il n'a pas eu la volonté de se protéger.

Juanita est presque rhabillée quand Sigismond lui donne le supplément promis, pour lequel elle remercie gentiment. Avec les deux autres billets, elle met celui-là dans une pochette cousue à l'intérieur de sa jupe, sous la ceinture, car elle n'a pas de sac. « *Hombre* », dit-elle (tandis que lentement il s'habille), pour marquer que maintenant le louage est terminé ; mais elle attend qu'il soit prêt et descend avec lui. Dans la rue, elle dirait au revoir. Cependant il ne veut pas la quitter ainsi, et il tient à la raccompagner, sans mot dire, jusqu'au seuil du bar Pigalle ; là il s'incline devant elle et il lui baise la main. Elle ne montre aucune surprise, ce qui l'étonne, lui, et le déçoit un peu. « Manières d'étranger », pense-t-il qu'elle a pensé en retournant à son poste.

Trois pas le portent au milieu de l'étroite calle de San Olegario ; deux autres le ramènent au trottoir de droite, passé le Pigalle. Cette indécise allure convient à l'heure nocturne et au quartier, où il est habituel de marcher en louvoyant, ou, comme disent encore les marins, de tirer des bordées. Quand il revient à gauche, une pute, pour attirer son attention, frappe à la vitre du bar dans lequel elle se tient, et parce qu'il la regarde elle colle sur le carreau ses lèvres comme un polype rose, au-dessous de ses sombres yeux et de sa crinière oxygénée. Mais l'appétit qu'il sent est de manger, car dans son estomac les deux Jerez ont provoqué cette irritation légère que les gens nomment faim et pour laquelle ils sont reconnaissants aux vertus de l'apéro. Vins liquoreux du Roussillon dont Sigismond Pons est représentant en titre, voilà un malicieux bienfait de vos concurrents andalous ! Soit. Le (faux) voyageur de commerce ira dîner.

Adieu de la main est donné à la pute, qui décolle de la vitre l'actinie buccale. Des traces, alentour, montrent que sa tactique est de baiser ainsi le verre au passage de clients éventuels, et l'on pourrait s'y laisser prendre, mordre à l'appât de la morsure. Le bar des cornes, un peu plus bas, a son plein de gros hommes verts qui boivent du vin jaune et qui engloutissent des brochettes de moules rouges en crachant partout les cure-dents.

Le dégoût ne nuit pas à la faim, malgré l'opinion reçue. Sigismond va plus vite.

Après avoir traversé San Pablo, il se retrouve dans San Geronimo, mais il ne retrouve pas l'enfant qui sautait à la corde et qui probablement est rentrée dans l'une des noires maisons qui avoisinent la *panaderia* figurative. Comment s'en étonnerait-il, puisque celle-là eut en Juanita son prolongement charnel, son aboutissement voluptueux, et puisque l'on pourrait imaginer que son rôle n'était que d'annoncer ou de préparer la venue de la courtisane puérile ? Au coin de San Rafael il tourne, va sans louvoyer davantage, et voilà qu'il a refermé derrière lui la porte de la Casa Leopoldo.

Le restaurant, comme un paquebot, est à plusieurs classes, et plus l'on va vers le fond du local (occupé par une salle à manger distincte), plus la cuisine est fine, mieux les tables sont garnies, plus les prix sont élevés. Près de la porte, on mange sur le marbre nu (fêlé à l'endroit où Sigismond s'est assis) ; il n'y a pas de verres et l'on boit à la régalade, pas de serviette, mais la fourchette et le couteau sont présents, ce qui indique un niveau supérieur à celui de ces *casas de comida* où seule la première est fournie (selon ce qu'Antonin racontait). Une ardoise, au-dessus d'un buffet, confirme le menu affiché dehors : trois plats, avec option de viande ou de poisson pour le principal. Sigismond, qui avant que le garçon ne vienne a eu le temps de se rafraîchir la mémoire, prendra de la soupe, du poisson frit, une salade ; il boira un quart de vin blanc.

S'il s'est assis aux tables les moins chères, c'est pour

ne pas trop s'écarter de la rue, c'est pour demeurer dans une certaine banalité au milieu de laquelle il va comme s'il était contenu dans une bulle transparente, depuis que la lettre de Féline a pris place sous la tour de verre. Pour vingt pesètes, il n'avait pas l'intention de festiner. Mais tout est toujours différent de ce à quoi l'on s'attendait ou que l'on imagina (le malheur serait évitable si l'on était capable de se le représenter dans sa totalité possible, avait-il pensé parfois), et la surprise, à la Casa Leopoldo, est que l'ordinaire des pauvres soit si frais, si copieux et si bon. La soupe est une sorte de minestre où des légumes verts voisinent avec des pois chiches et des pâtes, dans le bouillon du *cocido*. La friture est de sardines et de calamars coupés en anneaux. Des olives noires agrémentent les feuilles de romaine de la salade, dont l'huile est savoureuse. Quant au vin, pas trop lourd, il est si naturel au palais que l'on ne trouve rien à en dire sinon qu'il est à la mesure de l'homme. Sigismond, à la vérité, le boit en mettant dans sa bouche le bec de la gargoulette, car il sait qu'il s'inonderait s'il essayait d'arroser son gosier à la manière de ses voisins, et il se résigne à être ridicule. Personne ne rit, pourtant ; nul ne le regarde.

C'est lui, plutôt, qui regarde les voisins, comme il n'a cessé de faire depuis que la bulle autour de lui fut soufflée, et pour les cinq hommes qui mangent seuls, sur les tables de marbre, il sent une sorte de fraternité affectueuse. Deux autres font une paire (d'amis peut-être), mais ils ne parlent pas plus que les solitaires, et comme eux ils mangent avec lenteur, comme s'ils redoutaient de voir venir l'instant où le repas sera terminé. Tous (est-ce étrange, à la réflexion ?) ont à peu près le même âge, voisin de la soixantaine. L'idée qu'on a est que ce pourrait être des veufs, mais ils se tiennent écartés autant que possible, presque aux sommets d'un pentagone au centre duquel seraient la paire et Sigismond.

A la caisse est allé s'asseoir le garçon qui a servi, et son maintien n'est pas d'un employé mais d'un propriétaire ; un autre, qui lui ressemble trop pour ne pas être son frère, pourvoit à la salle à manger luxueuse, où l'on dîne à deux ou trois tables ; il y a aussi un petit jeune homme qui doit être le fils de l'un ou de l'autre, et qui aide à porter les plats.

Seul bruit que l'on entende, un égouttement régulier, qui provient peut-être d'un robinet mal fermé, s'accorde avec la céramique de style mauresque dont les murs sont revêtus jusqu'à mi-hauteur pour évoquer un patio à fontaine, et parfois, en face de Sigismond, le serveur ouvre la porte d'une vaste armoire froide, qui touche à de grands tonneaux où le vin est contenu. Paix et fraîcheur, l'impression retirée de la Casa Leopoldo n'est pas très différente de celle que Sigismond a ressentie dans la chambre du 20. « Là-bas, étais-je seul dans la bulle, ou bien Juanita y a-t-elle pénétré pour en ressortir tout de suite ? » se dit-il. Car il est des bulles où l'homme et la femme sont nus ensemble et se caressent, et les anciens peintres en ont donné des images, et dans la mémoire de Sigismond il doit y avoir des souvenirs de quelque chose de pareil, qui pourraient remonter si comme avec un bâton l'on remuait les plus basses couches... Mais la réponse, au fond, ne lui importe guère ; mieux vaut laisser en repos les souvenirs enfouis, qui ne produiraient que des spectres. Ce qui est certain est qu'ici, dans le présent, il est solitaire.

Voilà qu'il va l'être encore plus, car les deux hommes attablés près de lui se sont levés, et ils vont payer leur dépense à la caisse, chacun pour soi. Puis la porte se referme sur eux. Les cinq autres, qui ont fini ou peu s'en faut, demeurent à leur place, et en fumant du tabac fort ils font comme s'ils mâchaient à vide ou s'ils marmottaient des prières ou des conjurations. Ils ont un aspect de moines, maintenant, avec leur cheveu rare et leur teint vert, quoique, vu le quartier, ils puissent être de vieux maquereaux tombés dans la gêne, non moins que des veufs, selon la première idée de Sigismond. S'ils le regardaient seulement, s'ils s'amusaient de son ignorance des usages locaux ou de sa présence insolite, ils répondraient à son élan de prime abord et seraient, sinon très aimables, au moins tolérables. Mais pour l'ignorer avec tellement de ferme insistance, on dirait qu'ils agissent de concert, malgré le manque de communication parlée qui entre eux n'a jamais cessé. Par signes (dissimulés), ils pourraient s'être mis d'accord, ils pourraient être convenus de faire peser sur lui cet air de blâme, que leur position de pentagonal entourage rend plus actif et plus lourd. Allons, tant pis pour le café que Sigismond allait demander, il en prendra dans un bar au-dehors, quand il sera sorti de l'espace où il se trouve mal à son aise au milieu des cinq étranges personnages qui le bornent avec des mines de juges ecclésiastiques ou de pions muets.

L'exemple de ses voisins auparavant lui est précieux pour se conduire, car, s'il ne les avait observés, il aurait appelé le serveur, demandé l'addition, comme on ne fait qu'aux tables chères, et la mine aux points sommets du pentagone eût été à la condamnation définitive. La chance a voulu que les autres soient partis d'abord, et qu'ils lui aient montré l'art de sortir. Alors il se lève à son tour et va, négligemment autant que possible, jusqu'à la caisse, où il annonce ce qu'il a mangé et bu. Le menu, un quart de vin, c'est trente pesètes ; à quoi il ajoute une pièce de cinq en libéralité, ce qui (pense-t-il aussitôt fait) doit être une bévue quand on paye au comptoir. Mais le serveur (patron sans doute) ramasse gentiment en disant merci et bonne nuit. Bonne nuit à lui aussi.

Aucun des cinq, c'était prévu, n'a tourné vers Sigismond la tête quand il est allé vers la porte et quand il a regardé une dernière fois à l'intérieur, avant de passer le seuil. Son malaise est fini. Reste une irritation légère, l'envie de bousculer, bientôt, la règle de ce couvent d'hommes.

Puis il n'y pense plus, et il reprend, en sens inverse, San Geronimo, San Olegario, le chemin qu'il connaît. « En habitué », se dit-il que dirait de lui Sergine, qui reprocherait à un cheval d'avoir l'habitude d'aller droit à l'écurie.

Il s'arrête devant la vitre du bar Pigalle. Juanita est contre l'électrophone, au rythme de la musique duquel elle se balance, mais nul n'est sensible à ses trémoussements, quoique le local ait son plein de buveurs, et elle ne doit pas avoir beaucoup de succès la plupart du temps, petite comme elle est, trop enfantine pour le goût des amateurs de femmes. Entrera-t-il, pour boire là son café avec elle ? Non, à la réflexion (et par souci de ne pas la déranger inutilement, ni la décevoir, plutôt que par crainte de l'entendre dire « *Fucky, fucky* »). « Beau céladon des putes », se dit-il à lui-même (content de lui tout de même).

Inobservé donc par les yeux arabo-mexicains, le céladon, en quelques pas, gagne l'angle suivant, qui est celui qu'avec San Olegario fait la calle Tapias. Deux bars de bagasses y sont en vis-à-vis à peu près, et dans celui de gauche il entre, attiré non par les faces peintes mais par la présence d'une machine à café express de fabrication manifestement italienne. Fuse pour lui le jet dans une tasse de faïence épaisse : trop d'eau, quoiqu'il ait demandé un concentré de liquide noir, et c'est, comme en France, une dilution faible, mais il se refuse à laisser aller sa pensée nostalgique vers Rome et vers les orgies de violent café qu'y faisait Sergine à toute heure du jour et de la nuit. Que Rome sorte de sa pensée ! Plutôt que d'être à nouveau séduit par des souvenirs de là, murs dorés, marbres, plantes odoriférantes en des jardins où sous les grands pins vaporisaient les fontaines, il s'intéresserait à la transparente blouse de sa voisine, une fille aux cheveux bruns point trop maltraités par le coiffeur, aux yeux allongés drôlement et paille, à la peau claire sous un discret fard. La sueur, à son cou, montre qu'elle vient de travailler (à la différence de Juanita, ce doit être une gagneuse), et pour reprendre des forces, sans doute, elle boit un café aussi. L'occasion pour elle est propice de se rapprocher de l'étranger en lui disant que leur commun breuvage est bon. « Non », répond Sigismond, qui pour payer a tiré de son porte-monnaie une pièce de cinq pesètes et qui, par-dessus l'épaule (sous le nylon visible), la tend au garçon. Le reste, deux piécettes de laiton, il l'empoche et va.

C'est dans la calle Tapias, qu'il est allé. Parce qu'elle s'ouvrait devant lui quand il est sorti du bar ; sans idée d'aller là plutôt qu'ailleurs ; sans intention d'aller précisément quelque part. Le pavé y est grossier, excessivement désuni ; les trottoirs y sont réduits à la moindre largeur, malencontreux au pied plus que la chaussée. Au début, des escaliers borgnes engouffrent et rejettent des putes et leurs clients avec autant de courant qu'au Robador ou presque, car il y a là, sur les deux côtés, des locaux d'habitations au quart d'heure, qui suffisent à peine au trafic de tous les bars du voisinage. Plus loin, à demi souterrain, le bar de La Java est une sorte de long caveau dans lequel, en se penchant sur l'escalier qui descend, on voit des filles d'assez bonne apparence encore. Puis les bars s'étiolent ; il n'y a plus que de pauvres cellules, des carrées où la peinture s'écaille, bleue ou rose terne, et où les putes, comme des prisonnières alignées, ne sont pas moins décrépies que les murs. Vers la fin de la rue, qui monte un peu, elles encombrent la chaussée sur le milieu de laquelle il faut se tenir pour ne pas tomber dans des bras couperosés, et quelque lumière issue d'un soupirail montre au-dessous de pauvres jupes des jambes horriblement variqueuses. « Tapias, c'est le bas tapin », se dit Sigismond, qui ne penserait pas d'aussi tristes jeux de mots s'il n'était pas influencé par le décor de la voie sinistre. Il réagit en se disant « merde », ce qui le secoue salubrement, une fois de plus. Pourtant, à droite, une *clínica gomas,* doublée d'une autre, égale ou presque, à dix mètres en face, recommande aux passants le peu réjouissant usage du caoutchouc « avant », du lavage au permanganate « après », et l'on ne serait pas étonné que des confessionnaux à l'intérieur fussent discrètement employés à la prophylaxie spirituelle. « Merde », redit tout haut Sigismond, à l'adresse de la prophylaxie des maux du corps et de l'âme non moins qu'à celle d'énormes seins qui sous un caraco de sale coton jaune drapé d'une écharpe rouge ont surgi sur son chemin.

Ce disant, et ceux-là écartés, après un bref passage à l'étroit, il est sorti de la rue obscure. Entre l'obèse vieille pute et le jeune vainqueur de Lépante il ne saurait y avoir de trait commun que l'écharpe, pourtant une cuirasse célèbre vient se surimposer à l'image des lourdes mamelles, et Sigismond prononce et répète « merde à Don Juan d'Autriche », ce qui, réflexion faite, le porte à sourire un peu plus largement que naguère. « N'est-il pas amusant d'être en vie ? », se dit-il ensuite, dans un bel élan de poitrine qui lui fait aspirer la poussière que le vent mêle à l'air du spacieux boulevard où il est parvenu. Sur une plaque au coin, entre un cinéma et un café, il lit le nom de la calle Marqués del Duero ; quand il reconnaît sur le plan la longue artère en diagonale il se rappelle que c'est là le Paralelo dont son cousin nostalgiquement lui avait parlé, assurant que « trente ans plus tôt » tous les plaisirs y étaient offerts au promeneur.

Des cinémas, des théâtres de variétés, des restaurants, des bars, un parc d'attractions diverses sont en vue sur le trottoir opposé, plus riche que celui à l'angle duquel Sigismond se tient, et ce qu'à grand renfort de feux clignotants et de sonneries ces établissements dans la présente actualité proposent en échange de quelques banknotes ou pièces de monnaie à l'effigie du furhoncle ne rentre-t-il pas dans la vaste catégorie des plaisirs ? Il y a trente ans, la gamme en était-elle beaucoup plus étendue ? Sans doute la monnaie était-elle frappée en face de la tête d'un roi idiot et déchu depuis peu, en pile d'un écu soutenu par un lion, la sympathique « chienne grasse » des mendiants désirée, mais sur le Paralelo y avait-il des débits de volupté totale où elle donnât accès ? Et puis, qu'est-ce que « tous les plaisirs », et si c'est au libre exercice du sexe, comme il est probable, que faisait allusion Antonin Pons, en quoi est-il restreint aujourd'hui par rapport à naguère ou à autrefois ? Des femmes et des hommes, des garçons et des filles qui sont assis aux devantures des cafés ou qui vont et viennent, l'air de disponibilité frappe. Faciles et fiers indivisiblement, avec un maintien orageux, c'est ainsi que leurs gestes et leurs œillades les révèlent, c'est ainsi que devaient être leurs parents souvent insurgés contre les gens de Castille. La surveillance de la police furhonculiste, présente ici comme ailleurs, ne fait pas que leur caractère ne s'exhibe. En outre, le lieu du Paralelo leur convient, farouche et fêtard, ancien et moderne à la fois, désordonné comme une grande voie dans une cité d'Orient ou d'Amérique latine. A cause de l'espace et des souffles peut-être, le contraste est violent avec les ruelles étroites du *barrio* où le sexe de la femme est présent partout, mais comme un piège armé sinon comme un tombeau ouvert.

Le feu au sémaphore vient de passer au rouge pour les voitures, le ferraillement des tramways va cesser, on peut changer de trottoir, aller du côté où les divertissements sont nombreux, mais quand Sigismond (hors de la bande réglementaire, il est vrai) met le pied sur la chaussée, une moto, devant lui, fait un crissement de pneus avant de stopper en frôlant sa jambe. Peinte (repeinte) en damier rouge et blanc, elle est montée par deux garçons en blousons de ciré blanc et en pantalons texans violets. De longs cheveux noirs frisent sur leurs fronts pareillement étroits, un peu chevalins, et la cigarette au coin de la bouche accentue leur air gouailleur. Tandis que le pilote demeure impassible, le passager, contre lui serré sur la longue selle biplace, crache aux pieds de Sigismond son mégot, puis à l'adresse du piéton indubitablement il prononce le mot « *mariquita* ». Ensuite au mépris du signal la moto démarre, tourne à droite dans Conde del Asalto, disparaît, en direction de la rambla.

« *Mariquita* », insulte à son endroit, oui, mais offre à peine dissimulée de la part du frisé voyou, gitan c'est probable. « Et pourtant, je viens de prendre du plaisir avec Juanita... » se dit Sigismond, qui par là revient à l'argument de son cousin. Du plaisir, est-ce bien sûr, en y repensant, ou plutôt est-ce qu'à cela seulement peut en bonne justice se limiter la conjonction avec la jolie pute dans la carrée du 20 ? Un peu comme en aspirant à pleins poumons la poussière du Paralelo, un peu comme en humant l'odeur de la cameriste de l'hôtel Tibidabo ou en se penchant sur le bouquet de jasmin piqué dans le chignon d'une promeneuse, n'y avait-il pas là un simple mouvement d'infusion et d'effusion, point séparable de la vie ? Et n'est-il pas naturel que la vie soit plaisante autant qu'elle dure ? En face, à gauche de l'observateur (vers le bas et vers la mer), une affiche dressée sur le toit d'un cinéma petit et vieux montre une grande fleur mauve dans le calice de laquelle un visage qui sous la frange brune sourit à belles dents occupe la place du pistil. L'on songerait à une violette géante ou à une variété monstrueuse de l'espèce des pensées, quoique le titre du film ainsi divulgué soit : *Orquídea femenina.* A droite, un cinéma neuf et grandiose fait flamboyer sur toute la longueur de sa façade par des lampes jaunes et rouges les captivants mots : *Corazón selvaje.* Entre les deux est une taverne, qui annonce un programme de café-concert dans la salle du fond, la Bodega Apolo, prolongée du parc d'attractions déjà reconnu à l'angle de la calle Conde del Asalto, et partout de la nuit sortent des caractères latins que l'électricité détache à des fins publicitaires.

Bien qu'il soit commun d'accuser la publicité d'être brutale et bête, on ne peut nier qu'elle tient dans le regard de l'homme contemporain autant de place que la faune, que la flore ou que le monde minéral. De nuit, en particulier, elle produit la palpitation mystérieuse sans laquelle la ville moderne serait comme un désert de blocs ou tout au moins comme une forêt privée de feuilles. Les caractères qui clignotent, qui brillent ou simplement qui sont illuminés sur l'autre bord du Paralelo se présentent à Sigismond avec plus d'acuité que les mots espagnols, allemands, anglais, français ou italiens qu'ils composent, dans une absolue priorité sur les échos vaguement de spectacles, de vêtements ou de sous-vêtements, de voitures automobiles, d'appareils ménagers, de cognacs ou de limonades qu'ils auraient mission de lui faire entendre et qui rarement lui parviennent. Ces caractères, Sigismond leur trouve de l'agrément, oui, comme à des bonjours (ou, mieux, à des bonsoirs) que lui adresserait la grande ville catalane ; il les observe avec gentillesse. Quand avec Juanita il s'est joint, pense-t-il (revenant en arrière), plutôt qu'il n'a pris du plaisir il a tendrement répondu aux avances que lui avaient faites des milliers d'enseignes et d'affiches. Réponse aussi spontanément vitale que le mouvement de la respiration, selon sa pensée précédente. Le souffle s'épanouit en baiser ; le naturel fruit de la participation au monde extérieur est l'amour.

A lire ou tout au moins à enregistrer des inscriptions

qu'il ne s'efforce pas de comprendre, Sigismond s'est attardé entre un trottoir et l'autre, près d'un tram immobile. Or celui-là s'ébranle, car au sémaphore le vert a reparu après la brève transition du jaune ; les voitures également démarrent et prennent de la vitesse ; entre les deux courants le distrait donc attendra.

Un taxi Seat, qui arrivait sur lui en doublant une camionnette, l'a forcé à reculer pour n'être pas meurtri, puis la voie, momentanément, est libre et il court jusqu'au trottoir opposé. Peinte en damier (mais jaune et noir), comme la motocyclette, était la calandre de radiateur de la Seat offensive, et ces petits carreaux qui se précipitaient sur Sigismond sont lents à s'effacer de sa vision. Ainsi de la Bodega Apolo ne distingue-t-il que d'une façon assez trouble les généreux étalages de sandwichs qui de part et d'autre de la porte s'entassent ; ainsi du parc d'attractions remarque-t-il à peine les jolis appareils, train miniature, théâtre d'automates, passe-boules, manège de chevaux-jupons, nègre punching-ball, derrière une sorte de grille où le jaune est plus tenace que le noir. Il traverse Conde del Asalto.

Corazón selvaje, c'est d'un western le titre traduit, illustré de grandes photographies en couleurs où le beau visage d'une femme indienne paraît devant des arrière-plans de chariots en feu, et le sombre regard qu'elle jette sur les passants du Paralelo est tel que si elle avait en vue leur dernière heure, et qu'elle s'apitoyait. Le cœur sauvage ne saurait être que le sien, point de doute là-dessus. Cependant le mot affiché, une fois de plus, prend le pas sur l'image, et il y a tant d'Espagne dans ce *corazón,* qui évoque aussi bien le corset que la cuirasse et qui résonne dans toutes les chansons et sonne dans tous les poèmes andalous et castillans, que Sigismond n'est point dépaysé. Tout en marchant, il pense qu'il aurait dû prononcer ce mot à l'oreille de Juanita, après qu'il lui eut roulé autour du cou son cache-cœur framboise. Dans le monde entier les putes à pareil mot s'émeuvent. On doit pouvoir dire *corazón buscón,* puisque Quevedo vit sortir de sa maison *una buscona piramidal...*

« Merde au furhoncle ! » (Le sang et l'or des lampes de vingt-cinq bougies qui dans le style colonial enguirlandent la figure de la femme indienne ne sont pas absolument étrangers à cette exclamation tacite.)

Quand son pas l'a un peu éloigné du grand cinéma (trop éblouissant pour qu'il en ait lu le nom derrière la réclame du film), Sigismond se trouve sur une portion de trottoir à demi obscure en comparaison. Un théâtre, ou plutôt une salle de spectacle de chétive apparence, y est seul à mettre quelque signe de vie sur des façades sombres et closes. Il devrait être ouvert, puisque l'on est aux dernières heures d'un samedi et puisqu'une inscription à la craie tracée annonce des représentations pour la nuit de ce jour-là et pour le dimanche en matinée et en soirée, mais la porte résiste, et la salle, que l'on voit, chaises en désordre, par les fentes d'un volet, est vide encore. D'ailleurs les photographies de danseurs andalous, de guitaristes en blousons, de chanteuses décolletées et de faux apaches que sur le bois vétuste la direction a clouées ne sont guère engageantes, et à les observer quelque temps, comme fait Sigismond, las autant que curieux, on dirait qu'elles servent de prétexte au va-et-vient de plusieurs masculins personnages qui les regardent moins qu'ils ne se regardent entre eux et surtout qu'ils ne regardent les passants. En étriqué complet de velours noir, chemise rose, cravate rouge, un de ceux-là tourne autour de Sigismond ; il se rapproche, sourit de ses lèvres pommadées, et le bord de ses yeux noirs est bistré au crayon sur un fond tellement brillant que le visage paraît de porcelaine. Qu'il vienne, à la manière de voyous déjà vus, quémander une cigarette à fin d'introduction, la chose est probable ; mais non, car c'est lui qui tire de sa poche un paquet d'américaines, puis le présente, après avoir délicatement fait sortir du trou deux bouts à filtres.

– *No fumo,* dit Sigismond (qui dit la vérité).

Or l'autre en français insiste, dit que, si le monsieur ne veut pas fumer, il est toujours gourmand, lui, d'une pipe, dit qu'il n'a pas froid aux lèvres mais que toute occasion est bonne pour se les chauffer plus, dit qu'il est un vrai mangeur de feu. En s'allumant, devant Sigismond un peu fasciné quand même, il a caressé la cigarette d'une langue ignoblement souple et presque cramoisie par rapport à la pâleur des lèvres. Un autre est venu, qui a pris l'autre cigarette surgie. Ils ont ri ensemble tandis que s'échappait celui qu'ils avaient cru des leurs.

« Tous les plaisirs », disait Antonin Pons...

Sigismond, qui a marché vite après la rencontre canaille, a passé devant un café ou deux (il ne sait) sans regarder à l'intérieur des vitrages, et il arrive à un important carrefour qui de plusieurs rues et de rails de tramways s'étoile. Des bars ou des restaurants font angles, mais ce qui attire l'œil est un lumineux petit édifice, un peu en retrait, qui porte au-dessus de sa façade quatre ailes de moulin à vent, toutes parées de lampes multicolores. Lisible de loin est son nom : Teatro Molino. Bien sûr, il y a des moulins à plaisirs dans la plupart des grandes villes de l'ancien et du nouveau continent, pourtant de celui-là la bizarrerie est particulièrement attachante, comme s'il avait été laissé en son lieu par un beau rêve évanoui, et il ne fallait rien moins que sa gracieuse apparition pour distraire Sigismond d'une pensée qui commençait à l'obséder et qui était que son père montrait souvent la langue à la façon du voyou en velours. Quand il s'apprêtait à fumer un cigare, après en avoir coupé soigneusement le bout dans un instrument d'aspect chirurgical, oui ; ou en mettant au point dans son appareil photographique l'image de l'un de ses jeunes élèves. Noir taureau le crapuleux noctambule, taureau roux Gédéon Pons, il y a toujours quelque chose de bovin dans un homme qui fait exhibition de sa langue... Ainsi raisonnant (ou déraisonnant), Sigismond est arrivé au seuil du Molino.

Il a peu considéré, cette fois, les longues affiches étalées sous la volée quadruple, qui sont surtout une liste de noms féminins. Cependant sa mémoire a enregistré une foison de prénoms ou de diminutifs, et de toutes ces Maria, Concepción, Conchita, Dolores, Lola, Carmen, Isabel, Isabelita, Teresa, Dora, Pepita, Pilar,

Custodia, Remedios, Socorro, Mercedes, Jesusa, le charme opère, la très puissante et bien connue séduction du catalogue de femmes. Une sonnerie bourdonne. Le spectacle doit être près de commencer, quoique la demie de dix heures soit passée de quelques minutes. Sans qu'il y ait aucune presse, on voit entrer, continuellement, du public. Comme en opposition ou comme en complément au catalogue affiché, ce public n'est formé que d'hommes, solitaires en majorité, point très différents de ceux qui remplissaient les bars du *barrio*. « Serait-ce un moulin où l'on va dans l'espoir de trouver une fiancée ? », se dit Sigismond, qui entre à son tour, curieux de ce qu'il verra sous le toit en coupole.

Une porte au fond d'un couloir est ouverte, une tenture qui dut être rose est soulevée, et ce qu'il voit par là, d'abord, est que le spectacle est en train, malgré la sonnerie extérieure qui à cet endroit fait un contraste égal avec le bruit de l'orchestre, car une grande fille charnue dans un bikini rouge pirouette sur scène et lourdement tapage. La salle est à moitié vide encore. Pour se munir d'un billet, Sigismond retourne en arrière, cherche la caisse ou le bureau. Vainement ; alors, s'étant mis au guet des clients, il suit le premier qui survient, un grison vêtu de noir qui lui montre qu'au Molino on entre vraiment comme dans un moulin, sans payer. « Tant mieux », pense-t-il (surpris).

D'ouvreuse il n'y a pas plus que de caissier, mais une place, au second rang, vers la droite, est libre. Il va s'y mettre, et alors il constate que ses voisins ont un verre devant eux, sur une tablette fixée aux dossiers des sièges antérieurs. Café-théâtre, café-concert, le Molino est un lieu où la recette n'est que de ce qui s'y consomme en boisson. Sigismond boira donc ; après avoir regardé ce qu'ont pris les autres, quand le garçon vient s'enquérir, il commande une bière. Servi, c'est trente pesètes, qui le mettent en règle avec le catalogue.

Sur la jeune pataude en rouge, le rideau est tombé. L'intervalle n'est pas long. Premier parti le piano tinte, puis accentue la mélodie, suivi par les autres instruments, avec un peu de retard ou d'hésitation du côté des cuivres, à cause de la cigarette fumée par tous les musiciens et qu'il faut poser dans une proche soucoupe avant d'emboucher la trompette ou le cornet. Voici une nouvelle artiste (c'est ainsi qu'elle se nommerait, assurément), de taille non moins élevée que la précédente. Coiffée d'un casque de pompier qui doit être en carton doré, elle s'enveloppe dans une longue cape de satin blanc, avec des épaulettes à grosses torsades et une fausse décoration brodée à l'endroit du cœur. *También debo decir* est le refrain de ce qu'elle chante, mais ce qu'elle chante n'a pas plus d'importance que la façon dont elle le chante, et l'on attend, pour la juger, le moment où elle va se débarrasser de sa cape. Après avoir fait attendre le public jusqu'à susciter quelques sifflets, elle se dépouille, et le manteau, dans un bel envol, va tomber sur le plancher comme un drapeau vaincu. Etroitement moulée par un maillot élastique, doré comme le casque, très décolleté, tout ras aux cuisses, c'est en matière de fille une énormité superbe ; c'est une sorte de prodigieuse mouche aux ailes arrachées ; c'est un peuple ou une armée qui a mis bas les armes. Le vainqueur est le public (qui ne s'y trompe pas, s'il applaudit et rue dans le bas des sièges avec un triomphal élan). Puis le couvre-chef va rejoindre la cape, en libérant une abondante chevelure du roux le plus artificiel et le plus agressif. Alors la capitulation est complète ; la massive esclave vient sur une passerelle qui est entre l'orchestre et le public, elle laisse que les spectateurs du premier rang lui saisissent les chevilles, ce qui donne quelque sens aux mots de sa chanson, pour une fois. Enfin sur la passerelle elle se couche et se roule, sans cesser de chanter, et l'on s'efforce pour la bien toucher et la caresser. Des pièces de monnaie, des cigarettes, vont dans son soutien-gorge ; un rouleau de pastilles est glissé sous le lastex à l'aine. *También debo decir...*

Un spectateur, menu vieux homme à la peau verte sous le poil gris, vêtu d'un strict complet bleu, s'est levé de la place qu'il occupe, juste au milieu du premier rang, et Sigismond le voit qui avec délicatesse introduit entre les deux mamelles un petit œuf, comme de pigeon, mais alors cuit dur on l'espère, ou produit en confiserie, ce qui serait plus rassurant pour la fille. Quand il a fait (et son geste n'a pas soulevé de protestation), elle n'a plus rien à dire, semble-t-il. Elle retire de son intimité les cadeaux reçus, se délivre de mains qui ne la tiennent plus que lâchement, se met debout, s'en va. Applaudie, mais avec moins de fièvre que plus tôt, comme si le vainqueur avait pris plaisir de la captive et s'était lassé. Rideau sur l'or éteint. Place à la suivante.

Celle-là est costumée en chasseresse ; au bout de ses longs bas fauves elle a de petites guêtres qui rappellent les pattes blanches des lapins de garenne ; elle a une jupette de peau, un maillot fauve qui jusqu'aux oreilles et jusqu'aux poignets l'enserre, un bonnet de fourrure beige avec deux oreilles feintes, qui retombent sur les épaules ; elle tient un fusil de bois qu'elle met en joue et pointe vers le public, parfois, en criant son refrain : *« Uno, dos, tres »*. Ainsi montre-t-elle qu'elle est gibier dans son vêtement de giboyeur, créature carnassière autant qu'objet de carnage. Sur la passerelle, où son numéro s'achève, elle ne s'étendra pas, et les mains qui vont à ses guêtres sont écartées à coups de crosse. Point de monnaies ou de cigarettes pour elle, pas d'œuf (qu'il eût été difficile de glisser sous son maillot), mais elle fut désirée, car on l'applaudit longuement quand elle se retire. Puis sur les bravos retombe le velours, bleu couperet.

La suivante est une paysanne d'Aragon, ou du moins elle en a l'habit, et elle ne chante pas, mais elle danse avec quelque feu la jota, en s'accompagnant de castagnettes. Haut soulevée par les bonds, la jupe régionale montre brune la peau des cuisses entre le slip et les bas blancs, au-dessus des bandes molletières qu'à la façon des garçons la fille porte. Moins pute que ses devancières, elle ne mettra pas le pied sur la passerelle ; elle n'aura pas les gratifications d'usage, ni le petit œuf, mais des bravos selon son mérite, et tant mieux si elle est satisfaite... Un couple lui succède, affublé à la turque, qui ne fait que danser encore ; or dans ce couple-là l'homme est plus féminin que la femme et, quand en face de sa partenaire il remue l'ombilic en caressant d'un foulard de soie dans la droite les bagues de l'autre main et en montrant un bout de langue rose, Sigismond, forcément, pense à son père. Le souvenir des essais d'éloquence que s'imposait Gédéon Pons devant l'assemblée de ses élèves sera toujours dans la mémoire du fils terrifié jadis. Son attention, par bonheur, est détournée des tristes remembrances grâce à un considérable événement, qui est que la fausse Turque a quitté quelques voiles et que pour l'engager à se déshabiller plus les occupants d'une avant-scène font descendre vers elle une bouteille de champagne suspendue à des bretelles. Eux, ce sont peut-être des marins américains qui se sont mis en civil pour tromper la vigilance de la police navale ; peut-être des officiers d'un cargo scandinave. Le champagne est espagnol ; sur la bouteille, qui par vertu de l'élastique oscille, avant que la Turque en ôtant son casaquin ne l'ait au rabais obtenue, Sigismond a pu lire : *Cordoniú carta blanca ;* une écœurante et nauséante saleté douce, c'est probable... Les donateurs, derrière leur petit balcon, en ont de réserve, car une seconde bouteille bientôt se balance à l'intention du soutien-gorge, et quand le giton s'approche et fait des entourloupes elle remonte. « La marine a des mœurs », se dit Sigismond. Eh bien non, elle n'en a pas, puisque dans les mains en coupe réunies du danseur la bouteille vient de choir, au dépit de la coquette lente à se dégrafer. Les bravos sont tels que le couple saisit l'occasion de mettre avec succès fin à son numéro. Mais de chaque fille à partir de là Sigismond va se demander si elle sera payée de mousseux, ou si le petit œuf lui viendra rendre un meilleur hommage.

Il a bu sa bière, qui avait eu le temps, hélas, de tiédir. Plusieurs chanteuses ont paru sur le plateau, qui se sont dévêtues avec modestie et qui, quand elles sont venues sur la passerelle, sont restées debout. *Cierra los ojos y ábrelos* était la phrase essentielle de ce qu'a goualé l'ultime, qui l'accompagnait d'un jeu de paupières peintes et de faux cils assez pareil à celui d'une ancienne poupée à musique que Gédéon Pons avait placée dans son atelier de photographe, sur un haut guéridon, et que Sergine a vendue à un antiquaire. Clignements (galanterie mécanique) à part, la fille, fausse blonde à l'embonpoint très baleiné, n'avait même pas l'attrait de la fraîcheur, et l'or de ses boucles s'accordait trop bien à celui de sa denture. Avant qu'elle ait fini sa chanson ennuyeuse les marins (marins oui, certes) de l'avant-scène ont quitté le poste. Qu'ils soient allés boire leur reste avec des baladines, en de certaines loges closes qui au balcon se voient, ce n'est pas impossible ; mais il n'y aura plus de champagne à bout de bretelles, on le regrette.

Cielo de piedra, ciel de pierre, pourquoi pas ? La banalité tragique est un vieux moyen qui a fait ses preuves ; les malheurs de l'amoureuse conviennent à une voix un peu rauque ; le désespoir est d'un bon rapport à la scène, surtout quand par chute de tulles il dévoile pudiquement une chair blanche et quand sous de noirs cheveux plats un visage ovale se renverse entre deux bras nus qui élèvent des mains jointes. Rasées sont les aisselles, empâtées de crème et de poudre comme de l'épiderme tout ce qui est découvert, et le corset, visible, est jaune, par contraste. Celle-là sur la passerelle a bien fait de courir, car on aurait pu la trouver sale (pense Sigismond). Si vite elle a fui que le machiniste oublia de baisser le rideau. Il en vient une autre, dorée de corps et de costume, qui procède à petits pas maniérés et qui prononce à petite voix des mots auxquels Sigismond est inattentif. Un rayon de projecteur la met tout en feu, pailletée qu'elle est, puis une chute prématurée du rideau lui dérobe le petit succès attendu. On ne relève pas pour des bravos.

Quand on relève, alors, c'est pour la turbulente entrée d'un masque : une fort grande personne, grandie encore par les démesurés talons de ses souliers rouges. Enveloppée dans un domino rouge à cagoule noire, et ses mains tiennent le bord de celle-là au-dessus de ses lèvres fardées du plus riche écarlate, elle danse une sorte de rumba (lente), en accompagnant ses pas d'une chanson dont le refrain est : *Una lengua de mujer que dice sí.* Après le premier couplet, le rythme s'accélère, et la femme (il était peu douteux que c'en fût une !) rejette sa cagoule en arrière, ouvre son domino comme si elle déployait des ailes enflammées. Sa chevelure noire est coiffée tout en hauteur, surmontée d'un peigne de corail (faux sans doute), mais on ne voit pas son visage, car elle porte un petit loup de satin rouge brodé de jais autour des yeux. Presque nue, quand le domino est au sol, elle n'a qu'un soutien-gorge noir qui par le jeu de verroteries étincelle, un slip qui semble taillé dans une cristallisation de rubis, et ses bas de résille noire montent jusqu'au deuxième tiers de ses longues cuisses, où les fixent des jarretières rouges avec de massives roses. *Una lengua de mujer que dice sí.* Elle tire la langue à toucher le bord du loup, naturellement (et naturellement Sigismond pense à son père et au pédé).

De ces pensées l'écarte la danse des seins, qui n'est pas moins vive que celle des pieds et qui selon le volume et le poids met la passementerie à rude épreuve. Violent est le mouvement du ventre aussi, quand la fille réunit ses mains derrière la nuque, ou quand de ses deux index tendus elle simule des cornes au-dessus du loup, l'effrontée diablesse. Cinq couplets ont passé ; cinq fois, au refrain, l'enthousiasme du public a secoué les bancs. Maintenant qu'elle se tait, la fille danse avec un emportement qui est de la frénésie presque, et la sueur, rançon de l'effort, coule sur son menton et sur son torse. Viendra-t-elle sur la passerelle ? Quelle colère si non, mais, si oui, quel bonheur dans la salle ! Or, sans ralentir sa danse, elle vient ; au milieu, quand les hommes du premier rang, tous debout, applaudissent ou avancent les mains vers ses jambes, elle enlève son loup, le jette sur le plateau par-dessus les musiciens ; on voit combien elle est belle ; on voudrait, on veut qu'elle s'abaisse ; elle consent, plonge en arrière, fait le pont sur la passerelle, danse une rumba horizontale. Au lieu de se relever, quand de l'orchestre il ne monte plus qu'un roulement de caisse et des bruits de cymbales, elle s'étend tout à fait, se tourne et se retourne, se livre. Les cadeaux descendent sur elle comme de célestes lavettes, pénètrent sous le mince abri des intimités.

L'homme au court poil gris, à gauche de Sigismond, contemple la grande fille, et tant que font les autres il ne fait rien. Puis de la poche de son veston croisé il tire un petit œuf tout pareil au premier ; il le montre au public (dirait-on pas l'élévation, et que c'est un prêtre qui dit l'office ?), il le conduit, lentement, vers la massive gorge que le souffle agite, et dans le sillon profond il l'enfouit, laissant là sa main quelques minutes, tandis que les musiciens se joignent aux spectateurs pour applaudir la prouesse. La fille frémit un peu, et sans doute elle se repose, mais on pourrait croire qu'elle est blessée, ou qu'elle n'a plus sa connaissance. Quand enfin, pour partir, elle se lève, il y a, comme précédemment, à l'avis de Sigismond, un moment d'embarras, que par du tintamarre l'orchestre dissipe.

Sigismond ne regardera plus qu'à peine celles qui viendront sur la scène encore, il n'écoutera guère leurs chansons, il ne saura, quand tombera pour la dernière fois le rideau et quand s'allumeront les feux de l'entracte, si elles furent deux ou trois ; mais d'avoir vu à double reprise la cérémonieuse introduction de l'œuf, il aura retiré un curieux sentiment de plénitude... A l'étourdie, maintenant, il suit ses voisins, qui vont se dégourdir dans le passage et dehors. Là des photographies lui montrent des scènes de la seconde partie du spectacle, qui commencera après la pause et qui doit être une revue comique. Mais il se sent fatigué ; il est plus de minuit. L'attente serait ennuyeuse ; les plaisanteries des dialogues ne le seraient pas moins. Autant rentrer.

Plus bas, quand il est dans la zone ombreuse où l'aborda le tireur de langue, il voit des jeunes hommes qui vont et viennent, en plus grand nombre qu'auparavant, et ceux-là font entendre une sorte de bourdonnement doux quand on passe auprès d'eux. Sigismond pense à ces gros papillons duvetés que l'on nomme, et pour cause, macroglosses. Puis il pense que les macroglosses sont crépusculaires plutôt que nocturnes. A minuit passé, plus de sphinx. L'heure est aux phalènes. Si le gouverneur civil savait l'entomologie, il mettrait bon ordre aux papillonnages masculins.

Devant la Bodega Apolo, Sigismond un instant s'arrête pour consulter aux lumières le plan de Barcelone. Puis, ayant décidé de regagner l'hôtel par un nouveau chemin, il traverse le boulevard où nulle voiture ne menace, tourne le dos à Conde de Asalto, descend, vers la mer, sur le trottoir de gauche. Sauf un grand cinéma où le spectacle va se terminer, si les portes sont ouvertes mais si la caisse est close et la réclame éteinte, la plupart des maisons, par là, semblent en construction ou bien en destruction, et le mauvais éclairage fait que le pied difficilement évite les gravats et la chaux. Pour cette raison, peut-être, aucun piéton ne s'aperçoit. Une odeur de plâtre pèse, que plus loin des souffles salins allégeront et que remplacera le graillon de l'huile qui a servi à trop de fritures, quand de la solitude on sera sorti pour rentrer dans la promiscuité de l'habitation populaire. Sigismond vient de prendre, à gauche, la calle Arco del Teatro.

Du côté du Paralelo, au début, c'est un pire boyau qu'au débouché sur la Rambla. Si défoncé est le pavement qu'il ne faut regarder qu'à ses pieds, ou s'arrêter si l'on veut regarder dans de jolis et misérables bouges où des vieux boivent avec des gamins qui déjà leur ressemblent, sous des guirlandes de papier noirci comme s'il avait été découpé avant la guerre civile. Deux policiers à face verte, qui fument de puants petits cigares, ont mission de rappeler le régime du furhoncle aux égarés ou aux ivrognes qui auraient eu le bonheur de l'oublier. Sigismond, devant les vareuses, a cédé le pas au dernier moment. La bulle où il est (et où seulement Juanita fut peut-être avec lui) eût-elle résisté au choc ? Après le passage des cognes, l'odeur d'huile usagée prend une fraîcheur amicale, tant il y a d'humanité en elle, tant il y avait de brutalité chez eux. Or la ruelle s'est élargie (peu) ; le sol s'est aplani (presque) ; la femme, sous l'aspect de la pute (basse), est réapparue dans les bars.

Encore quelques pas et le circuit est bouclé : Sigismond se retrouve devant la cafétéria où il épia plus tôt, et il ne lui déplaît pas de jeter par la fenêtre un pareil coup d'œil sur les mêmes serveuses aux prises avec de galants buveurs que rien ne distingue de leurs devanciers. L'arc est malodorant toujours, grand pissoir privé d'eau. Dans la Rambla, on rentre dans la vie à plein, malgré l'heure. Au ciel, la lune est en léger déclin ; elle était ronde à Pézenas, sur la vieille juiverie.

Des taxis devant le Panams passent, allant vite. Quand enfin l'on peut traverser sans risque, Sigismond va sur le trottoir central, grande étendue où le repos des solitaires, sous des arbres que l'on sait chargés d'oiseaux qui dorment, met une apparence d'asile. « Comme je suis prudent ! » se dit le voyageur, tourné vers la rue où à moins de cent mètres est son hôtel. Il traverse l'autre chaussée, après qu'ont passé d'autres taxis, qui vont stopper à la station que domine Frederich Soler du haut de son siège aquaplanant. Leur clientèle semble être exclusivement de grues, qui à deux ou trois débarquent, ou qui en compagnie d'un homme embarquent pour la destination probable d'une maison meublée plus discrète que celles du quartier. Des uniformes blancs ou bleus, qui sont ceux de marins de l'*Altaïr,* divaguent dans Escudillers, et les grues des cafés à eux se mêlent, puis se dégagent, comme si aux sons des électrophones en sourdine tous ensemble faisaient les figures d'un ballet. A ce ballet Sigismond se joint pendant quelques minutes, et plusieurs fois il a passé et repassé devant la porte de l'hôtel Tibidabo, sans nulle envie d'être séparé des visages qui à hauteur du sien évoluent et qu'il a fini par connaître « par cœur », car ce sont toujours les mêmes qui reviennent, ce qui confirme l'impression d'avoir été pris dans une interminable danse.

Quand il s'arrache de là et qu'il rentre, en vérité, il sort de scène (mais il est toujours dans la bulle). Il a quitté l'espace illuminé. Le hall antérieur, le couloir, sont presque obscurs. Le bureau est sous un éclairage réduit, et Sigismond ne reconnaît pas le portier (qui vraisemblablement n'est pas l'employé de jour), mais celui-ci le connaît, par bonheur, et sans qu'il y ait eu besoin de rien demander il lui tend sa clé, dont le numéro n'était plus en sa mémoire. Dix-sept. Sans que mot eût été dit, la porte de l'ascenseur lui a été ouverte. « *Buenas noches* » (tout de même). Voici qu'il est à l'étage ; voici qu'il est dans sa chambre, où le bouton pressé du doigt a fait la lumière.

Il s'est mis entièrement nu et ne revêtira pas le pyjama (ni même la veste seule) qui cependant est sur le premier des trois porte-habits de sa valise. Il méprise de faire usage de la poudre insecticide qu'il sait pourtant au fond de son sac à chaussures, dans un rond cartonnage enveloppé de papier gris par le pharmacien de Perpignan. Mais il s'est vu dans le miroir de la toilette, et le corps de Juanita aussi a pris à côté du sien une forme imaginaire, demeurant là jusqu'à ce qu'il se soit détourné.

La lettre est à sa place, sous la tour de verre. Sigismond l'a regardée ; il l'a caressée de la main, comme il eût gratté la nuque d'une chatte, avant de se coucher et d'éteindre.

III

Donc Sigismond a pris son petit déjeuner : du pain grillé qu'il a beurré du beurre de l'hôtel mais qu'il a salé ensuite avec le reste de ce qui avait assaisonné l'œuf dur routier, car il s'est défié de la gelée pourpre qui sur le plateau demeure et qui pourrait être de la courge agrémentée de tomate ou d'un colorant chimique. Le thé, contenu en deux sachets maintenant écrasés au fond de la théière, était meilleur que l'ordinaire de France, et les étiquettes de provenance anglaise qui pendent sur la faïence brune marquaient peut-être une denrée de contrebande navale, trafic presque licite dans le port, comme Sigismond a pu le constater en observant les éventaires des infirmes qui achètent aux marins et revendent. Ce thé, il l'a sucré seulement (les quatre morceaux fournis suffisant à peine à trois tasses), et il l'a gardé pur de lait, liquide pour lequel il ressent un dégoût qu'il a su faire partager à Sergine, quoiqu'elle n'ait pas été affligée comme lui d'un père roux de tout le système pileux et qui se délectait à des trempettes dans de grands bols de café au lait. Il était plus de neuf heures quand par téléphone il a demandé le déjeuner ; avant même d'avoir regardé sa montre, la première chose à laquelle il ait prêté attention, sur la table, sous la bouteille en forme de colonne, a été la lettre qui avait passé la nuit comme un serpent lové près de ses pieds que le drap défait découvre. Le déjeuner lui a été porté longtemps après la commande, quand déjà il s'impatientait. « Il doit être tard », se dit-il (mentalement), en regrettant d'être empêché de se rendormir par les cloches qui appellent à des messes dans toutes les églises de la ville.

Car on est dimanche matin (et l'on pourrait à cette circonstance attribuer l'irrégularité du service). Le tintement des cloches est trop net pour que ce ne soit pas « un beau dimanche d'avril » (comme il se fredonne en plusieurs chansons de France qui ne sont pas moins idiotes que celles entendues la veille au Molino), et il va faire chaud. Dans un air pur, sous un ciel clair, la bulle qui le contient roulera ; sa transparente paroi résistera probablement jusqu'au lundi, si rien ne vient la crever, dans ce pays où les cornes sont aussi nombreuses que les églises. Dimanche est le jour de la corrida. Sigismond a vu les taureaux assez passionnément, souvent, à Nîmes, à Béziers ou à Carcassonne, mais son bref séjour en Espagne lui a suffi pour comprendre combien la corrida était patronnée par le régime furhonculiste et combien elle aidait sa propagande ; combien, en offrant le dérivatif de l'effusion de sang tolérée, elle servait l'ordre purulent ; combien elle était désuète et sinistre, sous ce point de vue, à l'exemple de la messe de l'Église de Rome, qui est un sacrifice point très différent et qui participe de la même hideuse alliance. Le sacré-cœur brodé sur la poitrine des tueurs de naguère était une simple variation de la soutache dorée qui décore le costume de torero. *Matador,* comment prononcerait-on ce mot sans penser au furhoncle ? Non, Sigismond n'ira pas voir la corrida.

Sa rêverie vindicative allait se changer en agréable inconscience, préliminaire d'un petit somme encore, mais un toc l'en retire. L'on a frappé. « Entrez », dit-il (dans un malaisé retour au présent) ; puis s'étant souvenu, il corrige : « *Adelante.* » Ce n'est que pour prendre le plateau, et c'est une servante, qui n'est pas celle qui est restée dans sa mémoire comme belle odorante. Du coude, en se baissant, elle effleure la tour de verre ; alors Sigismond, oublieux de sa nudité, s'assied dans le lit avec un mouvement qui rejette le drap, et il dit « *Cuidado !* » Attentive elle l'est trop pour causer le moindre dégât ; elle est leste, hautaine aussi, et quand elle sort à pas de danseuse elle considère l'homme un instant avec un air où il croit lire un peu de mépris et beaucoup de pitié, comme si elle avait eu connaissance de ce qui lui tient à cœur. Puis il pense que le plateau n'était qu'un prétexte, et qu'elle voulait montrer au paresseux qu'elle devrait bientôt faire la chambre. Sans aucun doute, il est temps de se lever.

Plus impératif que telles réflexions vagues est un rayon de lumière qui filtré à travers les persiennes est venu sur la figure de Sigismond, lequel est couché nu en face de la fenêtre, car il s'est débarrassé complètement du drap après le départ de la servante. Il suffirait qu'il se tournât, bien sûr, pour reposer dans une zone d'ombre, mais cela ne changerait rien à l'incidence du rayon, et il se trouve que celui-là touche le haut de la bouteille, qui est entre la fenêtre et les pieds de l'oisif. Ainsi le Colón du bouchon flamboie dans la demi-obscurité ; ainsi la tour de verre est surmontée d'un petit homme de feu, sinistre comme était le père qui dans le souvenir filial est parfois tout illuminé par l'éclat de sa chevelure et de sa barbe rouges. Veut-on considérer la colonne comme une queue virile plantée sur la lettre fatale pour la sceller momentanément, ce serait encore une raison de voir avec peur et dégoût la flamme que son gland éjacule. Volcanique semence, ultime projection d'une race condamnée, qui est celle du gisant, comment pourrait-il, lui, assister impassible au spectacle ? Il ne peut pas non plus déplacer simplement la bouteille, car il a superstitieusement décidé que lorsqu'il soulèverait la bouteille il serait obligé de lire la lettre, et il sait bien qu'alors la bulle sera rompue et qu'il aura cessé d'être dans un espace ou dans un temps provisoirement retranché de la commune existence. Le malheur universel fera irruption dans la passe tranquille avec un bruit de grand vent ou de grandes eaux qui se précipitent. Pour être indemne un moment encore, il faut quitter la chambre. Le plus tôt sera le mieux.

S'étant glissé (pourquoi ?) sous le rayon, Sigismond est sur ses pieds. Bien que d'habitude il prenne plaisir aux soins de toilette et à l'habillement, il lui serait maintenant insupportable de donner à cela le quart d'heure nécessaire. Il n'ira pas sous la douche, il ne fera pas sa barbe (qui n'est pas très dure, à la vérité), il ne lavera pas même ses dents et il ne peignera pas ses cheveux. Il ne changera pas de vêtements ; ceux de la veille, et qui sont sur une chaise proche de la table où luit la tour de verre, suffiront, avec les souliers et les chaussettes qui les accompagnaient. Vêtu en un tournemain (deux minutes au plus), il sort, après avoir pris sa montre dont il boucle le bracelet dans le couloir.

Vide est l'escalier, puis le hall. Sa clé est restée sur la porte de la chambre, à l'intention de la fille de service ; ainsi il n'a pas eu besoin de s'arrêter au bureau et, sans qu'il eût dit mot à personne, il est dans la rue. Tant mieux si manque au tableau la vieille crieuse de loterie, qui sans doute est à la messe, car, à plus de onze heures, il n'est pas trop tôt pour vendre des billets. Les cloches enfin s'apaisent.

Dans Escudillers le passage est moins abondant qu'en semaine ou plus tard. Devant les magasins clos traînent quelques marins de l'*Altaïr,* un devant, deux au centre, un en queue, qui viennent de la Rambla en scrutant les ruelles latérales, et l'on jurerait que c'est déjà de corps féminins qu'ils sont en chasse, mais à cette heure les putes du quartier reposent, et ils feraient mieux d'aller voir du côté du Robador. Sigismond est au milieu de la rue, devant l'hôtel ; pourtant il est en pensée dans la chambre qu'il vient de quitter, et l'idée de la lettre s'est abattue sur lui tout à l'improviste. Forte est la tentation de remonter, de déplacer (échec à lui-même) la tour, d'ouvrir l'enveloppe et de lire le feuillet, de toucher à l'instant où il cessera d'être indemne. Tibidabo. Ne va-t-il pas accepter ce qui, de toute façon, doit lui être donné ?

Non, il ne l'accepte pas, ou du moins pas encore ; car il s'est rangé sur le trottoir de l'hôtel pour laisser passer deux personnes qui vers la Rambla vont, et par elles il a été détourné de la tentation dangereuse. Mère et fille à ce qu'il présume, la première est une épaisse brune à la gorge un peu débordante sous le soyeux tissu violet de la robe, mais en souliers blancs, bas noirs, jupe orange et pull rose la petite l'a frappé parce que ses grands yeux, qui sont ceux de l'autre aussi, ont le regard doré de Juanita, et parce que sa chevelure immodérément frisée, son pas et son costume ne font qu'accentuer la ressemblance. Le souvenir de la pute enfantine, absurdement, pèse plus lourd que l'image de la tour de verre, et Sigismond s'est dit qu'avant la fin du jour il aura certes pris le chemin de San Olegario et du bar Pigalle, sans parler de l'habitation du grand 20, terme probable de la course. En attendant, d'une manière un peu automatique, il s'est mis à marcher derrière la mère et la fillette, qui toutes deux ont sur la tête un mouchoir de dentelle noire pour montrer qu'elles vont à l'église ou en reviennent.

Quand elle avait douze ou treize ans Juanita faisait-elle ainsi la guenon à la messe, avec une lourde maman (plus pauvre que la grosse femelle en violet) et un chiffon brodé sur la tignasse ? Quel âge a-t-elle, à la réflexion, la pute ? Vingt ans peut-être et peut-être seize...

Sur la Rambla : « Qu'elles aillent aux saints et à tous les diables ! » se dit-il, et il les laisse aller sans déplaisir, puisque ce n'était que derrière un semblant d'amour qu'il avait couru.

Il va un peu sous les arbres, d'où descend comme une inépuisable manne la fiente des oiseaux, puis au milieu du trottoir central, où flânent des promeneurs, pas très nombreux. Le soleil est vif ; son ardeur fait suer quelques visages de femmes maquillées à la poudre jaune, sans rouge aux lèvres, combinaison qui n'est pas du meilleur effet au grand jour, près de la soie noire, quoique en tant que fard de messe elle bénéficie de la permission et même de l'approbation du clergé. Au plan de la ville, qui par bonheur était resté dans la poche de son veston, Sigismond donne un coup d'œil. Remontera-t-il les ramblas jusqu'à la place de Catalogne ? Pour l'heure, à cause de la discrète affluence, la vieille avenue possède un charme qui est celui des promenades paisibles, mais passé midi la cohue d'entre l'église et le déjeuner y sera, ce n'est que trop certain, et des officiers avec des femmes d'officiers feront parade d'un lard aussi épais que celui de leur maître. Le ceinturon sur un gros bide, l'étui du pistolet près du cul, voilà les marques distinctes des messieurs de Castille parmi les Catalans soumis.

Soudain, Sigismond s'est rappelé que Sergine lui avait dit qu'à Barcelone il fallait voir le musée. Rien d'autre ne l'eût attirée que cela (dans son ignorance du Molino et du *barrio* des putes), et elle avait ajouté qu'avec le musée de Sienne celui de Barcelone était le plus riche d'Europe en matière de peinture primitive. Argument propre à le décider enfin, Sigismond ne peut imaginer le bétail militaire passant la matinée du dimanche devant des tableaux ou des morceaux de fresques. Il ira (mais en voiture), et derechef il consulte le plan.

Il avait passé de si peu le carrefour qu'il lui a suffi de redescendre une vingtaine de mètres sur l'avenue et de traverser la chaussée de gauche pour être en la courte voie bordée d'arcades qui débouche dans la plaza Real. Des cireurs, qui somnolaient, le hèlent, puis ils se désintéressent, après avoir vu ses souliers de daim. Comme il tourne le coin de droite, distraitement, une négresse en légère robe blanche se trouve corps à corps avec lui, et la belle bouche, la belle gorge et le parfum sucré de la fille sont en parfait accord avec les hauts palmiers qui au milieu de la place stagnent dans l'air et qui sont tombés sous son regard en même temps. Elle s'écarte, et le parfait accord est rompu, mais elle a ri sans modestie dans le choc, et pour Sigismond elle est « du Brésil » parce qu'il vient de voir l'enseigne de l'hôtel du même nom sous la voûte. Boire un verre avec elle serait possible, s'il n'avait pas au musée une sorte de rendez-vous. A son tour elle franchit le coin de la rue en direction de la Rambla, et il est douteux que Sigismond la revoie jamais.

Sa voiture, dont la claire peinture bleue disparaît sous la poussière, est à quelques pas, à demi engagée sur le trottoir de la place, près d'un pilier d'arcade. Pour l'atteindre plus vite il traverse l'angle de la chaussée ; il se glisse entre elle et une grise Volkswagen, immatriculée en Suède, qui laisse peu de place à l'ouverture de la porte quand la clé a libéré la serrure, et avec plus de difficulté il se glisse dans l'entrebâillement. La clé de la petite Renault sert également pour la porte et pour le contact (qui lance encore le démarreur). A la première sollicitation le moteur ronfle.

Alors Sigismond desserre le frein ; il débraye, il prend la marche arrière, il embraye doucement et il fait reculer de quelques mètres la voiture, pour la dégager. La poussière que les jeux des enfants continuellement soulèvent a volé sur le pare-brise autant que sur la caisse, et elle empêche de voir nettement au-dehors. Avant de partir, même pour un bref parcours, il faut nettoyer la vitre. Dans la boîte à gants sont des chiffons divers, à tels usages ou à d'autres.

Celui que Sigismond a pris est nouveau, et quand, hors de la voiture, il le regarde, il lui trouve quelque chose de familier. En effet, c'est un morceau de linon rose qui fut d'une chemise de nuit portée longtemps par Sergine, et qu'elle a mise en pièces, après usure. C'est elle qui a renouvelé les chiffons de la voiture, avant le départ de son mari. D'une main qui tremble un peu, Sigismond passe le joli tissu sur la vitre. En face de lui s'est arrêtée une petite fille, cinq ans à peine, dont les cheveux sont blonds et dont brune est la peau sous la très courte robe rouge ; elle le considère gravement, en s'appuyant sur son cerceau à manche ; elle tend la main vers le chiffon rose, et comment ferait-il pour ne point le lui donner, quoiqu'il n'ait pas achevé complètement son travail ? Pour dire merci elle se penche, mais sans sourire, puis s'en va vite, sur ses menus souliers blancs. Elle l'eût poignardé qu'il ne sentirait rien de pire. Nul nuage au-dessus des palmiers ne flotte, mais le ciel en deux pourrait se fendre sans révéler à Sigismond rien de surnaturel.

A la fin de janvier, il y a un peu plus de quatre ans, Sergine mettait au monde (comme il se dit...) leur fils, le petit Élie. Mais quand Sergine saigna sous lui ce fut au début d'un mois de juin, il y aura bientôt six ans. Va-t-il se remémorer longtemps des faits doux ou cruels, avec des dates, des époques ? Sous les palmiers, deux camps d'enfants se battent à durs coups d'épées de bois, et leurs cris de guerre, détachés sur le régulier fond sonore de la fontaine, montrent qu'ils jouent aux Chrétiens et aux Maures. Le propre de l'histoire est d'amuser les bambins. Quant à lui, Sigismond Pons, singulièrement, son passé est scellé et son futur est bloqué par l'apposition d'une tour diaphane. Dans le présent, sa meilleure place est au musée.

Il n'avait pas arrêté le moteur, quand il était sorti de la voiture, et le ronflement faible, qui lui est redevenu perceptible, est comme un conseil à se rendre à cette place-là sans tarder. Rentré, rassis sur le siège, Sigismond use de la marche arrière pour reculer encore un peu, puis il passe la première vitesse et la seconde ensuite pour faire lentement le tour de la place jusqu'à l'unique voie d'accès et de sortie. Un jeune Cid eût été par un calife de Grenade jeté sur le pare-chocs de la Renault, si le pilote avait conduit plus vite ou freiné moins sec, mais il a su ne pas toucher l'enfant, qui en fuyant (bravo le Sarrasin !) le laisse repartir, et quand il a viré à l'endroit où l'agréable négresse avait disparu il se surprend à chercher la fille du regard, aux tables d'un café. Qu'il ait eu un vrai regret de ne pas l'y trouver, non ; mais qu'il eût espéré la voir, oui, et en constatant, une fois de plus, son étrange duplicité, Sigismond sent aussi qu'en lui s'atténue le mal qu'il aurait dit extrême.

A droite il prend la Rambla jusqu'au premier carrefour, où il tourne complètement à gauche pour la prendre en sens inverse jusqu'à la plaza del Teatro, puis plus bas, jusqu'à la première voie praticable où il puisse tourner à droite pour arriver au bas du Paralelo. Là il tourne à droite encore, pour remonter, et il roule doucement, curieux de reconnaître sous un soleil à peu près méridien le site où il avait erré pendant la nuit précédente.

Le point de vue de l'automobile diffère de celui du piéton surtout en ce qu'il rapetisse l'espace (et non pas seulement les distances), tandis que l'ombre et l'éclairage artificiel agrandissent les dimensions par rapport à leur mesure apparente sous la lumière du jour. Entre la calle Arco del Teatro et la Bodega Apolo, le chemin, où Sigismond avait trébuché interminablement, est bref ; la Bodega, le vieux cinéma et le parc d'attractions sont de pauvres baraques ; le cinéma neuf, au-delà de la rue, n'est pas si vaste qu'il le semblait hier. En ce dernier, ce qui est pareil est le programme, et Sigismond, retombé sous le charme du grand visage indien de l'affiche, n'a pas fait attention au sémaphore du carrefour, dont le feu était rouge. Dimanche, heureusement, la circulation est réduite. Point de mal, puisque nul agent n'était de service et que nul véhicule ne venait à la traverse. Avec un soupir (Sergine, si elle eût été là, aurait pincé Pons en proie aux visions), après un regard de biais encore à l'héroïne de *Corazón selvaje*, Sigismond, devant le trottoir où le voyou lui exhiba la langue, accélère un peu, quoique dans la matinée la zone n'ait rien de déshonnête.

Voilà le Molino, qui à cette heure et feux éteints se présente ainsi qu'un gros œuf que l'on aurait muni d'ailettes et soutenu d'une architecture de base. Qu'est-ce qu'un gros œuf muni d'ailettes, sinon une bombe ? Et si l'on nomme « bombes », en castillan, les actrices qui brûlent les planches, les divas aux attraits explosifs, le petit œuf dans le soutien-gorge introduit n'avait-il pas une fonction de détonateur ? Allumer Juanita par tel moyen ou par un autre, peut-on y songer ? Et lui-même, à son escient, fut-il jamais capable d'allumer Sergine ?

Tout de suite il se repent de s'être posé la question et, passé le grand carrefour, il presse à fond l'accélérateur, ce qui en troisième vitesse porte très rapidement l'aiguille du compteur au-dessus du chiffre 90, puis il prend la quatrième et il continue à donner tout le gaz. Monter le Paralelo à cent vingt kilomètres à l'heure n'est pas très sage, malgré le vide de la ville, or il ne lève pas le pied et la vitesse est augmentée encore quand il double un noir taxi Seat sur un pavement non dépourvu de bosses, puis il coupe l'admission et freine avant d'arriver sur la plaza de España, où la police est sûrement présente.

Elle l'est, en effet, sous la forme de plusieurs agents bleu-noir, couleur des bousiers, qui par bonheur ont le dos tourné au Paralelo, occupés qu'ils sont à diriger des files de voitures qui par l'avenue de José Antonio vont aux plages, dans la direction de Sitges. Un geste de l'un d'eux permet à Sigismond d'intercaler la Renault dans la chaîne des Seat, et ainsi, mêlé provisoirement aux familles de petits riches que le véhicule utilitaire exalte, il contourne en douceur le trottoir médian. De l'autre côté, sans trop accélérer, il sort de l'encombrement et se dirige vers une large voie qui conduit au parc de Montjuich. Dans ses oreilles un bruit de fontaine a remplacé le bruit de mécanique malmenée. Les allées, à l'intérieur du parc, sont vides.

Une fois déjà il a vu sur une plaque le mot *museo*, accompagné d'une flèche qui montrait la direction. Curieux mot, si l'on pense, que celui-là, entré dans la plupart des langues avec sa tournure antique pour désigner un lieu généralement froid et où l'on contemple surtout des nudités sculptées ou peintes, lieu dont la visite est fortement recommandée au voyageur, qui par l'ennui qu'il y prend reçoit une sorte de justification ou d'absolution quant à d'autres plaisirs pris à d'autres nudités en des locaux moins sévères. Pourquoi ce mot a-t-il un tel succès aujourd'hui, et pourquoi celui de lupanar, antique autant, par exemple, n'a-t-il pas une fortune égale et n'est-il pas inscrit sur des plaques porteuses de flèches indicatrices ? *Museo*, de nouveau ; cette fois il faut monter à gauche.

Sous les grands arbres, des murs sont couverts d'on ne sait quelles plantes grimpantes, mais qui sont fleuries à blanc et qui répandent une odeur exquise, en témoignage de la saison. Au fort du printemps, sous l'ardent soleil, Sigismond n'eût-il pas mieux fait de rouler vers des pinèdes et des sables marins où il aurait trouvé la béate inconscience en compagnie des échappés de la messe ? Voici le mot *museo* inscrit encore ; puis, au détour de l'allée, sur une longue et large terrasse d'où l'on domine la ville, voilà la chose enfin, le vaste monument comme par défécation chu, le Palais National que le savoir et la curiosité de Sergine ont imposé aux yeux de son époux. Un vol de pigeons vers les toits monte, soulevé par l'arrivée de la voiture que Sigismond range à la suite de quelques autres, devant le grand escalier.

Fermer la porte à clé lui a paru inutile. Degré après degré, il lève les pieds jusqu'au sommet de ce perron apte à décourager les faibles amateurs d'art, il reprend souffle devant la façade à trois baies. Dedans, des gardiens le considèrent avec de l'ennui, pense-t-il, comme s'il troublait leur quiétude, et il faut acheter un billet près d'un furhoncle en buste, photographié presque aussi grand que nature, ce qui n'est pas pour lui donner meilleure mine. Cinq pesètes payées d'une pièce à la petite effigie du même donnent au visiteur le droit de franchir un tourniquet, et il part à la découverte de lieux spacieux et solitaires, où d'abord il ne voit rien, ou quasiment, car la lumière est beaucoup moins forte sous les hauts plafonds que sous le ciel. Sa vision, peu à peu, s'accommode ; il aperçoit des pierres taillées d'un relief rude, des panneaux peints à traits durs de figures où le rouge et le bleu dominent ; c'est le monde de l'art, et particulièrement celui de l'art primitif où l'ont délégué quelques phrases de Sergine ; c'est comme une formidable boucherie.

Oui, la première impression qu'il retire du musée catalan est de s'être fourvoyé dans une boucherie spéciale, officielle et luxueuse. Avec un frisson, il relève le col, pas assez épais, de sa veste de peau. Dans le monde de l'art, qu'il fait froid (en comparaison avec la tiédeur du monde extérieur) ! C'est pour assurer à l'art (comme à la viande) une bonne préservation, sans doute, qu'on le garde en si fraîche atmosphère, et l'on imaginerait un compliqué circuit frigorifique à l'intérieur des parois ou sous les pavements du grand conservatoire. Les morceaux d'art sont aplatis contre les murs, incrustés parfois dans le ciment ou le crépi, tenus souvent par des crocs de fer ; statues à part, ils sont écrasés comme sous l'effet d'une presse qui aurait fait éclater les veines et s'étoiler les organes, se rompre les os et s'effilocher le système nerveux, car des réseaux ou des coulées de blanc divisent les masses de couleur sanguine. Que Sigismond, mû par une vieille habitude dont il sait pourtant qu'elle n'est que sottise, s'approche de ces hautes tranches et les examine pour voir ce qu'elles représentent, alors il distingue que leurs sujets sont rarement moins cruels que leur aspect objectif. Un personnage à l'air de pauvre type qui béatement laisse scier en deux son torse nu (au tiers droit, comme pour respecter le cœur), c'est saint Quirin martyr, si la légende du panneau fut lue correctement ; ceux qui le scient pourraient être des putes à barbe, de monstrueuses bourrelles sorties du Robador en courte tunique écarlate et en bas noirs. Ailleurs, le curieux d'art croit reconnaître un château en viande ainsi qu'une pièce montée, avec des hommes et des femmes en viande, vêtus de viande, penchés à de petites fenêtres coupées en pleine viande, et la bastille autant que ses habitants a les tons rutilants et cyanosés du bœuf à l'étal. Le moindre des supplices mis en image est la décapitation, cueillette barbare. Les têtes vont aux paniers comme des roses.

De quelle époque, au fait, sont ces carnages, ou plutôt, les tableaux, reliefs et fragments de fresques qui les illustrent. En moyenne, selon les petites explications placées au bas des pièces, ils ont un peu plus de sept siècles ou un peu moins ; depuis longtemps ils ont cessé de sentir, car les musées, à la différence des églises, surtout espagnoles, sont des lieux hygiéniques. Quand une mouche sur son cou se pose, pourtant, Sigismond l'écrase avec hâte et horreur, songeant à des archéologues piqués par des moustiques dans des sépulcres de pharaons et à ce qui s'ensuivit d'après les racontars. Désinfecté même, l'art vieux est malsain ; malsaine en tout cas devrait être sa contemplation prolongée dans les nécropoles froides où ses quartiers reposent ;

morbide est la délectation prise à la vue de son cadavre, le culte rendu à de charogneux restes.

Peut-être à Barcelone les gens sont-ils moins fous qu'ailleurs, ou peut-être sont-ils en retard sur les folies internationales. Les dévots de l'art sont beaucoup moins nombreux au Palais National qu'ils n'étaient dans tous les autres musées où Sigismond mit le pied un dimanche matin, et les rares que l'on voit sont étrangers à coup sûr. Français (d'après la couleur de leur guide), un garçon et une fille, ou bien deux jeunes époux, ont pris le départ d'un si bon pas qu'ils sont loin déjà devant Sigismond, lequel s'attarde au voisinage de deux marins américains dont les pattes de vareuse portent le nom de l'*Altaïr* mais qui, à la différence de leurs congénères répandus dans les rues à filles, ont le genre plutôt de la lourde brute que de la bringue élastique. Attentifs à ne perdre pas une goutte de sang, ils roulent des épaules devant les amputations, les mutilations peintes ; ils hochent la tête avec un air heureux en se bourrant du poing parfois ; ils échangent des semblants d'aboiements que l'on ne comprend pas. Ce qui particulièrement les intéresse est la représentation de fabuleuses bêtes auxquelles on dirait que les artistes de jadis n'ont donné métier que de mordre les hommes vifs ou de décharner les morts. Lions, dragons, serpents, dogues ou corbeaux, les dévorantes créatures partagent avec des démons, souvent cornus, l'admiration des marins, et Sigismond a entendu plusieurs fois l'un de ceux-là siffler d'émoi devant un coup de dent ou d'ongle bien cruellement dessiné. Le siffleur est un blond tondu ras ; l'autre, un peu chauve et châtain, approuve en penchant le cou plutôt. Que des souvenirs bibliques viennent nourrir chez eux le goût de l'art, voilà qui n'est pas improbable. Pourtant, chez Sigismond, qui fut élevé à lire la Bible au moins à l'égal d'un jeune yanki, c'est le dégoût qui domine. Il s'en étonnerait.

Réfléchissant (à peine), il constate que pour la première fois de sa vie il est entré tout seul dans une réserve d'art. Les autres fois, c'était avec Sergine, qui courait au musée comme au salon de beauté ou au bal, et avant Sergine c'était avec son père, qui regardait la sculpture gréco-romaine avec tant de persistance qu'il arrivait que le gardien fût soupçonneux. Sergine, après s'être en quelque façon livrée à des tableaux (primitifs) comme à des danseurs ou à des masseurs et à des coiffeurs, sortait revigorée du dispensaire d'art, reposée, rayonnante, engraissée peut-être, ce qui permettrait d'apercevoir en elle la figure d'un joli petit vampire, tandis qu'auprès des garçons de marbre alexandrin qui tant lui plaisaient les manières de Gédéon Pons étaient des manières de pédé indiscutablement. Seul en face des œuvres d'art, pourquoi Sigismond se sent-il rebuté et lassé ? Son tort est-il de n'avoir rien acquis, rien hérité, du gentil vampirisme de sa femme ou de la majestueuse pédérastie de son père ?

En fait d'air pédé, voici un peu trop longtemps qu'il traîne derrière des marins. D'eux il s'écarte. Alors il tombe dans le voisinage d'un vieux Allemand qui montre à un autre moins vieux des porcs peints dans lesquels le souvenir de la Bible laisserait entendre que des démons furent mis. Des Allemands et de ces porcs il s'éloigne. Un gardien, qui tourne dans la salle comme un animal prisonnier, souvent sursaute, et Sigismond voit que cet homme est affligé d'un persistant hoquet, dont il serait débarrassé sans doute si on lui faisait peur ou s'il avait licence de se coucher par terre après avoir déboutonné son pantalon.

Accuser l'art de ce hoquet comme de son propre malaise est la naturelle suite de la comparaison des tableaux avec des quartiers de viande pendus à des crocs dans une boucherie monumentale. Sigismond soudain imagine qu'un mécanisme pourrait faire basculer horizontalement ces quartiers comme sur des tables, et que des moines cagoulards, montrés à mi-corps dans les ouvertures des parois, débiteraient de grosses tranches d'art à l'intention des visiteurs. Consommer serait obligatoire (ou blasphématoire serait le refus de consommation, justiciable devant le tribunal des Inquisiteurs). « Que lourd est l'art ! » pense Sigismond, qui pense un distique de monosyllabes :

L'art
Lard.

Puis il a honte d'être si bête, et il voudrait châtier sa fantaisie de vingt coups de discipline. Ainsi revient-il, malgré lui, à comparer l'art avec une nourriture monastique, le musée avec un réfectoire de couvent.

Fâché contre lui-même, il part à grandes enjambées, entre dans la salle suivante, dépasse les Allemands, rejoint les marins et dépasse ceux-là aussi, rejoint les Français qui pourtant sont allés vite. Dans la longue salle où il se trouve, il regarde les tableaux. Que sur des tortures tombent ses yeux, il n'y a rien là qui puisse l'étonner, puisque l'art religieux est en majorité sanglant, il l'a constaté ; mais la façon dont ces tortures sont peintes est moins banale et moins crue qu'en premier lieu. Autrement dit, la peinture est ici plus cuisinée ; la viande est apprêtée avec une nuance de maniérisme. Il a franchi à l'aveuglette plusieurs siècles en plusieurs salles, et il est à la limite de l'art primitif. Or ce n'est qu'en dévotion et qu'en imitation de Sergine (qui n'a d'intérêt que pour cette espèce d'art seulement) que Sigismond est entré au musée. Par fidélité à Sergine, il faut faire demi-tour.

Ainsi fait-il (et le mot « fidélité », qui s'est imposé à son esprit, ne l'a point diverti ni choqué). Au pas presque de course, comme il est venu, il traverse des salles sans les compter. Sur le seuil de l'une, il bouscule les deux Allemands (et il a pensé que si ç'avait été les marins de l'*Altaïr*, il aurait pu se faire casser la gueule...). « Pardon », dit-il à la paire teutonne, qui dit comme lui en écho double.

Le voilà revenu dans les salles d'art roman, du côté de Sergine. Au flanc de Sergine en imagination il se tient ; il prend son bras, il la conduit devant les plus cruelles tables. Avec bravoure, si besoin était, il la défendrait contre des processions de moines et ferait rentrer dans les murs la vermineuse engeance. Il rabattrait d'un fort claquement les panneaux sur les bonnets pointus, refoulés au fond de leurs graisseux guichets. Sergine sourirait...

L'évocation du sourire de Sergine ramène Sigismond aux tableaux que Sergine regarderait, et ceux-là, sans tout à fait cesser d'avoir aspect de sanglantes trappes, redeviennent fourmillants de figures, comme ils sont dans la réalité. Les personnes peintes que l'on tue ont le sourire souvent ; celles qui tuent ne l'ont jamais. Puis l'observateur s'attache à la représentation d'un bizarre exercice, qui se fait, semble-t-il, avec des œufs.

Oui, il y a sur cette table-ci (fragment de fresque rapporté) trois personnages qui ont l'air de manipuler des œufs, et le pli de leur tunique dessine au bas de leur ventre un gros œuf, comme s'ils étaient sur le point de pondre. Un quatrième, atterré, lève les mains vers une main qui paraît dans l'angle supérieur, inscrite dans un quart de cercle comme est la flèche dans l'arc bandé. Vers celui-là volent les œufs, qui font sur sa tête comme des cornes ballonnées ou des hernies crâniennes. L'explication (inscrite à côté) du tableau, certes, est qu'il s'agit d'une lapidation de saint Étienne, et alors ce seraient des pierres, ou tout au moins de blancs galets, qui serviraient de moyens de communication entre les personnages, et la main dans l'arc (en ciel) serait la main de Dieu ; mais Sigismond est trop fortement rallié à la perpétuelle insoumission de Sergine pour se laisser expliquer les œuvres d'art par des arguments d'antiquaires ou de prêtres. En outre, il faut spéculer plus qu'observer pour voir des cailloux ou des galets même dans les clairs objets volants, qui ont une forme absolument régulière. Les corps ovoïdes ont un pouvoir dont on n'aura jamais fini de s'émerveiller. N'est-ce pas un petit œuf qui permettait au public du Molino d'entrer en communication avec les putes tombées à terre ? Devant la tranche d'art religieux, Sigismond sourit, et son accord avec l'image évoquée de Sergine à ce moment est sans défaut. Il goûte ce moment parfait, plein (pense-t-il) comme un grand œuf.

Par la vertu de l'œuf, l'art a cessé pour lui d'être oppressif. La main dans la main songée de Sergine, il va parmi les grandes fresques, et celles-là, puisqu'en se rapprochant de l'entrée du musée il remonte dans le temps de la peinture, se font plus solennelles et plus hiératiques. Leur sujet avec prépondérance est le Christ en gloire, figuration plus paternelle que filiale, où les bleus froids, les tons d'eau profonde ou d'acier, sur les bruns chauds dominent. Répété toujours de même façon, l'ovale de la tête divine se détache sur le blanc disque de l'auréole, en vérité, « comme un œuf sur le plat », et dans le dessin de la barbe, des moustaches et de la chevelure bouclée le regard se plaît à suivre des lignes qui sans équivoque appartiennent à des courbes d'ovalisation. Mieux encore : ces vastes figures sont de la tête aux mains et aux pieds inscrites dans un cadre ovale, la mandorle. L'amande en projection horizontale est un œuf ; l'œuf est une amande. Au centre de l'ove, le Christ en majesté paternellement rayonne.

Dans ses yeux qui vous hypnotisent, comment ne pas voir deux œufs encore ?

Ab ovo, le point initial, pour Sigismond, c'est Gédéon Pons, douteux maître d'école et pasteur avorté. Il lui paraît voir dans l'ove le semeur roux dont il tire origine. Quand son père, comme il lui fut rapporté, faisait monter dans son atelier de photographe au grenier l'un de ses élèves choisi parmi les plus jolis, quand après l'avoir mis tout nu à l'exception d'une peau de cabri il le faisait poser, flûte aux doigts, devant la reproduction d'un chapiteau corinthien, pour obtenir une trouble image de pâtre antique, il devait avoir de pareils yeux. L'arc de ses sourcils pareillement devait s'élever en quart de cercle ; et l'enfant devait abdiquer toute liberté sous le regard magnétique. Ainsi Gédéon Pons trône en majesté devant les yeux de son fils, à l'intérieur d'une forme d'œuf ou d'amande qui figure la goutte de semence d'où Sigismond est sorti. Après avoir longtemps manié le manteau de l'appareil photographique, après avoir ajusté le trépied, réglé la mise au point, Gédéon se bornait-il à ôter puis à remettre l'obturateur ? C'est probable. Et l'enfant, quand les sourcils roux s'abaissaient et quand retombaient les lourdes paupières sur l'or des prunelles, devait reprendre vite ses habits et se sauver dans l'escalier en poussant quelques cris. Et sur la peau de chèvre quittée le père glorieux devait s'abattre comme un œuf qui se casse et coule.

Pour se délivrer du paternel empire, Sigismond a recours à Sergine, qui jamais n'a manqué à venir à son secours contre le tyran roux, et il courtise le souvenir de son épouse absente qu'il est allé chercher ou poursuivre au musée d'art roman. Douce est la rebelle comme aux instants d'après la trouvaille de graines jumelles dans une coque verte, quand avec un petit frémissement elle disait le nom « Philippine », et cette fois sa victoire est de faire s'estomper les grands pédés en majesté dans les mandorles et de voiler le brillant dur de leur regard. Leurs cous, comme de cobras, semblent se dégonfler, tandis que cesse leur pouvoir de fascination. Ainsi de Gédéon Pons la force maligne s'atténue. Sigismond se retrouve en face de morceaux d'art, et du plus primitif, et il a l'impression que s'il s'efforçait mieux il entendrait la voix de Sergine commenter les formes pures et leur signification profonde. Mais il caresse le bras imaginé de Sergine (nu hors de la soie rose d'une blouse sans manches qu'elle avait le jour où ils visitèrent les musées du Vatican), comme il se rappelle qu'il fit parfois pour la détourner d'un spectacle auquel elle ne pouvait plus s'arracher. Car d'art, primitif autant qu'on voudra, roman même, il est rassasié, lui. Tout ce qu'il désire à présent est de traverser les premières salles qui ne montrent que de très antiques sculptures, puis de retourner jusqu'à la porte par laquelle il est entré et de pousser cette porte. Sergine en son évocation accède à ce désir. Elle est près de lui lorsque la porte vitrée sous la pression de ses doigts s'ouvre.

Dans le mauvais miroir du vitrage, Sigismond a vu sa figure un instant, de mine plus morose, lui a-t-il paru, qu'il ne l'avait vue au-dessus du lavabo de sa chambre, et il a vu son reflet solitaire. La longue évocation se brise alors ; l'image de Sergine va se perdre en les lointains où s'est dissoute celle de Gédéon. Si un marin, qui se présentait, poliment s'efface pour céder le pas à Sigismond (démentant ainsi une réputation bien acquise de brutalité), le mot *Altaïr* n'en sera que plus directement porté par la patte d'épaule sous les yeux du sortant. La tour de verre est dans sa mémoire cependant qu'il repasse devant la photographie du furhoncle, puis il franchit le tourniquet à rebours, et la porte du Palais National, refermée derrière lui, le laisse en plein soleil.

Ébloui par la lumière violente, il trébuche en haut de l'escalier ; il souhaiterait un nuage. Que le bleu du ciel puisse être à ce point blessant pour les yeux, que l'air à la première heure de l'après-midi puisse être pénible aux bronches comme une lampée de thé chaud au larynx, il faut sortir d'une réserve d'art ombreuse et fraîche pour en faire l'expérience. Pendant qu'il descend, Sigismond ne quitte pas du regard ses pieds ni le granit des marches. Ainsi parvient-il en bas sans encombre, malgré l'étourdissement qu'il a senti. Sa voiture, qui est au soleil, doit être brûlante à l'intérieur, et quand il l'a rejointe il commence par ouvrir tout grand les deux portes de devant, pour n'y pas suffoquer, s'il se peut. Puis il traverse la terrasse, et il va s'asseoir sur le parapet qui la borde, le dos tourné au panorama. Un couple, non loin, contemple, qui sans doute est étranger à la Catalogne, mais dont l'origine est problématique, car nul guide en ses mains ne paraît, aucun mot ne sort de ses bouches.

Au soleil déjà Sigismond s'habitue ; il s'interroge s'il lui faut se féliciter ou se blâmer de cette faculté qu'il a de s'habituer tout de suite à tout ; il se rappelle que Sergine la lui reprochait comme une immoralité. Pour se protéger de la chaleur ambiante, en outre, une idée lui est venue, ou plutôt une fantaisie, qui est d'identifier l'œuf ou l'amande dans lesquels au musée étaient inscrits les Christs en gloire avec la bulle où il est enfermé fragilement depuis qu'il a reçu la lettre qui est sous la tour de verre. Plus modestement que dans l'ove il n'imaginait son roux papa, il s'y voit, lui, comme un embryon de seiche dans un grain de raisin de mer débarrassé de ses peaux noires et coriaces. Une petite chose qui vit, qui bascule et qui danse dans la fraîcheur de la bulle qu'une décortication plus poussée ou le moindre coup d'ongle crèverait, voilà comme il s'imagine. Au moins l'enveloppe songée lui donne-t-elle une impression d'isolement, qui est presque agréable.

Isolé, oui, c'est en telle condition qu'il s'est mis depuis qu'il a refermé la lettre de la vieille Féline, ce n'est pas autrement qu'il se veut. Vif il pirouette dans une mandorle frêle. Il pense à une goutte de semence virile dans une capote gonflée d'un souffle, puis ficelée, jetée ensuite sur un terrain que le soleil dessèche. La vie n'y danserait avec la mort pas très différemment que dans la bulle où Sigismond pense et s'agite.

Dégoûté par la comparaison, pour couper net le fil, il

se lève, court à sa voiture, dont il baisse les vitres. Malgré l'aération, il commence par étouffer dans la carrosserie surchauffée ; le drap du siège lui brûle les cuisses à travers le tissu du pantalon, celui du dossier lui plaque une sorte de cataplasme sur l'échine, vêtue de cuir heureusement, et il s'efforce à s'appuyer le moins qu'il peut ; sa paume et ses jointures reçoivent de la matière plastique du volant une impression de douleur. Il a tourné, de l'autre main, la clé de contact, et il n'eût pas été surpris que le moteur refusât de partir, car il sait que la chaleur vaporise parfois l'essence dans la pompe d'alimentation. A l'accélérateur poussé à bout de course répond cependant le ronflement habituel ; Sigismond relève le pied pour que la rotation point ne s'emballe. « Bonne machine », a-t-il pensé comme devant le réveil d'une personne ou d'un animal un peu chéri, et cette satisfaction affectueuse qu'il retire du signe de vie a eu l'effet de diminuer la brûlure en tous les endroits de son corps qui s'y trouvaient exposés. Ou bien, il s'est habitué, encore une fois. Son pied donne plus de vie au moteur, et la Renault, embrayée sur la première vitesse, doucement démarre, puis augmente son allure en seconde et en troisième après. Au lieu de faire demi-tour pour reprendre le chemin par lequel il était venu, Sigismond a choisi d'aller à droite, direction dans laquelle il vient de voir aller une petite Seat rose comme une robe de putain et qui le mène à une large voie fraîchement goudronnée, qui descend parmi des eucalyptus. Des taxis montent en sens contraire, chargés de passagers.

Point de doute que par là Sigismond n'arrive à une sortie du parc.

Le voilà dehors, en effet, bien plus vite que s'il avait cherché la sinueuse et poussiéreuse route empruntée pour venir. De plus, il a évité l'encombrement de la plaza de España ; la rue dans laquelle la voie boisée l'a conduit débouche dans le Paralelo, après avoir traversé sans longueur un quartier populaire. Il vire à droite, et il se trouve en terrain familier, puisque non loin pointent les ailes du Teatro Molino.

Après le virage, il a pris la quatrième vitesse pour descendre le boulevard, où sur la chaussée les véhicules sont encore plus rares que les piétons sur les trottoirs partout battus par le soleil. Le Molino, quand devant le théâtre il a passé preste, lui a fourni l'image d'une grosse poule blanche, noire et jaune, qui en tournant le dos et en relevant les ailerons eût montré sous le croupion charnu l'entrée des voyeurs. A l'appui de la similitude, un balcon renflé, le croupion, porte des affiches de divas, longues plumes en éventail. Sigismond adresse un sourire au cul de la gigantesque volaille, dans le ventre de laquelle il vit le jeu des petits œufs. Sergine fût-elle à son côté, elle lui eût demandé pourquoi il souriait, et en l'informant il aurait déclenché à coup sûr le timbre alerte de son rire. Pour qu'elle soit là, que ne donnerait-il, que n'offrirait-il point ?

Donner, offrir (à qui, à quoi, d'ailleurs ?) sont des mots vains, et Sergine en réalité n'est pas là, elle n'y sera pas. Mais l'illusion a duré suffisamment pour que Sigismond ne soit remis en sa solitude qu'au bas du

Paralelo (devant la calle Arco del Teatro, trop étroite pour être carrossable, il a regretté d'avoir été, plus haut, inattentif à l'embranchement de Conde del Asalto, qui menait droit aux Ramblas) ; maintenant il arrive au port ; sur la plaza de la Paz il est obligatoire de faire le tour du monument avant de remonter les avenues. Vite autour de Colón la voiture vire, le feu du sémaphore étant vert, la place étant déserte à peu près, et le conducteur ne ralentit qu'en vue de la statue de Frederich Soler, devant les bars à putes qui le dimanche à l'heure du déjeuner ne montrent pas beaucoup de clientèle. Puisque de déjeuner c'est l'heure, il ira au restaurant Tibidabo, qui est au-dessus du bar de même nom sur lequel est tombé distraitement son regard. Ainsi l'on ne pourra lui reprocher d'avoir méprisé le restaurant de son hôtel, comme il fut fait en plusieurs de ses voyages, lorsqu'il suivait la volonté de Sergine.

D'abord il faut garer la voiture. Pour cela, il ralentit au débouché de la petite rue (dédiée à Colón encore) qui conduit à la plaza Real, et deux fois il vire à droite, en regardant sous les arcades si là n'est pas revenue la belle fille noire en robe blanche que le bar d'angle avait retranchée de sa vue. Point de négresse, et la façade de l'hôtel du Brésil a tous ses volets clos, mais en face du bouquet de palmiers la place où était sa voiture auparavant est libre, à côté d'un pilier. Méticuleusement Sigismond y range la Renault. La marque des pneus sur le trottoir l'a aidé à remettre les roues juste aux points d'où elles étaient parties, ce dont il retire, quand il sort, une certaine satisfaction, qu'il peinerait à expliquer. Il n'a pas verrouillé la porte, tant pis, si la clé de contact est en sécurité dans sa poche. Au coin de la place il prend la sombre ruelle qu'à son arrivée il avait prise, il passe devant le bar Don Juan (où derrière le comptoir somnole une blonde entraîneuse) et dans Escudillers il tourne à droite. En quelques pas il est au seuil du bar Tibidabo, dans lequel il entre, mais pour le traverser, car l'escalier qui conduit au premier étage est du côté opposé, derrière la porte qui ouvre sur la place du Théâtre. Deux putes assises en sorte de n'être vues que de l'intérieur l'ont suivi des yeux ; il n'en a pourtant retenu que le lent pivotement parallèle de leurs têtes comme des tourelles d'artillerie pointées sur une cible qui est lui-même, et de la couleur de leurs chevelures ou de leurs robes il ne se rappelle rien en arrivant au haut des marches.

Derrière le visé la porte s'est refermée ; devant lui s'ouvre un espace tout différent de celui d'en bas, et l'on s'étonne que l'un et l'autre fassent partie du même établissement. Plus de putes ici, non, plus de petits mendiants ni de courtiers louches, mais des valets en nombre qui vêtus de pantalons noirs et de vestes blanches entretiennent une agitation ordonnée dans une assez longue galerie à plafond bas, meublée de tables où des gens à l'aspect riche sont assis devant des nourritures. L'une de ces tables, à côté de la paroi vitrée qui domine la place à la hauteur de la tête de Frederich Soler, étant disponible, Sigismond va s'y mettre. Son premier regard est pour la nuque de la statue qui rattache à la terre l'aérien réfectoire, au-dessus des taxis en station. L'impression qu'il a est de se trouver dans la cabine d'un avion immobile à une vingtaine de mètres du sol, mais l'on pourrait aussi se croire dans un navire à quai. Sur la table, comme sur toutes les autres, est un bouquet de quatre fleurs artificielles (« fleurs italiennes » ainsi qu'à l'hôtel Tibidabo) ; il s'en passerait. Un gracieux serviteur porte la carte, part sans attendre la commande. Ce n'est qu'au maître, signalé par son frac noir, évidemment, qu'il appartient d'enregistrer les faims et les désirs.

En attendant celui-là, qui se dépense à la table d'un trio d'hommes (belges ?) avec de beaux mouvements de croupe, Sigismond a posé la carte contre le vase aux œillets de plastique. Son dépit d'abord est qu'elle soit rédigée en français, et qu'ainsi lui-même en entrant ait par quelque machine invisible été reconnu, catalogué, mis en fiche comme pour un procès ultérieur, où la condamnation ne serait pas douteuse en raison de l'exactitude de la première information... Son dégoût ensuite est le fait de la prétentieuse abondance et du faux luxe qui caractérisent le menu du restaurant Tibidabo. Pour quatre-vingts pesètes, il a le droit de choisir un potage ou un jus de fruits, puis un plat d'œufs ou de poisson, puis un plat de viande (avec une salade), puis un dessert. « Quel besoin a-t-on de manger tant de choses quand on est en instance de jugement ? » se dit-il. Les lignes sous ses yeux se brouillent comme lorsqu'il devait, enfant, lire l'*Enéide* devant le poil roux de son père. Au lieu de la carte, n'est-ce pas son extrait de naissance qui est en face de lui sous les tristes fleurs italiennes ? N'est-il pas écrit là : « Sigismond Pons, Français, fils de pédé et de prêtre manqué » ? Dans un élan freiné juste le maître arrive à la table et s'incline ; il s'exprime en français, naturellement, ce qui augmente le dépit de Sigismond, et feindre de ne pas comprendre ne servirait à rien, car il est sûr de son fait comme un douanier ou un agent de police ; il serait capable de savoir le numéro du passeport de son client. Il va falloir manger, et tout de suite il faut choisir.

Hors-d'œuvre variés ou crème d'asperges ou consommé quatre filets, non (malgré le mystère de la troisième proposition), Sigismond prendra un jus de tomates. Aux œufs à la flamande, il préfère la loubine à la planche aux deux sauces (car il sait assez d'espagnol pour traduire et reconnaître sous ce masque le poisson grillé, tout comme autrefois, en Italie, quand Sergine s'était étonnée d'un menu qui offrait des côtelettes de loup à la polonaise). Point de poulet à la catalane ni de jambon à la florentine, non ; des rognons au jerez. Et une glace au citron. Pour boire, une demi-bouteille de rouge ordinaire. Notée sur un feuillet la commande, transmis le feuillet à un serveur, le maître, après un salut encore, repart dans une détente des jarrets qui l'envoie à l'autre extrémité de la galerie avec l'allure d'un danseur de l'Opéra. « Que n'est-il monté sur des patins à roulettes ! » se dit Sigismond.

La carte est restée sous le bouquet factice, et il la relit, presque surpris d'y retrouver les mêmes mots (et les mêmes plats). Dans l'acte d'accusation, sera-t-il notifié qu'il est toujours l'époux de Sergine Montefiore ?

Autour de lui l'on mange beaucoup, l'on boit un peu, et si son ouïe était d'une finesse surhumaine il entendrait un énorme bruit de manducation coupé parfois de fracassantes chasses de vin ou de bière au-dessus de la sourde rumeur de la fonction stomacale. Appétissante fantaisie, qu'il regrette de ne pouvoir communiquer à un voisin idéal qui ne saurait être que son épouse.

En fait d'apéritif, voici sur son assiette un verre plein d'un liquide rouge, trouble, un peu pâteux, et la main qui l'a déposé retourne à un serveur en veste blanche, dont Sigismond ne voit plus que le dos quand il relève sur lui les yeux. De face, un autre s'affaire avec des moulins à épices. Poivre, muscade, sel de céleri, Sigismond accepte tout ce qu'on lui propose, mais l'assortiment s'épuise, le jeu des poignets velus dans les manches de toile légèrement empesée s'interrompt. « *Gracias* » est ce qu'il convient de dire, puis, après de la cuiller avoir mêlé les condiments à la pulpe, il ne reste qu'à porter le verre à ses lèvres, en essayant d'apprécier les parfums, qui cacheront au moins le sinistre goût de fer-blanc de la boîte.

Un pigeon s'est envolé de l'épaule de la statue de Soler, où il se confondait avec la pierre grise. Simultanément l'assiette et le verre vide ont été par un bras inattendu retirés en rasant le menton de l'attablé, qui se penchait pour mieux voir au-dehors.

– *Perdón, señor,* dit le serveur à Sigismond, qui dit « *perdón* » aussi, sans raison.

A la différence des deux premiers, qui servaient à main nue, celui-là porte des gants de coton blanc qui vont à l'intérieur des manches et qui laisseraient croire qu'il est affligé d'un poil excessif ou d'une maladie de peau. Dès qu'il a remplacé l'assiette et qu'il s'est écarté, deux autres surviennent, auxquels Sigismond n'avait pas eu affaire encore. Chargés du poisson et des sauces, ils posent sur une seconde table divers récipients de métal argenté ; puis l'un, grand garçon brun, après avoir enlevé le couvercle du plat principal, soumet la (très) petite loubine à des opérations qui sont pénibles à voir (mais comment protester ?) et qui ont pour effet d'en détacher les filets comme pour le repas d'un enfant débile ; la part comestible (le résidu) est habilement transportée en l'air jusqu'à l'assiette de Sigismond, qui consent aux deux sauces (une tartare jaune, une poivrade rouge) pour être débarrassé des serveurs au plus vite ; leur départ ne se fera pourtant qu'après qu'il aura reçu trois pommes vapeur de surcroît. Au lieu de « *gracias* », il dit : « *Adiós* », peu intelligiblement.

Sans toucher au poisson, il commence par prendre d'une sauce et de l'autre à légers coups de fourchette, avec dégoût. Dégoût comme tout à l'heure pour le pseudo-raffinement de cette cantine à petits riches et pour le balourd empressement des valets. Dégoût pour une langouste de funeste apparence qui sur le buffet a dû figurer pendant de nombreux jours, si le menu n'en fait pas mention. Dégoût pour la diversité des sauces comme pour la pluralité des condiments. Dégoût pour la gastronomie en général, qui au restaurant est imposée à l'homme avec autant de tyrannie que la consommation artistique au musée. Dégoût pour les règles de la gastronomie, qui l'eussent obligé à boire un vin blanc sec avec le poisson grillé, puis un rouge avec les rognons, et qui gouvernent la main du serviteur actuellement occupé à assaisonner pour lui la salade sur la table accessoire. « Parce que je pourrais avoir gagné de l'argent en vendant des apéritifs à la façon de mon cousin, ainsi je suis servi, et l'on m'offre des saveurs », pense-t-il. Il pense aussi que c'est capituler, baisser le froc, que se mettre à table pour être servi, et que les minces ruffians qui servent là montent à bride abattue les gras convives. Quelque tableau maniériste entrevu au musée l'aura en cela banalement inspiré, oui, mais Sergine lui a raconté bien des fois que c'était une tradition chez les cuisiniers et chez les serveurs des restaurants de luxe de cracher dans les plats chers et de se moucher dans les gratins spécialement. Presque jamais Sergine n'alla au restaurant sans au milieu du repas raconter cette histoire, et Sigismond sourit car il se rappelle comme elle souriait et comme elle ingurgitait alors, et pour faire comme si elle était présente il mange avec un air résigné le poisson, qui a besoin de sauces en effet pour acquérir un tout petit peu de saveur.

Au mot « saveur » qui lui est venu à l'idée plusieurs fois, tandis que de la chose il faisait une médiocre expérience, Sigismond oppose le goût remémoré de certaines nourritures très simples, que de pauvres gens du Languedoc lui apprirent à préférer. « Des croûtons de pain vieux frottés d'oignon ou d'ail, arrosés d'une goutte d'huile d'olive bien fruitée, voilà dont je ne me lasserais pas », pense-t-il. En pensée toujours, il envoie au baquet le Suprême de turbot Mumm cordon rouge, crachat compris, que Sergine et lui dégustèrent à Paris, non loin du Palais-Royal. « Déguster, dégueuler, n'y a-t-il pas un peu trop de parenté entre les deux mots ? » se dit-il.

Sur cette réflexion un valet nouveau vient pour desservir. Puis celui qui doit être poilu ou galeux sous les gants blancs vient pour servir.

Salade. Rognons (si l'on a craché dans quelque chose, c'est probablement là).

De l'autre côté de la place, au premier étage, face à Frederich Soler, un grand appareil de matières brillantes attire le regard. C'est l'enseigne du Panams que Sigismond vit dans la nuit s'allumer puis s'éteindre, rouge puis jaune et ainsi de suite alternativement. Cœur électrique aux couleurs de l'Espagne furhonculiste, qui bat le rappel de la clientèle du boxon. Inerte aux heures diurnes, l'obscurité le ranimera.

Deux valets, de nouveau, s'empressent autour de la table, d'où Sigismond a retiré les mains pour laisser libre cours aux choses qu'ils enlèvent ou apportent. Quand ont cessé de voltiger leurs manches, quand ils sont repartis vers la langouste (derrière laquelle on dirait qu'est rassemblé le gros de la troupe), Sigismond quitte des yeux l'enseigne du Panams, qui pour un moment lui a servi de refuge contre l'ennui des trop soigneuses manœuvres domestiques. Devant lui, dans une coupe de verre posée sur une assiette bleue, il y a la glace, et le couvert n'est plus que d'une petite cuiller.

La glace est blanche, ce qui ne suffit pas à prouver qu'elle tire son parfum de jus de citron naturel. Sergine, qui n'aime que les sorbets, la trouverait crémeuse et se plaindrait. Il est toutefois à l'honneur du restaurant Tibidabo que l'on n'ait pas cru nécessaire de la colorer en jaune, comme on fait souvent dans les cafés français, afin de créer une analogie factice avec l'écorce du fruit. Au terme de la voluptueuse absorption : « Quelle soif laisse au palais ce dessert dont on ne sait si on le mange ou on le boit, et quelle âcreté... » pense Sigismond, comme il sait qu'il a pensé après chaque pareil délice. Par bonheur, il reste un peu de vin pour faire passer l'amertume.

Au valet venu prendre la coupe vide : « *Cuenta* », « l'addition », demande Sigismond, dont le désir est de ne s'attarder pas une minute de plus entre la statue qui lui tourne le dos à l'extérieur et l'empressé va-et-vient qui l'irrite à l'intérieur. On lui porte le feuillet requis, qui pour être venu si vite avait dû être préparé par avance. C'est quatre-vingt-quinze pesètes, avec le vin. Bien. Mais, au lieu de payer, il a le caprice de signer l'addition, après avoir présenté le petit carton que lui donna le concierge, pour montrer qu'il est logé à l'hôtel et fournir le numéro de sa chambre, le dix-sept, qui par la même occasion lui est remis en mémoire. Point de monnaie à attendre avec tel procédé ; gain de temps donc (comme il voulait). Il se lève, traverse rapidement la galerie, évite le maître qui saluait, descend les marches. Puis il ralentit le pas pour rentrer au bar, où il se souvient d'avoir vu toute une batterie de belles machines à faire le café express.

Devant lui, debout au comptoir, la vapeur fuse et goutte à goutte le liquide parfumé gicle au bas de la douille chargée de poudre brune. Il a demandé un café très réduit, « à l'italienne » ; il s'inquiète si déjà trop de liquide n'a pas coulé dans la tasse. En même temps il se moquerait de lui, car il sait qu'il ne fait ainsi que pour faire comme Sergine, pour laquelle plusieurs fois dans la journée la préparation du café est un drame. Elle n'eût pourtant trouvé rien à redire à la noire quintessence qui brûle les lèvres au contact de la faïence épaisse, ni au goût violent. En sa compagnie, Sigismond se fût-il retourné vers la banquette dissimulée où se tenaient les putes qui l'ont suivi du regard à son arrivée et que vaguement il avait entrevues ? Elles sont allées déjeuner aussi, car la banquette est vide, sous les palmes qui par-dessus le dossier retombent.

Dans le bar aucune femme n'est seule, sauf une blonde d'âge moyen, qui est vêtue de toile rousse et qui pourrait être une Allemande ou une Scandinave. Celle-là mange un sandwich aux saucisses et devant elle est un verre à demi plein de bière pâle. Sigismond sort.

La tour de verre sur ses pensées domine avec une majesté sinistre. Même si (ce qui n'est pas le cas) un besoin d'être libéré se faisait sentir chez lui, il ne pourrait actuellement éviter de se diriger vers l'hôtel Tibidabo pour y entrer, traverser le hall, prendre à la conciergerie sa clé, monter par l'ascenseur, ouvrir la porte de sa chambre et s'immobiliser devant la colonne transparente comme devant un cobra bandé agressivement. Sa bouche est saturée d'un goût de café, qui est le goût de Sergine. Il pose ses lèvres sur le gland du priape, met un baiser sur la tête du serpent (le Colón du bouchon). Et puis, se dit-il, en voyant dans le miroir sa gueule de vagabond, il serait grand temps qu'il se fît la barbe.

A telle fin il s'est débarrassé de son veston, qui sur le lit va tomber, suivi bientôt de la chemisette (que Sergine appela toujours un polo). Torse nu, devant la glace, il fait à l'eau chaude et au blaireau un masque de mousse sur son visage au préalable enduit de crème de savon, et de la paume il modèle comiquement cette sorte de fourrure onctueuse. Son rasoir, garni d'une lame neuve, a chauffé dans l'eau, pour couper mieux. Quelques légers mouvements de l'instrument suffisent à retrancher la fourrure blanche avec le poil un peu roux auquel elle s'était substituée. L'apparition de la peau lisse est un spectacle qui met l'homme en belle humeur, la bonne impression est confirmée par le toucher des joues nettes. Il ne reste qu'à se laver pour enlever toute trace de savon, à s'essuyer, à se passer un petit peu de fluide astringent versé dans le creux de la main. « Peau douce pour les putes », voilà ce que Sigismond se surprend à penser, sans même avoir recours au commode mannequin d'Antonin Pons pour le charger de cette sournoise pensée d'après barbe. Ensuite de quoi il est presque inévitable de penser : « Douce haleine pour les putes », après s'être lavé les dents. Sur la poitrine, aux aisselles, il se frotte avec un coin de serviette mouillée d'eau chaude ; puis avec la partie sèche il se frictionne comme un cheval que l'on bouchonnerait ; il se peigne.

Quand de nouveau il se regarde dans le miroir, il n'a pas de peine à se reconnaître, malgré sa défiance, et même il se trouverait rajeuni par rapport à la précédente image. Depuis vingt-quatre heures, environ, qu'il est arrivé à Barcelone, il a parcouru pourtant un incalculable chemin sur l'espace où sa vie a licence de se déployer et de s'exercer, quoiqu'il se soit mis en sécurité provisoirement dans une transparente bulle et qu'il ait posé une transparente tour sur la lettre où le sort de tout ce qu'il aime est écrit. Jusqu'où ne s'est-il pas égaré dans la grande ville que le soleil partage entre l'ombre et la plus intolérable blancheur pendant le jour, tandis que la nuit l'éclaire de lumières rouges pour la pauvre comédie jouée en tous lieux par les putes aux beaux yeux peints et par les marins du mystérieux *Altaïr* ? Jusqu'où ne va-t-il pas s'égarer encore dans cette ville où il voit comme une figure immense qui serait celle de son père, le pédé Gédéon ? La carrière à fournir (comme disent les cuistres de la paternelle espèce) sera-t-elle longue avant qu'il soit conduit à déplacer la tour ? Comment (par quoi, par qui) le geste sera-t-il commandé ?

Il cherche à voir bien les yeux dans son reflet, le fond des yeux ; il n'y voit rien qu'il ne lui semble avoir toujours vu.

Alors il remet sa chemisette ; il ouvre son pantalon pour la faire rentrer dedans, il le referme ; il noue la cravate noire ; il remet son veston. Sa main au long de la tour de verre descend jusqu'à l'enveloppe, qu'elle touche, mais il ne déplace pas la pièce de sûreté. Au revoir (à bientôt), la lettre ! Tourné le bouton de la porte, il sort, et derrière lui la serrure cliquette. Ni dans le couloir, ni dans l'escalier, il ne rencontre être en vie, mais l'éclairage seulement de plafond donne une curieuse valeur à son ombre qui le dépasse et le précède sur les marches avant d'être effacée. Sur le bois du bureau déserté, sa clé retombe. Dans le hall il passe entre des fauteuils vacants. C'est dehors que l'espace se repeuple, quoiqu'il n'y ait aucune affluence dans Escudillers. D'ailleurs, il prend tout de suite, à droite, la ruelle, toute vide, qui mène à la plaza Real. Au Don Juan la barmaid blonde n'a pas changé sa pose lasse, dans la solitude, et son bras accoudé soutient sa tête au-dessus d'une petite assiette où sont quelques mégots éteints.

Une brise fait trembler sur le bleu du ciel le haut plumage bronzé des dattiers de la plaza Real, tandis que celui des chamærops (humbles) au-dessous reste immobile. La Renault, qui est le premier objet vers lequel Sigismond ait regardé, a reçu des jeux des enfants un notable surcroît de poussière, pendant qu'il déjeunait, mais il ne prendra pas sa voiture, non, il n'ira même pas la nettoyer, et c'est dans la direction opposée qu'il va, sous le portique, jusqu'au coin de la rue où ce matin disparut la belle fille noire. De celle-là, qui ne fit probablement que passer, on ne voit aucune trace ; pourtant Sigismond la cherche des yeux encore, et l'image que d'elle il garde s'est transfigurée dans sa mémoire avec lasciveté. Son vêtement, qui était léger, s'est aminci à n'être plus qu'une sorte de chemise qui eût laissé deviner la nudité brillante, et il s'est raccourci à un point scandaleux sur les sombres cuisses. Serait-il possible qu'elle eût marché pieds nus, en exhibant ces jolis pieds à côté des boîtes des cireurs qui sont en leur habituel lieu, devant les tables du bar ? Serait-il possible que par insulte ou défi elle eût posé un pied sur l'une des boîtes ? Sigismond revient à la raison quand il constate que la zone où les cireurs travaillent n'était pas à portée de son coup d'œil, à cause de l'angle bâti, au moment où il regardait la fille, qui s'élève ou tombe à l'état de mythe quand au sortir des arcades il arrive sur la Rambla.

Largement là le peuple déambule, sept à huit hommes pour une femme. Non pas, cependant, la foule d'avant le déjeuner, et l'on devine que nombreux sont ceux qui pratiquent le salubre exercice de la sieste (sans parler de la copulation dominicale, que l'Église de Rome n'interdit pas aux époux qu'elle a bénis). Le football (le sempiternel *balonpié*) va bientôt requérir ses fidèles ; ensuite, vers le milieu de l'après-midi, ce sera l'heure de la corrida, qui à la *plaza de toros (monumental)* attirera la quasi-totalité de ces gens qui vont, viennent ou siéent sous les arbres d'où fientent les passereaux. Sigismond a traversé la chaussée montante, puis (entre deux kiosques où sur des illustrés français des têtes de célébrités nationales, le général et des goualeuses, font leur retape) le trottoir médian, puis la chaussée descendante, pas plus encombrée que l'autre. Sans aller jusqu'à la plaza de Cataluña, il va remonter un peu les avenues.

Aux vitrines des magasins fermés il n'est pas inattentif et des objets de toilette, de mode et de ménage entrent dans sa conscience et en sortent un peu comme s'il feuilletait une revue féminine achetée par Sergine, mais c'est aux personnages masculins qu'il croise ou qu'il dépasse que va surtout son intérêt dans le présent, car le dimanche les ouvriers sont de sortie. Quoiqu'il s'agisse d'une autre génération, Sigismond s'émeut à voir en ceux-là les frères des fiers hommes dont le courroux et le rire furent la réponse inoubliable à l'Église et aux casernes, quand le stupide Goded voulut à Barcelone tenter le coup qui réussissait à Séville pour le sinistre Queipo de Llano. Les affiches du furhoncle « *veinticinco años de paz* », sont assurément la cause initiale de cette émotion. Lacérées (par de bonnes gens dans la bonne nuit) pour la plupart, elles sont si nombreuses que le texte en est reconstitué de façon presque automatique. « Vingt-cinq ans de paix, vingt-cinq ans de pénitencier, vingt-cinq ans de pus », pense Sigismond qui, un mot poussant l'autre, évoque encore « le pus de l'*opus dei* ». Sur la chaussée, avec un bruit militaire, une petite troupe de gardes civils (les meilleurs valets du furhoncle) descend le monument à Colón. Quand ils sont passés, un vieux homme, qui se trouve à côté de Sigismond (tous deux le dos tourné aux lambeaux d'une affiche des « vingt-cinq ans »), crache ostensiblement dans leur direction. Avec non moins d'ostentation ni de visée, Sigismond crache, et puis, comme il a de la salive en réserve, il se retourne et crache également contre ce qui est demeuré de l'affiche du furhoncle, dans le renfoncement mural où elle était collée. Le vieux, après d'un regard rapide avoir inspecté les environs (où nul uniforme sauf de marins yankis, nulle soutane, nulle figure suspecte ne paraît), se rapproche de Sigismond ; il crache pareillement, mais plus haut, juste dans le rond du *p* de *paz*. En l'honneur d'un coup si heureux, qui marquera la cible d'une petite étoile jaune, une sonnerie, comme à la foire, devrait se faire entendre.

Le vieux homme est joyeux en tout cas autant que s'il avait gagné un dindon. Dans sa figure au teint verdâtre, sous la casquette usée mais campée à la mode canaille, sous les rides du front, ses yeux bruns brillent comme ceux d'un jeune gars, et il rit en montrant des dents rares entre des lèvres sèches. La pomme de son cou se hausse au-dessus du col large de sa chemise grise. Les doigts de ses mains noueuses claquent avec allégresse hors des manches trop longues de son râpé veston noir. Il vient plus près encore, puis, sur l'air que Sigismond se rappelle avoir sifflé de toutes ses forces maladroites après avoir passé la douane espagnole, il chante :

Es la lluita darrera,
Apleguem-nos, germans !
La Internacional sigui
La pàtria dels humans.

Grave, mais chaud, est le timbre de sa voix, non

moins jeune que son regard. Ses pieds, dans des espadrilles mal ficelées, esquissent un pas de sardane que Sigismond reconnaît parce qu'il est coutumier aux adolescents de la Catalogne française. Sans que se soit modifiée son enveloppe corporelle, assez chargée d'âge et de crasse, il a rajeuni prodigieusement par l'intérieur, et ce retour de feu dans un vieux rebelle est d'une beauté qui à certains pourrait faire peur. Deux marins de l'*Altaïr*, en blanc comme des communiants, le regardent et l'écoutent avec un air d'enfants idiots.

Assurément celui-là fut de ces fiers hommes auxquels Sigismond pensait ; de ceux qui furent libres il y a plus de vingt-cinq ans. Tous deux se sont compris. Point n'est besoin de se serrer la main, ni de causer ; moins encore d'user du geste facile d'offrir une cigarette et de donner du feu, puisque c'est un rite qui convient au bordel et qui est inséparable de la prison et de la vie militaire. Ils se sont souri, ils se sont regardés en frères, puis le vieux est reparti sur le trottoir ensoleillé, dans la direction où est allée la troupe des gardes civils dont on voit briller au loin les derniers bicornes. « Coiffures de picadors ; allure de picadors démontés », se dit Sigismond dans un retour d'esprit, et il pense que les fiers hommes sont tombés sous la domination de ce qui fut toujours odieux par excellence dans toutes les Espagnes, les picadors. Le furhoncle en personne n'est-il pas un picador immense, botté, les pieds dans le sang, au-dessus d'une monture éventrée ? N'est-il pas le picador suprême, associé comme tel à la majesté de l'*opus dei* ?

Le picador à pied est l'abjection définitive (Catalans, Castillans et Andalous pour une fois seraient d'accord si là-dessus on leur demandait leur avis).

Sigismond, qui s'est remis en chemin, cherche les vieux du regard, et il ne cesse d'en voir qui ont pu être de ceux d'il y a vingt-cinq ans. Beaucoup ont perdu la fierté, mais sous leurs vêtements misérables, dans leurs corps chétifs, ils sont distingués par une spéciale noblesse que l'on reconnaît avec un peu d'attention et quelque habitude et qui est celle de la défaite. La grâce des vaincus les habite. Avec moins d'évidence, à cause d'une verdeur qui tient au muscle, à l'estomac et au sexe, elle habite aussi leurs cadets, qui ont grandi sous la loi du furhoncle et dont il est reconnaissable qu'ils marchent, courent, dansent, boivent, se cognent ou s'étreignent comme s'ils vivaient en état d'évasion, dans le bonheur fiévreux de la liberté provisoire.

Trois gardes civils attardés, des gradés, descendent le trottoir central de l'avenue d'un grand pas lourd, et l'on s'écarte impassiblement pour faire place aux laids vainqueurs. Quelle fille de Barcelone leur sourirait, à l'exception des putains dont même les marins les plus soûls ne veulent pas ? Quand ils se sont éloignés dans le bas, Sigismond traverse pour revenir à la partie médiane, car il est arrivé à la rambla dite de Las Flores qui offre une promenade bordée sur les deux côtés de bancs de fleuristes. Son pas s'est ralenti. Dans l'air parfumé, il se sent vulnérable plus que jamais depuis que lui fut remise la lettre qui est sous la tour de verre ; il est conscient des mouvements de son cœur. Ne va-t-il pas traverser de nouveau, pour se revigorer d'un café noir ? Une espèce de langueur, qui dérive de l'odeur des roses rouges, a fait paraître en son imagination l'horrible machine avec laquelle on exécute les condamnés à mort dans les prisons du furhoncle, le garrot, collier de fer qui étrangle lentement par le moyen d'une vis que l'on serre.

Un point rouge qui se meut en haut de son flanc gauche, c'est une coccinelle qui s'est posée sur le revers de son veston, sans qu'il l'ait vue venir (trop absorbé par l'image évoquée). Il prend entre deux doigts, délicatement, le petit coléoptère qui ressemble à une minuscule tortue décorée au pinceau dans le goût suisse allemand, et il va le mettre sur l'une des plus belles roses de la gerbe à laquelle il doit peut-être la représentation macabre. Jamais, pense-t-il, il n'a voulu, jamais il ne voudra tuer la moindre bestiole, arracher le moindre germe. Et il se rebellerait contre l'autorité qui de tuer lui donnerait l'ordre. Quant au furhoncle, il est mûr pour le bistouri. La main qui opérerait suivrait bien la loi naturelle. C'est préserver la vie que crever l'abcès, détruire le principe, l'humeur, le virus de mort.

Deux gardes civils ont passé derrière Sigismond, mêlant la puanteur des picadors au parfum des roses rouges. Pour être sensible aux odeurs avec une telle acuité, se dit-il, il ne doit pas se trouver dans son état ordinaire, et l'impression vertigineuse qu'il ressent depuis peu pourrait signifier qu'il va tomber de faiblesse, à moins qu'elle ne prélude au contraire à une exaltation de nature mystique, autre malaise qui n'est pas rare, comme on sait, dans les Espagnes. Par prudence, il va s'asseoir (sur une chaise au soleil, entre les roses coupées et des plantes en pots).

C'est en avril, comme maintenant, six ans plus tôt, qu'il a rencontré à Montpellier Sergine Montefiore, sa voisine de table à des conférences de botanique. Elle vint s'asseoir près de lui, elle lui parla la première. Est-il croyable qu'ils se soient aimés presque tout de suite ? Ils se donnaient des rendez-vous d'abord au jardin du Peyrou, qui est moins riche de fleurs que de verdure, d'arbres, de statues et d'architectures, puis au fond de la Rich'Tavern ou dans le petit Café des Grâces, enfin, juin venu, dans la chambre de Sergine, qui aimait que son lit fût paré de bouquets ainsi qu'un reposoir. Les opulentes pivoines roses qu'en cette saison-là lui porta Sigismond...

D'autres femmes, d'autres filles que Sergine ont-elles le goût d'être battues de fleurs presque passées, qui sur elles s'effeuillent, mettent partout des pétales, du pollen suave ?

Dans le soleil qui tape et qui baigne également comme une inépuisable et démesurée fleur mûre, Sigismond se sent à la fois repu et vacant. Il s'endort (peut-être).

Quand il se lève, ensuite, c'est pour redescendre le trottoir central de la Rambla, où vont des gens qu'il aperçoit à peine tandis qu'il les croise ou dépasse. Il marche vite. Il constate, pour curieux que ce soit, qu'il reprend connaissance du monde extérieur et intérêt à celui-là à mesure qu'il s'éloigne du marché aux fleurs. Tout est redevenu normal dans le fonctionnement de ses sens quand au-dessus de sa tête, comme une moquerie supérieure, il voit la statue de Frederich Soler. « Merde », dit-il, à haute voix, mais à nulle adresse que précisément il sache.

Rentrer dans Escudillers le ramènerait à l'hôtel Tibidabo, ce qui ne le tente pas, et il a déjà tourné le dos au barbu de pierre. En face, à quelques mètres sur la gauche, s'ouvre l'Arco del Teatro, qui lui est presque aussi familier et qui dans ce moment l'attire davantage. Deux garçons jeunes entrent sous la voûte avant lui, avec des gestes qui feraient penser qu'ils sont en train de jouer à la mourre. Dès qu'ils sont sortis de la pénombre, leur gesticulation recommence, brutale et saccadée chez l'un, calme chez l'autre. Ce ne sont pas des nombres qu'ils se lancent à mains plus ou moins fermées, quoique les doigts, dans ce qui semble une controverse furieuse (de la part du premier surtout), jouent un rôle essentiel, et Sigismond ne tarde pas à présumer, puis à se persuader, qu'il a simplement affaire à deux sourds-muets qui tiennent une conversation dans leur langage. Au lieu de lui apprendre à déclamer les vers latins selon la métrique, Gédéon Pons n'eût-il pas mieux fait de lui enseigner le langage de tels infirmes ? L'on ne sait jamais à quelles rencontres la vie nous exposera.

A part leur façon de causer, qui, malgré l'attention qu'il lui porte, demeure totalement incompréhensible à Sigismond, les infirmes supposés ont un robuste maintien, un regard vif, des mouvements alertes, et l'on ne découvre chez eux rien de maladif, sauf une grande pâleur, peut-être, sous la chevelure trop longue et très noire du plus nerveux. S'ils discutaient, comme il semblait, ils ont fini par s'accorder, car le ton du dialogue (le jeu des mains) s'est apaisé. Ils vont se mettre devant la porte ouverte de la cafétéria qui est à l'angle de Lancaster. Sigismond, qui se rappelle qu'à cet endroit mieux clos, la veille, il avait par la fenêtre examiné les serveuses, se met derrière eux. Le jeu des mains des jeunes gens n'est pas long à reprendre, avec autant d'exaltation ou plus. Sans être initié, l'on peut deviner, cette fois, qu'ils commentent la beauté des barmaids et que nulle divergence n'existe entre leurs sentiments. L'une des filles, mince brune à peau brune en robe rose, qui a remarqué la mimique et dont le comptoir est désoccupé, vient sur le seuil ; face aux garçons, comme si elle était de leur espèce ou si du moins elle avait été à la même école, elle fait des gestes à leur manière, en riant. Ils rient aussi, ou ils sourient à la figuration plaisamment amoureuse dessinée par les doigts de la fille, qui de toute évidence est ignorante autant que Sigismond du vrai langage des sourds-muets. D'elle à eux, cependant, quelque message a passé.

Sigismond s'est écarté pour ne pas gêner le galant entretien, et il va, doucement, dans la calle Arco del Teatro, en inspectant l'intérieur des tavernes, qui ont généralement la porte ouverte et qui de clients sont presque vides. Il se dit que si le langage des sourds-muets est rarement su des communs hommes, rien n'est si facile à imiter, par nécessité ou par plaisanterie. A l'origine de la réflexion est le souvenir d'avoir vu plusieurs fois dans la journée, le matin et l'après-midi, des jeunes gens, garçons et filles, gesticuler de cette manière, sans que sa curiosité en eût été spécialement excitée. En se remémorant, assez confusément, des cas nombreux lui reviennent à l'esprit ; trop nombreux pour qu'il se fût toujours agi de la même sorte d'infirmité, point très répandue après tout. Sa conclusion (que vaut-elle ?) est qu'il doit exister à Barcelone un vaste asile de sourds-muets, dont les pensionnaires, comme les travailleurs des usines, sont de sortie le dimanche, et qu'alors les lycéens, qui ont congé de même, trouvent drôle de répandre dans la ville une contre-façon du langage manuel de ces déshérités. Ce qui pourrait être une explication du climat théâtral, sinon proprement dramatique, qui semble régner dans les rues peu peuplées ce jour-ci. Pour s'assurer s'il a vu juste, il va ouvrir l'œil.

Le résultat est que d'abord il voit des sourds-muets partout, dans les bars d'Arco del Teatro et des ruelles adjacentes, à cause de l'inclination au geste qui est habituelle à la plupart des ivrognes méditerranéens, ou à cause du tintamarre des électrophones qui ne permet la communication que par le moyen d'un code optique. Ces deux garçons assis à une table de café, pourtant, qui conversent des doigts, pourraient ne pas feindre ; cette maigre fille en piteux vêtement noir, qui désespérément adresse à une compagne plus âgée des signaux manuels et des grimaces dans le milieu d'un étroit terrain vague, si elle simulait, ce serait une grande comédienne. Sigismond a raisonné bien, sans doute ; il n'en aura nulle assurance.

Et puis il se dit que d'être assuré ou non il se moque, puisqu'il roule dans une sorte de bulle à l'intérieur d'une ville qui paraît s'être modelée sur le décor incertain de ses anciens rêves et qui est encore à l'image d'un prodigieux agrandissement de la figure de son père. Puissent cette figure infâme et ce décor de jadis n'être plus peuplés que d'infirmes point doux !

Que la corrida, dont l'heure est proche, attire, comme un abcès de fixation, dans une place circulaire, autant qu'il se pourra des habitants de la figure, et que l'acte des piques où le régime s'incarne soit l'occasion pour eux de communier dans un débordement de haine !

Une pute affreuse est venue d'un caveau vers Sigismond en lui montrant d'un doigt d'abord ensalivé son œil le plus valide, l'autre étant couvert d'humeur jaune, mais il n'est pas prouvé qu'elle soit sourde-muette en outre. Par répulsion, il s'est jeté à l'opposé, dans l'embouchure d'une ruelle mesquine, et de peu il s'est fallu qu'il ne heurte un homme qui lui a paru masqué ou monstrueux au premier regard, à cause d'un grand appendice pointu et blanc qui occupe le milieu de son visage. C'est un faux nez, quand il observe mieux, ou plutôt c'est un plâtreux bandage qui recouvre et qui prolonge le nez véritable, victime d'une bagarre d'hier comme en témoigne aussi l'œil gauche entouré d'un cercle noir et enflé. L'homme porte la main à son bec, pince la pointe entre deux doigts. Quoiqu'il se puisse qu'il ait en sourd-muet mimé une lettre ou un mot, le simple fait est problablement qu'il a remis son appareil en place. L'observer trop serait impoli et pourrait le mettre en colère ; Sigismond, comme s'il n'avait rencontré qu'un passant banal, poursuit son chemin dans la ruelle qu'aucune plaque n'intitule, mais qui, d'après la direction et le site, devrait aller vers Conde del Asalto. Le pavé y est gras malgré la sécheresse ; les maisons y sont noires et ruineuses, avec un air déshabité. Au bout est un terrain de démolition où sont parquées des voitures et des motos, autour d'un kiosque où l'éclairage illumine des boissons jaunes, orangées, vertes. Puis l'on arrive dans Conde del Asalto en effet, et Sigismond prend à gauche, vers le Paralelo qui est proche.

Ce à quoi il pense est comment la lumière artificielle en plein jour donne par transparence aux couleurs une portée qui touche, réjouit ou heurte mieux que dans la nuit l'esprit de l'homme. La bouteille de sirop éclairée, l'enseigne de la maison de plaisir, le signal routier ou ferroviaire, sous le soleil prennent un caractère violemment factice qui en les distinguant augmente leur force persuasive. Exemplaires de ce point de vue sont les trottoirs du Paralelo, qui à six heures passées, près de sept heures, en fin d'avril, sont baignés par le soleil encore haut, alors que sur les façades des guirlandes de lampes électriques, des réclames lumineuses fixes et mobiles et généralement de multiples bigarrures translucides placées devant un feu, attirent l'œil et mettent les sens en éveil. Ainsi, en face de lui, flamboie du rouge et du jaune les plus irréels la devanture de la Bodega Apolo, qui affiche un spectacle de matinée. Sans plus réfléchir, pour aller là, il traverse.

L'entrée de la Bodega est une sorte de bar ou de buffet, où sur le zinc, à l'extérieur, puis dans un passage intérieur, sont disposées des nourritures principalement de l'espèce des hors-d'œuvre à l'espagnole, tandis que des garçons servent à boire surtout de la bière ou du café. Peu de consommateurs s'y tiennent, et Sigismond ne dérange personne en allant vers un rideau de vieux velours vert, derrière lequel se fait entendre un orchestre fort en cuivres. Il soulève, il passe (après d'une pancarte avoir pris avis qu'il verra de l'autre côté un spectacle d'art national et de folklore) ; il se retrouve dans une assez petite salle, devant une petite scène assez haute sur laquelle tourne et trépigne une créature qui paraît être une grande femme rousse en pyjama noir. A une table libre il s'assied, non loin. Quand il relève les yeux, la musique s'achève en coups de caisse et de cymbales, la créature adresse aux spectateurs un mélange de saluts fascistes et de baisers jetés au vol, qui font qu'on l'applaudit. Malgré le manque de gorge et l'excès de musculature apparents sous le satin, c'est probablement une femme, oui, qui sourit à trop belles dents en écartant de grosses lèvres vermillonnées. Elle quitte à regret (dirait-on) la scène.

Au serveur qui se présente, Sigismond commande « Un cognac », et il constate que les deux mots français vont parfaitement en espagnol, à condition qu'on les accentue à la façon latine telle que la lui enseigna Gédéon Pons. Les leçons les plus absurdes peuvent donc servir à quelque chose... Voici le cognac, qui est espagnol, *Soberano,* de chez Gonzalez Byass, négociant à Jerez.

La pause entre les numéros étant plus longue à la Bodega qu'au Molino, Sigismond, qui a bu d'un trait la moitié de son cognac (sirupeux, mais d'un parfum musqué), examine le local, dresse mentalement l'inventaire. Sous un plafond bas, qu'ornent trois luminaires au néon (deux étoiles salomoniques et un soleil rouge) avec une multitude de petits drapeaux de papier accrochés à des fils, sont les tables des spectateurs, dont il fait présentement partie. La scène, qui semble d'autant plus élevée que le plafond l'est peu, a un rideau crème, qui est resté ouvert sur une toile de fond bleue encadrée de marron, et elle est entourée d'une bordure de tissu vert, puis d'une bande blanche et d'une jaune. A gauche de la scène, jusqu'à l'entrée de la salle, est une paroi où est peinte une fille à blouse bleu clair, à jupe bleu sombre, près d'un seau de bouteilles de pepsi-cola (*la bebida de la cordialidad*) comme de menus phallus à son usage, et deux miroirs présentent des inscriptions qui annoncent les prochains spectacles. Le fond, sous la señorita pepsi-cola, est d'un jaune très vif ; il est d'un bistre éteint ailleurs, avec des pages de journaux (*El Lucentino, Toros*) collées dessus, et une bande verte le souligne ; une verticale bande rouge sépare le jaune de la réclame de la bordure de la scène. A droite est un long balcon (soutenu de colonnes), dont le rebord porte l'inscription : RICARD ANISETTE LIQUEUR, en français et en caractères jaunes sur fond bleu. Deux personnes seulement, un homme et une femme, elle penchée sur lui, occupent ce balcon. Quant au public d'en bas, plutôt mince, il semble composé surtout de parents ou d'amis de ceux qui s'exhibent, et point n'est besoin de le considérer longtemps pour voir que c'est un parterre de « fleurs » comme on les appelle au Levant, autrement dit d'homosexuels.

Sergine, si elle se trouvait à la place de Sigismond, serait enchantée de se reconnaître ici à l'intérieur d'un tableau moderne, plus futuriste que cubiste, et elle vanterait l'accord fin de certains tons. Par conséquent il lui dédie le tableau (avec l'état des lieux). L'art est une institution tyrannique à laquelle il a renoncé depuis longtemps à échapper. « L'on n'échappe à rien ; l'usage de ce verbe est insensé », se dit-il, tandis que, bang, entre en scène un fantaisiste.

C'est un gras garçon au visage très fardé, aux cheveux très courts et très noirs, qui est vêtu d'un corsage de soie noire à décor de roses roses, très décolleté devant et derrière, et de culottes de soie noire, très collantes, avec des bas noirs et des souliers à talons hauts. Tout ce qu'il sait faire, apparemment, est de tourner sur lui-même en trépignant beaucoup et en penchant le buste comme faisait déjà la créature ambiguë qui le précéda. Mais dans la salle il doit avoir des amis plus nombreux que celle-là, car on l'encourage de compliments et de bravos avant qu'il ait fini. Le régulier ovale de sa figure latine n'aurait pas déplu à Gédéon Pons, et Sigismond lui tiendra rancune de lui avoir, une fois de plus, rappelé son père. « Rome à Pézenas », pense-t-il ; puis il se corrige et prononce : « Rome à Triana ». A partir de là, il est conduit à penser aux énormes tueries commandées dans les faubourgs de Séville par le général Queipo de Llano, dont le nom est bien enraciné dans sa mémoire à cause de Sergine qui, fondée sur la lecture de Max Aub, lui a raconté comment ce héros, après avoir fait massacrer indistinctement pendant plusieurs mois, avait ordonné à ses hommes de « cesser de fusiller au-dessous de l'âge de quinze ans ». Les pirouettes du giton gras créent un décor imaginaire, qui est celui des rues étroites du *barrio* où l'on avait « amassé les cadavres contre un côté des murs pour permettre aux voitures de passer ». Le proconsul fardé transpire, et quand une main lui tend des coulisses une éponge dont il se rafraîchit les aisselles à la grande satisfaction de l'assistance, Sigismond s'avise de la piscine de Los Remedios « qu'une nuit l'on avait remplie de cadavres ». Il divague en des visions farouches, tandis qu'au pédé de latinité douteuse succèdent des garçons en blousons de cuir noir et pantalons de cuir blanc qui manient des guitares électriques, puis d'autres, plus féminins, qui dansent et coquettent en jouant d'ombrelles brodées, puis une vraie femme, mais obèse en étriquée robe blanche, comme pour montrer qu'à la Bodega Apolo le beau sexe n'est pas l'habituel. Le temps a cessé pour lui d'être notable au cours des numéros et des pauses intermédiaires, qui se succèdent comme en superposition ou en contrepoint de sa rêverie ; ou bien il est sorti du temps, peut-être, quand il a donné libre cours aux représentations sanglantes.

Vrai fils de soleil (roux), pendant des instants ou des heures il sera partagé entre un défilé de morts et un déroulement de comique pédé... Gédéon Pons, qui ne jurait presque jamais, quand il jurait c'était toujours : « Sépulcre ! », « Cave d'Apollon ! » aurait convenu à ses éclats.

Dans le temps et dans le lieu de ladite cave Sigismond rentre sous le choc de fortes discordances de violon et de trompette. Sur la scène, il aperçoit une fille (qui avait paru sans s'inscrire dans sa vision) en robe de satin pailleté rouge, bas rouges, souliers rouges. Si généreux sont les seins d'un blanc rosé, si largement s'arrondit la chair hors des coutures du fourreau, que Sigismond voit en elle une langouste rompue, présentée verticalement. Elle chante : « *Almería tierra noble* », et tout ce que l'on peut en dire est que si une langouste chantait ce serait ainsi. C'est le dernier numéro.

Le pédé proconsulaire, qui s'est costumé en homme (polo rouge et pantalons dorés presque), est venu s'asseoir à la table de ses amis, qui font mousser pour lui le Cordoniú et mettent le feu à son cigare avec des gestes fins. D'autres viendront sans doute, dès qu'ils se seront changés. Or Sigismond, du doigt, arrête le serveur au passage, puis paye vingt pesètes, prix lu sur le bulletin joint à la boisson, puis gratifie de deux, puis se lève et va. Derrière lui le velours vieux retombe, en faisant voleter sur son clou le programme d'« art national ».

Avant de sortir, toutefois, il donne un regard distrait aux nourritures exposées sur le bar, et près des moules marinées, des crevettes, des olives, des saucisses au piment et des pains beurrés il distingue une assiette d'œufs durs assez menus, quoique bien moins petits que ceux qu'il avait vus en fonction insolite la veille au Molino. C'est deux pesètes, la pièce, qu'ils coûtent. Il en choisit deux des plus blancs, qu'on lui met dans un sachet au nom de la divine cave, puisqu'il ne consomme pas, mais emporte. Un furhoncle de cinq paye largement l'emplette. « *Gracias.* » Dehors, la nuit est tombée, cependant elle n'est pas très obscure. A sa montre il est neuf heures dix.

Nulle voiture ne vient couper son chemin à la traverse du Paralelo qu'un tram à l'arrêt domine, ni à celle de Conde del Asalto ensuite. Prudent comme un qui a des œufs en poche, il est attentif à éviter les passants, d'ailleurs isolés, quand il contourne la devanture du café d'angle, sur le trottoir rétréci. Dans Tapias, toujours sombre et de pavé désordonné, il fait attention plus encore, marchant au milieu de la chaussée à son habitude. Les putes, qu'il sait horribles là, sortent de leurs trous quand il passe. Des hommes à la silhouette incertaine se mêlent à ces vieilles loches, évoluent ; comme des poissons dans une eau noire qui au bas d'un rocher s'affairent, on ne sait pas s'ils recherchent un contact gluant ou le fuient. Sans être aussi achalandée que le samedi, la prostitution pousse bien son bidet à la soirée du dimanche. « Il est peu probable que Juanita soit à son poste et qu'elle soit disponible », s'est dit Sigismond, en approchant du bar Pigalle. Si elle n'est pas là, attendra-t-il ?

Elle est là, seule, assise sur une chaise à côté de la vitre, il a vu son pull framboise dès qu'il est arrivé au coin de la calle de San Olegario. Elle ne regarde pas dans la rue, ni dans la salle, mais plutôt vers ses chaussons élastiques, qu'elle tient posés sur les talons comme si elle avait des pieds de bois articulés de façon rudimentaire. Elle ne fume pas. Sigismond pendant quelques instants l'observe à travers la vitre, sans attirer pour cela son attention. Il constate qu'elle est vêtue exactement comme la veille, comme si elle avait dormi sur la chaise où elle est, sans s'être déshabillée dans l'intervalle (alors que son métier est de se déshabiller et que son outil de travail est le lit précisément). « Voilà donc le but de ma journée... » se dit-il, et il prendrait pitié de lui-même. Cependant il a tourné le coin de la rue vers la porte ; il est entré.

Point d'affluence ni de train ; l'électrophone est silencieux, par bonheur. Au bar, où il s'est assis entre un jeune solitaire et un vieux sans que Juanita ait remarqué sa présence, il commande un cognac, en informant le serveur qu'il veut du *Soberano.* Contenté sur ce point, il fait peser son regard sur la fille comme il avait fait la veille, il réprime à peine une envie de siffler *L'Internationale* pour la tirer de sa distraction. Elle tourne la tête vers le bar, enfin, et sourit à son adresse, machinalement. Puis elle l'aura reconnu, car elle se lève, vient se frotter à son tabouret.

« *Fucky, fucky...* » dit-elle, avec un faible rire ou un bâillement. Il lui répond en langage de sourd-muet ou comme ; il est heureux de voir qu'elle a compris sans s'étonner. « *Claro, me invitas* », a-t-elle dit. Bien sûr, il l'invite, et il fait servir le café qu'elle a demandé. Tandis qu'elle boit, il vide son verre de cognac ; puis, quand elle se tourne vers lui de nouveau, il fait le geste de lui mettre un doigt dans l'œil. Pensant à une brutalité, probablement, elle se retire ; alors il la retient, et du même geste, mais avec douceur, il précise ses intentions. Cette fois elle a compris : « *Fucky, fucky... Vamos.* » On va y aller, oui, et ce n'est pas la peine qu'il lui offre une cigarette, puisqu'elle ne fume pas dans la rue, soucieuse de convenances ainsi qu'au bar où elle reste debout près de l'homme assis. Le serveur rend grâces après chute sur le comptoir d'une pièce de dix pesètes, et puis Sigismond sort avec son petit âne qu'il aimerait pouvoir tenir par une bride.

Les faits de la veille lui étant remis en mémoire, il remarque avec une certaine satisfaction que l'on prend le même chemin, la calle del Marqués de Barbara, d'abord, puis San Ramon, et que de même sa compagne ne lui donne pas le bras mais la main, ce qui est un peu ridicule mais beaucoup plus gentil. Voici les habitations du n° 20, dont la façade, qui n'a changé pas plus que le vêtement de Juanita, lui paraît quasiment familiale. Voici dans le réduit le gros homme auquel il se rappelle qu'il faut payer vingt pesètes ; voici le sombre escalier où l'on monte un étage. En haut, c'est une fillette de treize à quatorze ans, mais en sérieuse robe noire, qui reçoit les clients, et elle fait une grimace à l'adresse de Juanita tandis que Sigismond lui donne son pourboire. Il aurait voulu lui demander si la vieille trembleuse avait succombé, mais elle a refermé sur le couple la porte de la chambre avant qu'il ait trouvé les mots de la phrase espagnole.

C'est la même chambre (il eût été chagrin que c'en fût une autre), la chambre de Juanita (selon son idée), une vraie chambre d'enfant, plus exiguë encore qu'il n'en avait gardé le souvenir. La fillette d'étage y dort-elle après l'heure des passes ? Sur le coussin rouge de la chaise noire, une grande poupée rousse, qui la veille ne devait pas être là, le laisserait supposer. Ou bien Juanita joue-t-elle à la poupée pour le plaisir de clients exigeants ? Sigismond lui tend la fille d'étoffe en prononçant le mot « *muñeca* ».

Non, elle n'y joue pas (tant pis !) ; elle a rejeté le fantoche avec un air presque sévère, puis quelques mouvements rapides l'ont déshabillée du bas à son habitude, c'est-à-dire qu'elle s'est dépouillée simplement de ses chaussons et de sa jupe. Maintenant elle va vouloir son cadeau. Sigismond lui donne trois billets de cent pesètes avant qu'elle ait rien demandé, mais ce ne sera pas comme l'autre fois, un client de retour a droit à des complaisances, et il la fait se mettre entièrement nue malgré sa répugnance à quitter ses bas et surtout sa peur d'être décoiffée. Il s'est déchaussé lui aussi ; il a posé son veston sur la poupée, après avoir pris son portefeuille et le sachet des œufs durs.

Juanita est toute nue sur le châle à fleurs rouges qui sert de couvre-lit, comment ne pas lui sourire et l'aimer ? Près d'elle assis, Sigismond lui montre les deux œufs qu'il a tirés de l'enveloppe ; il lui dit que les œufs sont pour elle, si elle veut les manger tout de suite.

– *Para mi ? Para comer ?* dit-elle.

– *Para comer, si.*

Il est heureux de voir qu'elle est toujours prête à manger à peu près n'importe quoi, comme les enfants. Cependant son corps ressemble étrangement à celui de la *Maja desnuda*, la supposée duchesse d'Albe (souvenir d'art qui ramène implacablement la pensée à Sergine, un grave instant). Sur ce corps, d'une main et de l'autre, il promène les œufs, allant d'abord au long des belles cuisses abondantes, sur le beau ventre, sur le dru triangle noir, remontant sur la taille grasse pour insister autour des beaux seins qui sont ainsi que le sommet de la créature. Tel jeu, fort étrangement, ne cause à Juanita nulle surprise apparente, et même elle semble s'y complaire, d'après les façons dont elle tend sa chair et la creuse pour mieux accueillir les mouvements des petits objets arrondis. Puis elle les prend des mains de Sigismond et doucement, contre la table de nuit, elle les casse, rangeant les morceaux de coquilles dans un cendrier qui est là, un crabe de faïence rouge. Sigismond les reprend ; il va passer à nouveau sur ses fermes seins les œufs un peu mollets, d'un blanc un peu vert qui flatte la couleur tabac des longs bouts durs, l'ambre pâle des aréoles. Enfin, elle les mange.

A manger elle ne va pas vite, comme si elle dégustait

la substance fade ou comme si, chose encore moins probable, elle avait compris l'émoi de Sigismond. Lui, la regardant, se souvient d'un cèdre bleu, qui était au-dessus d'un tas de sable dans une extrémité du jardin de son père, et d'amusements un peu sales qu'il prenait là, dans son enfance, avec une fillette anglaise du nom de Rosie, qui venait jouer. Après avoir sous les vêtements passé sur leurs parties secrètes, ou avoir introduit dedans, de grosses dragées blanches qui s'achetaient à la demi-douzaine chez un confiseur de la rue Maguelone, les deux enfants les échangeaient sous l'arbre et les suçaient longuement, en se regardant comme des époux pendant la remise des anneaux. Parfois, pas toujours, ils s'accroupissaient l'un en face de l'autre pour uriner dans le sable, quand ils avaient croqué l'amande et senti l'amertume. La fillette ne faisait rien que le garçon n'eût fait le premier. Gédéon Pons ne comprenait pas le goût capricieux de son fils pour ces dragées grossières, et il ne consentait pas souvent à entrer chez le confiseur, mais Féline avait en réserve quelques petits sacs, afin de satisfaire aux envies.

– *En qué piensas, hombre ?* dit Juanita.

Nue sur le lit, les œufs jusqu'à la dernière miette avalés, il n'est pas extraordinaire que la duchesse s'impatiente. Quant à lui faire comprendre à quoi pense l'homme qui est à ses côtés, ce serait une entreprise impossible, ne fût-ce que pour exprimer quelque chose de cela en espagnol, et il est plus simple assurément de prendre le portefeuille qui est sur la table de chevet et de lui donner deux cents pesètes de surcroît, pour l'apaiser. Puis il se dévêt complètement à son tour ; il s'allonge auprès d'elle. Les jeux d'enfants n'ont pas disparu de sa mémoire ou de son imagination ; il est encore à demi sous le cèdre bleu tandis qu'il baise les yeux sombrement fardés de la fille et qu'il lèche ses paupières enduites d'une crème à l'âcre goût, tandis qu'il baise son petit nez et lèche ses narines. Il reste longtemps en elle, songeant que là-bas, dans le jardin du mas, il y avait aussi un hêtre pourpre, sous les ramures couleur de vieux sang duquel il n'avait jamais pu entraîner Rosie, qui lui voyait une ombre rouge et avait peur.

S'est-il répandu dans l'ombre rouge ? En tout cas, cette fois encore, il ne s'est pas protégé, volontairement, et il pense que s'il avait eu la maligne idée de le faire il ne serait pas en si affectueuse fraternité avec la petite pute aux yeux amers et au nez frais.

La toilette et le rhabillement de celle-là ont l'allure de la ranimation des écoliers en fin de classe. Sigismond traîne davantage. Quand ils redescendent, la fillette de service les salue sur le palier, avant de courir dans la chambre quittée.

Dans la rue, Juanita marche à son côté en lui donnant la main, et il semble qu'elle soit contente ou fière. Alors il lui demande si elle veut venir manger. « *Comer ?* » bien sûr que oui. Ils passent donc devant le bar Pigalle sans s'arrêter et vont, à droite, dans la calle de San Olegario, car Sigismond a décidé d'emmener la pute à la Casa Leopoldo, qui est à quelques pas. « Au restaurant Tibidabo, comme elle ferait sensation ! », pense-t-il (avec regret).

Il y a presse au bar des cornes, et jusque devant la porte des hommes discutent et font des gestes (sans nulle prétention à causer en code de sourd-muet). Avant d'aller dîner, sans doute, ils commentent la corrida du jour.

Coin de San Pablo. A la traverse, Juanita contre Sigismond se serre, comme si elle se méfiait de cette rue passante. Coin de Geronimo (saint aussi, cela va de soi), vide. La fille se détache ; elle est mieux assurée dans le désert (lieu pourtant plus adapté à l'ermitage qu'au putanat). Sur la poignée de la porte du restaurant la main de Sigismond a pesé ; il s'écarte, pour faire entrer devant lui Juanita chez les Leopoldos ; il la retient, ensuite, pour que d'un bel élan elle n'aille pas s'asseoir aux tables chères.

Dans la zone réservée aux pauvres gens la clientèle n'est que de six vieux solitaires, qui font les sommets d'une figure salomonique (et non plus pythagorique), vers le milieu de laquelle va se mettre le couple. Les six têtes se sont tournées, puis détournées. Le silence règne (non pas suivant la banale expression, mais avec une autorité singulière, due peut-être au bruit léger de l'égouttement), et Sigismond et Juanita respecteront durant tout le repas son empire, sauf pour commander leurs aliments, selon les indications portées sur l'ardoise. Minestre (comme celle de la veille, plus ou moins) ; salade (pareille) ; friture, non de poissons, mais de *criadillas* ; vin blanc. Cela servi (aussitôt et ensemble), Sigismond se dit que s'il était son cousin, ou un « artiste », il trouverait très drôle, ou très pittoresque, de faire manger des couilles à une pute, ou de voir une pute manger des couilles, ou de manger des couilles sous le regard d'une pute. Mais non, il n'est là rien qui ne soit parfaitement naturel. Les couilles sont bonnes, comme était le poisson la veille. Et Juanita, qui est pour lui « la duchesse » également, sœur autant qu'amante, n'est pute qu'en accessoire.

Il la regarde et se dit que tout de même ce n'est que nue qu'elle ressemble à la duchesse d'Albe. Habillée, non.

« Point analphabète, en tout cas, la pute ; elle lisait mieux que moi sur l'ardoise ; d'où donc est-elle ? » se dit-il encore. Il va à la caisse, paye, revient ; ils se lèvent et vont dehors. Dans la rue : « Où es-tu née, *muchachita ?* » lui a-t-il demandé. « Petite fille » l'a fait sourire (sans déplaisir) et elle a répondu (majestueusement) : « *Soy de Medinaceli.* » Confirmation du duché, mais de Vieille-Castille, et le mirage arabo-mexicain se dissipe, malgré les palmiers de la place homonyme.

En sens inverse de leur venue ils vont. « Tu vas au bar Pigalle ? » a-t-il dit, certain que oui. Eh bien non, elle a dit (fortement) : « *A casa !* » « A la maison », et pour aller là elle prendra un tram sur le Paralelo. « Elle ne travaille pas beaucoup, c'est établi », pense Sigismond, qui lui propose une tasse de café. « *Un café ?* » (modulation latine), bien sûr que oui. Elle le boit, Sigismond boit un cognac andalou, non pas au Pigalle mais dans le bar vis-à-vis, au début de la calle Tapias. Deux bagasses dépoitraillées et lourdes, sous une madone devant laquelle une veilleuse brûle, les regardent avec un air de malveillance.

Dans la direction de celles-là, dès qu'ils sont sortis et que la madone est hors de vue, Juanita des deux mains (une pour chaque) fait les cornes, et Sigismond (n'était la difficulté de formuler la chose) lui dirait qu'il l'envie de pouvoir craindre les coups du sort. Brun est le ciel au-dessus de leur sombre chemin. Parce qu'ils font un couple, sans doute, les pédés et les putes ne s'approchent pas d'eux. Leur ombre parfois les précède quand ils sont passés devant la porte ouverte d'une taverne, un grand oiseau noir qui se dissout sur le pavé brillant aux approches du Paralelo.

C'est devant la Bodega Apolo, sur le refuge, que Juanita attendra son tram, et Sigismond, pour lui tenir un moment compagnie, refait une partie des pas qu'il fit la veille et tout à l'heure. A marcher sur ses propres traces, les risques sont peu grands, la chose est connue des hommes primitifs et des animaux sauvages. La bulle où il est roule sur une voie désormais familière, et elle pourrait, l'y aidât-on, prendre aussi peu d'usure qu'un véhicule monté sur rails, durer. Mais il faudrait alors s'habituer au grincement, comme depuis longtemps a dû s'habituer Juanita, qui dans l'ombre observe, écoute, prononce : « *He ahí.* » Voilà le tram en effet, qui s'arrête où il convient, devant les chaussons élastiques de la duchesse. Sigismond l'aide à monter en lui assurant la main, qu'il retient pour y mettre un baiser, comme au soir précédent, quand il avait reconduit la dame à son boxon. Elle paraît goûter le geste, abrégé par le départ de la machine, qui l'emporte vers des lieux dont Sigismond n'a cure pas plus que du tombeau monumental construit pour le furhoncle. Le bruit dans le lointain s'est tu que dans son crâne quelque chose grince encore, qui diffère de toute sonorité connue.

Bonsoir au tram de la chère pute, bonsoir au tombeau de l'enflé ! Par où, pour rentrer, prendra-t-il ? De faire tout seul l'oiseau noir il n'a nulle envie et, parce qu'il y a de la lumière presque partout, c'est Conde del Asalto qu'il enfile, sans prêter attention aux passants, aux passantes, aux vitrines de magasins ni aux porches de cinémas, jusqu'à la Rambla, dont les grands arbres tendent des bras de branches comme pour offrir une nuit de paix. « Arbres, que je vous aime ! » dit Sigismond, réconcilié avec la ville.

Il traverse la place du Théâtre en passant à gauche du piédestal de Soler, dont la haute figure fut peut-être le premier point d'infection par lequel le fantôme solaire de Gédéon Pons s'est répandu sur toute la cité de Barcelone, avec le résultat d'exalter violemment son aversion filiale. Lui serait-il donné de durer, ne devrait-il pas se réconcilier avec le souvenir de son père aussi ?

Dans l'embouchure d'Escudillers, la marée, semble-t-il, a changé de sens au milieu de la nuit, et peu nombreux sont les hommes et les femmes qui viennent vers la Rambla en comparaison de ceux que l'on voit rentrer dans l'étroit canal. Sigismond se laisse prendre par le courant remontant, qui le conduira à la porte de l'hôtel Tibidabo aussi infailliblement que dans le flot de pleine lune une muge au goulet de la pêcherie. Emporté, il a dépassé le seuil ; il passe devant le coin du restaurant Los Caracoles, devant lequel est une *peluquería* où l'on n'a pas fini de friser des putains ; il s'arrête aux abords de la cafétéria Tequilla, qui est presque silencieuse à cause de la réglementation nocturne. Là, dans la ruelle adjacente au profond bar, un grand marin de l'*Altaïr*, en uniforme blanc, tire par le bras une jeune putain très maigre, toute nue sous une légère robe blanche qui a glissé sur une épaule et qui ne cache pas un petit sein pointu. Teinte du roux le plus ardent et fort ébouriffée, la fille ne répugne évidemment pas à son rôle de captive, et Sigismond se plaît à voir en elle et en lui, peut-être à cause de leurs vêtements candides, des enfants qui vont se livrer à des jeux sales dans le noir, ce qui fait qu'il les suit des yeux avec quelque sympathie jusqu'à leur disparition sous un porche voûté. Alors il retourne en arrière d'une vingtaine de pas, en s'efforçant de ramener cette sympathie avec lui comme une épouse ou comme une bête. Elle ne s'est pas dissipée complètement quand au sortir de l'ascenseur il ouvre la porte de sa chambre, quand il fait la lumière sur le lit préparé.

Il s'est déshabillé (avec moins de lenteur que dans l'habitation de San Ramon). Point de toilette ; pas plus que la veille il n'usera de la poudre insecticide (qu'il pourrait aussi bien faire voler par la fenêtre, pour servir à l'épouillage public), ni ne revêtira de pyjama ; il n'oubliera pas de poser la main sur la tour de verre, et tout ce qui reste de ce tendre élan qu'il a rapporté de la rue, il le mettra dans un baiser de ses lèvres sur la lettre scellée.

Nu sous le drap, il presse le bouton du petit œuf, qui commande le noir.

IV

Des nuages, c'est à quoi Sigismond aspire, dans le demi-sommeil qui est la suite du sommeil lourd où il fut absorbé pour un temps qu'il ne saurait évaluer mais qui dut être long, après avoir pris son petit déjeuner. Echapper aux rayons qui entrent par la fenêtre, dont la veille il négligea de fermer les volets ou de baisser le store, est impossible, où qu'il se tourne sous le drap ensoleillé. Dehors, désespérément, le bleu du ciel est pur. Il va falloir quitter le lit où son corps qui creuse le matelas est si bien détaché de son esprit, quand il a longtemps retenu sa respiration et qu'il plane, que l'idée d'être réassujetti à cette fâcheuse enveloppe est pour lui blessante comme serait un appel au service militaire. Pendant la nuit, il croit avoir dormi mal, à cause d'un clair de lune qui entrait dans la chambre de la même façon et qui se répandait sur le blanc du drap et sur le jaune du carrelage comme une vapeur ou un poison naturel, capable de rendre verdoyant tout le simple espace domestique. Qu'il ait rêvé ou non cette fantasmagorie, le souvenir lui en reste ainsi que d'une fête sinistre, devant laquelle il eût été vidé de ses forces, incapable de se lever et de reprendre paix en allant obturer la fenêtre. Las il est. Le soleil aggrave son tourment.

Aucun goût de pain grillé ou de thé ne demeure en sa bouche, et son estomac est exempt de la plénitude qui suit habituellement les repas. Pourtant, le plateau, qui est par terre, à côté du lit, fut dégarni du manger et du boire ; la tasse est sale ; la serviette de papier est en boule. L'habitant de la chambre dix-sept a donc consommé (comme disent les serveurs en France) son déjeuner en un passé obscur, plus proche du temps du songe et de la lune que du présent où le soleil sévit. Dans ce jour violent, au fait, sa chambre lui apparaît avec plus de netteté qu'à persiennes à peu près closes et que sous la lumière électrique, ainsi qu'il l'avait connue jusqu'alors. Exiguë outrément, suivant les règles d'après lesquelles sont bâtis les hôtels modernes, elle ressemble à un long petit caveau. Contre le mur de gauche, en entrant, sont le lit (peu large), la table (couverte d'un tapis de rayonne) où la lettre est sous la tour de verre, la boiserie du cabinet de douche, qui sont approximativement sur le même plan. De l'autre côté, entre la fenêtre et la porte, le mince espace est encombré par la cuvette du lavabo, par une chaise et par un fauteuil. La table de chevet n'est qu'une tablette, en bois naturel. Mais les couleurs de tout cela sont curieuses.

Jaune, en effet, est le carrelage (qui reluit) ; jaunes également sont les murs (peints d'une peinture rude au toucher) ; or le plafond est d'un vert de gazon (qui eût été mieux à sa place au sol), tandis que la porte et que la boiserie de la salle de douche sont d'un bleu assez vif, que l'on retrouve sur le tapis de table, sur la descente de lit et sur la garniture du fauteuil. Si l'on vit dans un caveau là-dedans, l'on y vit aussi comme à l'intérieur d'un gai drapeau brésilien. Une samba funèbre (pourquoi pas ?). La seule vocifération, hélas, qui se fasse entendre, est le cri de la vieille vendeuse de billets de loterie, qui dans la rue a repris son trafic. Au cadran de la montre, quand Sigismond regarde, il est plus de onze heures, et il se rappelle que son déjeuner lui fut porté avant neuf heures. Debout !

La première chose qu'il fera est de ramasser le plateau pour le mettre sur le lit, au lieu de le poser sur la table, comme la veille, ce qui aurait pu causer un déplacement prématuré, voire une catastrophique chute, de la tour de verre, si la camériste avait été moins adroite.

Puis il va jusqu'au lavabo, dont la glace est insuffisante à mirer son corps nu en entier. Jadis, au temps qu'il était étudiant, il avait comme une manie de vérifier tous les matins si nul suintement urétral ne paraissait sur son gland, pourtant rarement mis en péril. De cela, avec un amusement triste, il se souvient, mais il ne fait pas le geste de vérifier, et simplement il urine dans la cuvette, non sans un fort mépris pour l'appareil à siège que tout de suite il trouvera dans le cabinet de douche.

La douche il prend, trop froide et puis trop chaude,

car il n'est pas patient assez pour attendre que les deux robinets soient accordés comme il faudrait. Bleu est le drap éponge, qui porte la marque Tibidabo, inconfortablement ambiguë lorsqu'on se frictionne, et Sigismond se dit que telle devise n'eût pas mal ceinturé l'azur de l'univers sur la bannière du Brésil, au lieu d' « ordre et progrès » en portugais, comme il lui semble qu'il y a. Lui qui déteste les drapeaux, comment s'est-il entortillé dans celui-là ? Il tire, sans motif, la chasse d'eau, regrettant que le nom de l'hôtel ne soit pas imprimé sur le fond de porcelaine, à l'endroit où l'on voit souvent les armes de la reine d'Angleterre. L'hôtelier aurait dû avoir l'esprit de fournir à sa clientèle ce moyen d'exorcisme (ou l'intelligence de nommer différemment son hôtel).

Ressorti, Sigismond retourne au lavabo ; il se lave les dents et se rase ; il se peigne. Pour se vêtir, ce qui est sur la chaise suffira. Que dans la valise continuent à reposer le linge et les deux complets qu'il crut bon d'y mettre, ce qu'il serait tenté d'appeler le mobilier du tombeau ! Il s'est chaussé de même, sans changer rien.

Avant de sortir, il ne manque pas au rite du salut et de l'attouchement envers la lettre et la tour.

Le couloir est vide ; idem l'ascenseur ; la clé sur le bureau du concierge tombe, sans nul mot. Dans le hall, les roses italiennes, groupées sur les tables basses entre lesquelles vers la porte il va, composent une sorte de parterre, et il se dit que les véritables immortelles sont en fait ces fleurs de plastique, qui pourraient servir à des usages religieux. Illusion ou raffinement d'industrie, il croit sentir flotter au-dessus des bouquets un parfum artificiel.

Dehors, la nature reprend ses droits, et Sigismond n'est pas mal impressionné de trouver à plus de onze heures et demie devant la porte de l'hôtel une voiture du service de nettoiement urbain, attelée de deux belles mules qui lâchent en la rue une plus considérable ordure que tout ce que des poubelles on retire. Sur ce tas de boulets d'or, quelqu'un qui croirait au bonheur, et primordialement aux porte-bonheur, serait assez enclin à mettre le pied, comme par mégarde, quand la voiture sera repartie. Sergine assurément aurait attendu, en frappant le pavé de son petit soulier avec impatience. Sigismond flatte la tête de la plus proche mule (une jeune bête brillante, qui renâcle comme une jument), avant de se glisser entre elle et un éventaire de poteries et de vanneries paysannes, puis de gagner, presque au pas de course, la place du Théâtre. Aussi longtemps que résistera la tour de verre, il sera défendu, et de porte-bonheur il n'a cure. Frederich Soler est trop apparenté à Gédéon pour n'être pas un peu maléfique, mais Sigismond ne s'en soucie pas davantage. Il traverse l'ombre de la statue et se tourne vers le vitrage de la salle à manger du restaurant Tibidabo, où il fut la veille, où il ira probablement tout à l'heure. Une grosse fille blonde en robe mauve, dont la localisation fait penser que c'est peut-être une pute, est attablée devant un café noir, au soleil, dessous. Jeune comme la mule caressée, luisante également. Le monde extérieur est aimable dans les Espagnes, et plus qu'ailleurs à Barcelone au mois d'avril. Fût-on conduit à la fusillade ou au garrot, on aurait mauvaise grâce à ne le reconnaître pas.

Sur le trottoir médian de la Rambla, malgré le soleil, le vent est frais. Sans doute est-ce la tramontane qui souffle dans le large espace et qui au-delà des jetées fait moutonner fortement la mer. « Le grand salé remue ; on est mieux sur le sapin des cornants », dit Sigismond dans la solitude, en songeant à l'oreille menue (parée souvent d'une perle grise) à laquelle il eût voulu confier le jargon d'autrefois. Pareille vivacité de l'air, qui contraste avec la stable lourdeur de l'après-midi dominical, convient à une matinée de lundi, moment le moins fantomatique de la semaine selon l'expérience ou le sentiment de Sigismond.

Il remonte l'avenue. Il est devenu familier de ce trottoir sur lequel il a mis le pied pour la première fois deux jours auparavant. Vers le coin des portiques qui vont à la plaza Real, une bourrasque plus violente arrache aux ficelles du kiosque voisin des journaux fixés mal (la pince à linge, dans sa simplicité sublime, n'est pas une attache à l'épreuve des tempêtes), et Sigismond, s'il n'avait eu la promptitude de le saisir au vol, aurait été frappé en plein visage par un numéro de l'ABC. Ce journal qui bat de toutes les pages dans sa main, distraitement il l'observe. Son premier coup d'œil tombe sur la hure de l'enflé coiffé d'un bonnet de police pour le pèlerinage de la Virgen de la Cabeza, et il rejette en l'air le volatile de mauvais papier sans s'inquiéter sur la face de qui le vent va le jeter encore, derrière son échine. Ce qui, plutôt, lui donnerait de l'irritation, sinon de la colère effective, est que l'on pourrait juger qu'il a reçu un soufflet de la presse furhonculiste. A sa place, Quichotte aurait foncé sur les kiosques, il aurait ravagé les quotidiens et les hebdomadaires.

Quichotte, devant un échiquier gardé momentanément par la tour de verre, consentirait-il que sa reine soit peut-être perdue ? Quel jeu fou jouerait-il, qui n'est pas dans les capacités de Sigismond ? « Puissé-je au moins savoir le nom de mon adversaire ! » se dit celui-là ; puis, comme au musée, il relève le col de son veston en regrettant de n'avoir pas une épingle (anglaise) pour maintenir unis les revers, car c'est aux coups du vent qu'il est exposé, sur le terrain de la vaste Rambla, et ses bronches lui semblent en péril. De la main se protégeant, faute de mieux, il va, et il se moque de lui parce qu'il sait que Sergine s'est toujours moquée de sa manie de se protéger les bronches. Comme si ses bronches valaient mieux que le reste, qu'il se refuse à protéger...

Encore une bourrasque fait voler à sa rencontre des corps légers divers, qui derrière lui continuent leur course. La poussière est plus gênante que les hebdomadaires et que les quotidiens les plus abjects, ou que leurs fragments déchirés, et il n'est pas exclu qu'elle ne contienne de la fiente des oiseaux de volière, perroquets et perruches, qui sont exposés plus haut, laquelle à ce qu'on prétend peut vous rendre aveugle, si elle pénètre dans les yeux. Protéger sa vue, Sigismond s'y refuse, comme de veiller au reste (ou à l'essentiel) sauf à l'appareil respiratoire. S'il ferme à demi les paupières, parfois, ce n'est que pour éviter ou pour diminuer la douleur que lui causent les souffles brutaux. Accessoirement le résultat en est qu'il a cessé de s'intéresser aux hommes et aux femmes qui vont dans le voisinage, moins nombreux, d'ailleurs, qu'aux autres jours, et plus pressés d'allure. Leurs manières rapides ont à son avis un caractère spectral, dont il tire argument pour avec nostalgie les opposer aux charmants fantômes du dimanche soir.

Sur la rambla de San José, au coin d'une petite rue, à droite, est un étrange magasin, non pas vraiment chinois mais répondant à l'idée de la Chine dans l'imagination des Catalans et de beaucoup d'Occidentaux vers le début de ce siècle. Un colossal et contourné dragon de bronze, qui tient dans sa gueule la chaîne d'une lanterne, se détache à l'angle des murs, et la façade est couverte de motifs en forme d'ombrelles et d'éventails. Les vitrines pourraient réserver des surprises ; mais, pour des raisons dues à la direction du vent, qui est légèrement oblique par rapport à l'avenue, Sigismond ira se mettre à l'abri sur le trottoir de gauche, où les devantures sont à peine moins riches.

Là, plus de vent (tandis qu'en face les stores claquent entre les faisceaux d'ombrelles). Un passage étroit, où se pressent les gens, surtout des femmes avec des paniers, se présente ; Sigismond y entre derrière deux filles auxquelles il a cédé le pas, vêtues de violet l'une, l'autre de brun, coiffées de sombres chignons et douées par la nature ibérique de grands yeux noirs « comme l'avenir de leur pays ». Il se féliciterait d'avoir pris à temps le virage, puisqu'il est débarrassé de la tramontane (qui commençait à l'ennuyer, quand même !). Toujours il a aimé les marchés des villes (que l'on aime à proportion de l'amour qu'on a pour la vie).

C'en est un beau que celui de San José à Barcelone, l'un des plus ramassés, des plus grouillants et des plus charnels (oui) qu'il ait jamais vus. Mieux qu'au musée il s'y trouve, bien mieux que parmi les tranches d'art. Et Sergine avec lui ne s'y trouverait pas mal, il en jurerait, puisqu'elle fut heureuse chaque fois qu'il parvint à l'entraîner dans un de ces petits labyrinthes communs à toutes les cités du monde, particulièrement invitants dans les ports de la Méditerranée.

Par le mot « labyrinthe », qu'il a pensé peu avant de se perdre avec un bonheur austère dans les croisements et recroisements de sentes entre les étalages de nourritures, il est remis dans l'espace de ses anciens rêves, qu'il a toujours cherché à retrouver, partiellement au moins, dans l'état de veille. En justice il lui faut reconnaître qu'il n'en fut jamais aussi près que dans ce marché couvert de Barcelone et que dans les ruelles à ciel (nocturne) ouvert du quartier des putes de la même ville. Ainsi son voyage fut en quelque sorte une réussite (se dit-il), et il manquerait à l'arrêt scellé par la tour de verre s'il ne goûtait pas sans réserve ce qui dans la réalité lui revient du mystérieux empire. Sous la lumière grise qui de sous le grand toit filtre, dans les étroites allées du marché qui sont peuplées de femmes presque exclusivement, il déambule, sollicité à droite et à gauche par des amas de fruits, de légumes et de viandes jetés sur les carreaux avec une espèce d'impudeur, intrigué par des filles généralement brunes de peau, noires de cheveu, prolongées parfois en hauteur par une corbeille ou par un vase blanc porté sur la tête. Une Isis obscure semble lui commander de la suivre entre les bancs des verduriers, jusqu'à des débordements de poivrons rouges et de tomates. Une autre, non moins grave, l'entraîne dans le lieu des poissons, où elle l'abandonne entre de grandes langoustes qui remuent douloureusement leurs antennes, de grandes crevettes caramotes, des *carabineros* d'une couleur pourpre plus violente à l'état cru qu'après la cuisson, des poulpes, des seiches et de longs calamars tachetés comme des ocelots. Les rougets, les rascasses et les pageots roses lui font venir à l'esprit, sans trop qu'il comprenne pourquoi, des raisins et des tigres, comme s'ils avaient été mis en tas visqueux pour être foulés par un cortège dionysiaque. C'est une femme encore, sombrement pareille aux deux autres, qui le conduit au coin des bouchers et des volaillers, où il n'est rien qui ne relève de la tuerie. Examinant et marchandant elle l'oblige à enregistrer des lapins écorchés, des têtes écorchées d'agneaux, des chevreaux tranchés en deux, des bouquets de poulets aux ailes liées, pendus à des crocs, et les marchands par là vendent aussi du sang moulé, affreux produit des égorgements. Sigismond s'enfonce en ces résidus de massacre avec une exaltation qui est du genre de l'ivresse. Son bonheur persiste, malgré le sang et les objets de souffrance, parce qu'il lui semble que sous la direction des femmes il a roulé sa bulle jusque sur une énorme table de sacrifice, où les visions qui lui sont offertes sont dans un certain rapport avec son propre destin, quand la bulle crèvera, et avec celui du furhoncle et de ses gardes, quand le régime s'écroulera. Bacchus dément et les fauves rayés ne sont plus contenus que par une paroi très frêle. A la première occasion, elle cassera (la tour sera déplacée), et toutes les violences du songe feront irruption dans la vie que l'on crut longtemps quotidienne. Si une femme, à six heures de l'après-midi de dimanche, avait pris la main de Sigismond pour le conduire à l'arène de la corrida, il aurait peut-être eu la notion prophétique de plusieurs choses encore indéterminées, quoique pressenties ; mais Juanita est sans aucune affinité avec le sang, et Sigismond au coin des boucheries du marché San José le regrette.

Il se dit que si la face rousse de Gédéon Pons est ainsi que le coucher du soleil sur le monde antique, la figure de Sergine, au contraire, a la couleur et le dessin de la révolution naissante.

Il a fait quelques pas, sans guide, et voilà qu'il arrive, près d'une issue opposée à l'entrée, devant les herbières. Ce sont des femmes, en vêtement assez long de coton noir, qui sur un plateau sur leurs genoux posé présentent du laurier, du thym, du romarin, du basilic, du fenouil, de la menthe, de l'ail, du safran, des petits piments forts et d'autres ingrédients végétaux qui ne sont pas de sa connaissance. Elles sont cinq, et parce qu'il s'est arrêté devant elles et les considère, l'une des plus jeunes, dix-sept ou dix-huit ans peut-être, s'est levée pour tendre vers lui son plateau avec un geste et un regard souverains. Noire de robe, noire de cheveux, noire d'yeux, elle est impérative comme une belle mendiante ou comme une prêtresse des ténèbres. Refuser sa proposition n'est pas au pouvoir de Sigismond, le voudrait-il. Devant elle donc il s'incline, sous les regards moqueurs des quatre autres (moins belles) ; puis, sur le plateau de bois clair, il choisit une petite enveloppe transparente où sont des stigmates de safran, un second emballage qui contient des grains résineux qu'il n'avait pas vus d'abord et qui doivent être de la myrrhe. « *Mirra* », dit l'herbière en confirmation, quand il lui donne, sans s'être enquis du prix, deux pièces de cinq pesètes qui la satisfont au-delà de ce qu'elle espérait sans doute. Avec l'or du safran, s'il se procure (en le dérobant dans une église au besoin) quelque cône ou pastille d'encens, il pourra mettre aux pieds des putes les offrandes des rois mages.

Adieu la belle herbière (dans quels jardins parfumés, à quels moments de la lune, comment vêtues, ces filles procèdent-elles à leurs cueillettes ?) ; adieu...

Sigismond sort comme expulsé d'un songe ; s'il avait désir de rentrer, il serait confus de repasser devant le groupe des porteuses de plateaux. Sur une place qui est un prolongement du marché, avec des kiosques, de menus commerces, il erre un peu. Sous des portiques sont des restaurants populaires ; il s'arrête devant l'un d'eux, dont les spécialités du jour sont inscrites sur la vitre à la peinture blanche ; ce qui a retenu son regard est la mention d'un plat qui lui paraît une atrocité : *conejo con caracoles,* du lapin aux escargots, est-il possible que cela se cuisine et soit mangeable ? Un pilastre de briques, à côté, porte un morceau de l'affiche officielle, dont il ne se voit d'exemplaires à peu près intacts que dans les grandes voies où la surveillance est active, et les doigts catalans n'ont laissé de la proclamation castillane que les mots *veinticinco.*

« Si c'était pendant vingt-deux ans que ce peuple avait souffert du furhoncle, pareille lacération donnerait partout le bon avis ! » pense Sigismond, qui pense aussi aux escargots du lapin et qui se rappelle avoir vu au marché de pleins baquets de ces mollusques. Le lapin en sera-t-il farci, ou bien seront-ils disposés alentour ? Il pencherait pour la seconde solution, quoique l'une et l'autre ne soient pas incompatibles. Sergine fût-elle à son côté, il entrerait là, ferait servir deux portions du plat bizarre. Vingt-cinq escargots autour du râble et une brune sauce au sang, voilà comment ils seraient traités, peut-être, en l'honneur du gros bubon.

Quand on fusille cérémonieusement, c'est douze balles dans la peau que l'on vous met en général. Vingt-cinq pour deux ne font pas un mauvais compte, si l'on a affaire à des gentilshommes qui préfèrent l'impair pour pouvoir servir mieux la femme que l'époux, selon les règles de la courtoisie (auxquelles on tient fort, dit-on, dans les Espagnes)...

Sigismond vacille un peu comme s'il avait bu et il

s'éloigne du restaurant, car il a épuisé en fantaisie tout ce qui se peut attendre du plus fin lapin aux escargots. Il est sorti du marché par la porte qui est à gauche d'une petite rotonde. S'il rentrait par celle de droite, il échapperait au contrôle des herbières. Encore plus à droite, cependant, il est un passage, sorte de couloir couvert de toiles, qui ne saurait aller qu'à la Rambla. Dans celui-là il s'engage, et il accorde un intérêt léger à des ouvrages de vannerie qui sont accrochés au mur. Le soleil parfois les dore, quand une déchirure du toit de bâches laisse passer le jour ; puis, toute corbeille a l'apparence d'un piège, et les marchandes ne sont pas dénuées de grâce quand elles balancent l'une au bout de leurs doigts, pour la mettre en valeur. Des cagettes font penser à des prisonniers minuscules, moins à des oiseaux qu'à de brillants insectes, à des grillons d'obscur métal, comme Sergine en voulut avoir un, qui mourut vite, à Rome.

Dehors, on dirait que le vent a faibli (tant mieux). Sigismond va redescendre la Rambla, qui s'est peuplée. Auparavant, il donne un regard à une église baroque, plus haut, qui possède des colonnes torses d'un goût assez romain (encore), et dont par consultation du plan il est instruit que c'est une certaine Notre-Dame de Belen (tiens !) sise en face du marché aux perruches. Qu'une épée d'Ignace de Loyola y soit objet de vénération, tant pis !

Plus ou moins sur ses traces, pour ne pas changer, il descend l'avenue. A droite et à gauche, entre les troncs des platanes, il regarde les vitrines des magasins de luxe, et de loin il distingue des sacs et des valises, des souliers, des vestes de peau et des blouses. Inévitablement il se représente les stations qu'eussent motivées sur leur chemin ces belles boutiques, si Sergine l'avait accompagné, comme il lui en avait fait la proposition (tardivement, et en insistant d'autant moins qu'il savait que rien ne la retenait avec rigueur au mas, sauf le désir d'être fidèle à son ancien propos). Traverser d'un côté ou de l'autre, pour faire des achats qui correspondraient à ce qu'il est bien capable d'imaginer qu'elle aurait voulu, ne serait pas difficile et serait doux pour lui. En idée, oui, mais voudrait-il passer à la pratique, il ne pourrait ; cette voie-là, cette échappatoire (hypocrite), est bloquée par la tour comme par un signal d'arrêt absolu. Il descend.

Il descend, mais la pensée d'acheter, venue en lui à propos de Sergine, a pris de la force, curieusement, et pour répondre à ce qui est comme un besoin il regarde les kiosques, vers la plaza Real et vers la calle Conde. Point de tabac : il a des cigarettes encore si l'occasion d'en offrir se présente ; point de journaux : la presse française l'ennuie (à penser poliment) presque autant que la paperasse espagnole ; point de fleurs : marcher en flairant un œillet ou une rose lui donnerait l'air pédé ; point de tétine hygiénique : son unique enfant fut sevré voilà près de quatre ans. Alors il regarde les cartes postales. A manœuvrer les tourniquets de fer sur lesquels elles sont exposées, un grincement, pas très fort, est produit, qui l'agace à la fois et qui le contente. Vrai motif de voyage entendu et joué par tous les touristes devant tous les monuments et en tous les lieux mémorables du monde, ne lui suffirait-il pas ?

Ce qui le retient est la vue de certaines cartes qui représentent des plats « typiques », autrement dit des nourritures régionales. Avec brusquerie il fait tourner les rouleaux, dans l'espoir, évidemment, de voir surgir le lapin aux escargots. Tel espoir est déçu, c'est dommage. Mais il a tiré de leurs cases trois de ces images au brillant coloris : une assiettée d'escargots (sans lapin), accompagnée d'une gargoulette de vin blanc, sur une nappe à carreaux crème et verts ; des têtes de champignons gris (peut-être des coucoumelles), cuites sur le gril ; un plat de terre vernissée rempli de fèves à la catalane, avec des morceaux de boudin, des rondelles de saucisson pimenté, des tranches de lard, près d'une fourchette de bois et d'un verre de vin noir couronné d'écume, le tout photographié en perspective aérienne, comme les bâtiments de l'aéroport que l'on rencontre sur toutes les faces des tourniquets. Enfermé dans sa bulle, il ne songe certes pas à envoyer des cartes postales ; cependant il regretterait de remettre à leur place ces trois-là, et déjà le marchand s'approche. Une pièce de cinquante pesètes, à l'intention des doigts qui viennent, est entre ceux de Sigismond, qui avant de la laisser aller regarde la grosse tête du furhoncle et pour la première fois lit l'inscription qui l'entoure. « Caudille par la grâce de Dieu », cela n'a manifestement d'autre sens que « contre la volonté des hommes », et l'on ne pouvait avec plus de galanterie exprimer la chose... Le marchand rend quarante-deux pesètes, argent et bronze, qui vont encombrer le porte-monnaie plus que ne faisait le teston.

Les cartes, dans une mauvaise enveloppe, sont dans la poche de Sigismond. Il les revoit en imagination, à la façon des solitaires qui gardent longtemps chaque objet en mémoire. Ce qu'il pense est que ces photographies vulgaires constituent des souvenirs de voyage plus vrais pour la plupart des hommes que les reproductions d'œuvres d'art par lesquelles ils se croient généralement tenus de marquer leurs séjours. Il pense aussi à d'autres cartes, qui pourraient exister et qui représenteraient un cendrier plein de mégots sur une table de nuit, l'empreinte d'une bouche de femme sur le drap d'un lit défait, une paire de bas douteux, avec la ceinture porte-jarretelles, sur une chaise effondrée, le coin du lavabo dans une chambre de maison de rendez-vous. Album de souvenirs...

Juanita sans doute est trop déshonorée pour envoyer des cartes postales à Medinaceli. Si à quelqu'un elle envoyait, pourtant, on peut parier que ce serait la façade illuminée de la Sagrada Familia. Elle n'enverrait pas une assiettée de *criadillas,* quand même il se trouverait des photos missives de ce plat dont elle est gloutonne.

Voilà la statue du dramaturge, papa solaire en état de lévitation médiocre, reposoir des colombes. « Allons nous asseoir derrière sa tête pommadée de guano », prononce Sigismond, comme s'il allait déjeuner à deux. Il monte avec quelque dignité l'escalier du restaurant Tibidabo, pousse la porte supérieure, reçoit en habitué le salut du maître. La salle à manger, qui le lundi n'est fréquentée que par des gens de passage, semble vide en comparaison de la veille, et les serveurs ont l'air de monter la garde devant le long buffet. Rien d'étonnant à ce que soit inoccupée la table où il s'était mis ; donc il va s'y remettre ; il a de la place à pouvoir se carrer, personne n'étant derrière son dos.

Le menu, de langue française, naturellement, est plus pauvre que celui du dimanche sans être moins banal, et Sigismond le regarde avec ennui parce qu'il ne voit rien dans les plats proposés qui pourrait être objet de commentaire, s'il se trouvait un compagnon, ou une compagne, sur la chaise de front. Le maître, qui n'a pas tardé, suggère un jus de tomate pour commencer, car il a la mémoire fidèle, comme son métier le veut.

– Non, dit Sigismond. Est-ce que vous avez du lapin aux escargots ?

– Il faudrait avoir fait la commande à l'avance, dit le maître, point tant surpris que Sigismond l'espérait. Mais j'ai de la langouste, servie à la carte.

Sigismond refuse le crustacé, qui doit être en belle vue, comme il se dit, depuis bien des semaines, et après avoir fait semblant de réfléchir, la main sur l'enveloppe où sont les cartes postales, il demande si l'on n'aurait pas des fèves à la catalane, par chance. A sa surprise on en a (ce qui n'est pas loin de le décevoir). Il déjeunera donc à la carte, d'une abondante portion de fèves, simplement, avec du pain de campagne, s'il se peut, et du vin noir ordinaire. Le maître acquiesce et note, respectueux autant que la veille. Quand il s'en va la queue de son habit volette.

Signe de fonction noble est le frac noir, l'habit de maître d'hôtel. On en revêtait le titulaire froid, jadis, pour le mettre au cercueil ; mais aujourd'hui tout se vend. Même les académiciens vont en caleçon au sous-sol, et les veuves vendent l'habit vert, ou tout au moins les broderies. « Je n'aurai pas de veuve », pense Sigismond ; puis il pense qu'il n'a pas encore le droit de penser cela puisqu'il n'a pas vraiment lu la lettre.

Des fèves, il doit y en avoir dans la plupart des bars d'Escudillers, autant dire à côté. Pour contenter le capricieux, un garçon de courses suffira. Mais des pas forts et des mots de langage étranger ont mis en émoi le poste des serveurs, qui se hâtent vers la table la plus grande, doublent les bouquets artificiels, tirent les chaises. C'est pour un groupe de marins américains, vraisemblablement de *l'Altaïr,* dont trois (costauds) sont en uniforme bleu, deux (dégingandés) en blanc et deux autres, plus vieux, en complet civil.

D'abord les Yankis commandent une bouteille de cognac et diverses boissons gazeuses, généralement bistrées et composées par artifice de chimie sous les marques Pepsi et Coca. Pas de menu pour eux. D'autorité, sur un signe du maître, la langouste à l'air triste est placée sur leur table, avec tout ce qui s'est pu trouver de la mayonnaise et de la pimentade du poisson pour justifier sa présence. Les deux sauces ayant produit l'effet de séduction attendu, on peut, sans que nul ne proteste, trancher l'ancien crustacé pour les hommes de la flotte, décortiquer la chair blême, chercher des matières rouges et jaunes au creux de la carapace, garnir les assiettes. A peine seront-ils servis tous les sept, malgré la grandeur de la bête qui mériterait le titre de vieux solitaire. Sigismond, qui la vit à regret mettre en pièces, pense qu'une remplaçante demain lui sera donnée, mais qu'il ne verra pas celle-là. Ne serait-il pas temps qu'il fût attentif à ses fèves, qui sont venues sans qu'il les ait regardées ?

Elles ressemblent étonnamment à celles de la carte en couleurs, parce qu'elles sont contenues dans un plat de terre à feu presque pareil et parce qu'elles sont garnies presque des mêmes cochonnailles. Leurs bruns et leurs roux (terres claires et terres foncées) font ensemble ce que Sergine appellerait un accord de bonne peinture, et Sigismond la détesterait, si elle était présente, à cause de ses perpétuelles références à l'artistique dès qu'il est question de manger, au comestible dès que l'on entre au musée. Puis il se brûle la langue ou les gencives (sait-il ?) au contact d'un affreux morceau de lard, il sent sa gorge étranglée d'un spasme, et il pense que non, certainement non, il ne haïrait pas Sergine si dans cet instant elle se trouvait de l'autre côté des fèves...

Est-il vrai que l'odeur des fèves en fleur, sinon le goût des fèves cuites, produit chez les personnes nerveuses des spasmes justement, d'aigus accès, parfois mortels ? On le prétend, et les pédants se plaisent à citer l'autorité de Pythagore... Les fèves ont une âcre saveur en vérité, qui se marie singulièrement à celle des charcuteries de Catalogne, maintenant que le plat s'est refroidi...

Dans le printemps romain l'on mangeait partout les jeunes fèves crues, *la fava* (comme là-bas les gens les nomment) ; leur parfum avait quelque chose de légèrement floréal, oui, dont raffolait Sergine... Les fèves à la catalane en comparaison de celles-là ont une gravité puissante, qui causerait de la torpeur plutôt que de l'éréthisme nerveux, et les lourdes viandes qui leur tiennent compagnie accentuent cet effet... Sergine s'en trouverait incommodée peut-être...

Vidé le plat, bu le vin qui laisse au fond du verre une lie sanglante, Sigismond ne prendra rien d'autre, nul dessert, et au garçon venu pour rafraîchir la table, tant pis s'il le déçoit, il requiert une tasse de café et l'addition (il a fait la remarque qu'il n'a pas envie d'aller boire son café au bar où sont habituellement les putes ; il se demande si les fèves, qui furent interdites à Crotone à cause de la réputation qu'elles avaient de donner de violents rêves, ne désintéresseraient pas l'homme de la femme en outre).

Pour les soixante-quinze pesètes qu'avec la gratification il paye, il fut comblé au-delà de son appétit, il devra s'efforcer pour repousser sa chaise et se lever. La table des marins de l'*Altaïr*, quand devant eux il passe, est spacieuse et volumineuse plus qu'il n'aurait cru, sous la nappe d'apparat, comme un tribunal ; ceux qui l'occupent se sont tus pour le suivre des yeux, comme s'ils savaient la mauvaise conscience qui provient d'une digestion difficile. Il subit l'épreuve des fèves, comme un homme soumis au jugement de Dieu.

Ou bien si sa digestion laborieuse n'est pas influencée défavorablement par l'état de sa conscience, s'est-il dit, en se remettant au pas pour descendre l'escalier ? Chaleur ! Est-il naturel et normal qu'il fasse si chaud en avril ? Tout vent est tombé.

Etourdi, il a tourné le coin du restaurant sans épier la clientèle au bar ; il marche dans le milieu d'Escudillers, sans regarder dans les ruelles adjacentes ; il arrive devant son hôtel, sans avoir écouté les cris des ambulants ; il ne s'intéresse pas à la marchande de bonne fortune.

Tibidabo... Oui ; mais quand ?

Un grand ventilateur, qu'il a vu fonctionner rarement, émeut les fleurs italiennes. La conciergerie est inoccupée ; alors il se penche pour prendre la clé du dix-sept dans la case vide. Il n'a besoin de personne pour la manœuvre de l'ascenseur. A l'étage, le couloir est désert. Sourdement la porte de la chambre s'est refermée sur lui.

Si las est-il qu'il se serait jeté tout vêtu sur le lit, mais il s'est assis pour enlever ses souliers, qui auraient pu être sanglants, et ses chaussettes, et par suite de mouvement il se déshabille en entier. Nu comme il est, avec déférence pourtant, il va toucher de la main la stable tour de verre, la lettre sur laquelle elle se dresse. A ce qu'il imagine, le ménage de la chambre doit se faire autour du fragile édifice sans le déranger jamais, et il n'est pas loin de sourire quand il se représente les précautions prises par la servante au moment de retirer la garniture du lit ou de remuer la poussière. Un baiser sur le Colón du gland désormais est rituel. Sous ses lèvres, la bouteille est aussi froide que si elle avait été découpée dans du cristal de roche, au lieu d'être de verre moulé.

Il s'est couché. A cause de la chaleur, il a rejeté le couvre-lit. Nu sous le drap qui adhère à son corps, il se voit (en se penchant un peu) dans la glace de la porte du cabinet, qui est restée ouverte. Un raccourci « à la Dürer », se dit-il, sans chercher à se rebeller davantage contre la tyrannie des connaissances artistiques, et sans déplaisir il suppose que pouvoir lui fut donné de se contempler sous son suaire. « A mesure que l'on va vers le suaire... » pense-t-il confusément, puis il glisse dans un assez long sommeil, dont plus tard il ressort sans se rappeler aucun songe ou fragment de songe, malgré ce qu'il attendit des fèves.

Ce qu'au réveil il se rappelle, avec plus ou moins de précision, est une lettre que Sergine lui écrivit de Nice où elle avait dû se rendre après leur mariage. « Nous avons tendance à croire que quand nous allons notre dernier instant va aussi ; or il ne va pas, il vient, il marche à notre rencontre à la même vitesse que celle à laquelle nous allons. Et si nous nous croisions avec lui sur la route, sans savoir, et si notre dernier instant (par quel foutu grand espion averti ?) courait ensuite après nous, toujours à la même vitesse que la nôtre, ça pourrait durer longtemps, hein ! Est-ce que ça ne serait pas drôle ? » Les mots n'étaient pas exactement ceux que lui a restitués sa mémoire, sans doute, mais les phrases de Sergine n'auront été déformées qu'un peu. L'important est qu'elle aussi eût pensé à passer en marge, à courir dans une sorte de bulle roulante, et qu'elle eût estimé qu'il valait mieux avoir sa dernière heure au cul qu'en face.

Sous le suaire il se revoit, funèbre plaisanterie...

S'il ne se levait pas il se rendormirait, mais le sommeil, diurne ou nocturne, est pour lui l'occasion surtout de ramener des bouts de rêves, alors il se lève, et d'abord il va fermer la porte du cabinet de douche, pour remiser le suaire. Jamais il ne s'est habillé tant de fois par jour que depuis qu'il est à Barcelone, et dans sa bulle ! Une fois de plus il se rhabille, sans changer nulle chose de son vêtement.

Il se dit qu'il y aura tout de même une dernière fois qu'il s'habillera, ou plutôt qu'il se sera habillé, sans que rien, probablement, l'ait averti de l'échéance. A cette charmante idée il adresse un clin d'œil complice dans le miroir du lavabo, cependant qu'il lisse à deux mains ses cheveux ébouriffés par la sieste ; puis il passe de l'eau sur son visage, qu'il ne sèche pas, pour se procurer de la fraîcheur par évaporation. En sortant il constate que la fermeture de la porte fait plus de bruit dans le couloir que dans la chambre.

La porte d'à côté étant ouverte, il regarde et il entre, il reconnaît la servante du premier jour, toute droite contre le bras d'un fauteuil. Ce n'est pas une illusion que le parfum qui se dégage d'elle, et l'on se demanderait si elle le concentre à force d'immobilité. Hormis le brun noir de ses cheveux et le noir de sa (très) brève robe, hormis le brun de quelque bois (pied de lampe, cadre de miroir), il n'est rien là qui ne soit rose ou vert, avec un peu de blanc neutre aussi. Les murs sont peints en vert bleuté au centre, en vert jaune aux entours ; le pavement est de carreaux vert-jaune, sous des rectangles de moquette d'un vert cru d'herbe artificielle pareil à celui de l'étoffe des fauteuils ; le lit est peint en vert jaune avec des filets rosés, sa couverture est carminée avec des fleurons d'argent, le dais qui le surmonte est d'étamine blanche sur un capiton vert, avec des embrasses carmin ; un lustre de verre, garni d'abat-jour roses, pend du plafond peint comme les murs. Belle chambre de passage, assurément, quand on a du goût pour la suave abomination des tartes viennoises ; chambre dont l'atmosphère serait définitive si la servante était en peignoir mauve. Sigismond vient tout près d'elle sans qu'elle remue aucunement, et, sans allusion au peignoir supposé, il fait l'éloge de la carrée de luxe autant que permettent ses faibles connaissances du langage castillan, ajoutant qu'il prend note du numéro (le dix-neuf) pour un prochain séjour, quand il retournera à Barcelone avec sa femme. Elle ne répond rien mais le regarde, sombrement ; elle ne sera pas la première à détourner les yeux.

Sigismond pense qu'à lui voir le visage tout mouillé elle doit s'étonner, penser qu'il pourrait l'embrasser, craindre un contact humide. Il ne cherchera pas à l'embrasser, il ne la touchera pas (bien que leurs souffles se soient mêlés). Brusquement il lui dit : « *Adiós* » ; il fait volte-face, quitte la chambre rose et verte. Il a l'idée qu'il est possible qu'elle soit muette quoiqu'elle ne gesticule pas. En descendant l'escalier, il flaire la peau de ses manches, mais l'expérience est peu convaincante et s'il s'est imprégné du parfum ce n'est guère.

Au bureau, sa clé tombée sur d'autres clés résonne. « *Adiós* » à l'occupant de la conciergerie, pantin revenu dans sa loge, triste homme. D'un bouquet de roses italiennes Sigismond aurait-il galamment fustigé Sergine avant de la joindre, elle se fût changée en fille de glace, se dit-il, en arrivant sur le seuil. Il se dit encore qu'il serait convenable que des fleurs en matière plastique eussent la mauvaise odeur du pepsi ou du coca-cola.

Escudillers a son plein de passants, dont beaucoup sont attroupés à droite. C'est pour le spectacle d'un vieux ivrogne dépenaillé sous une sorte de houppelande grise, chevelu et barbu excessivement, qui feint de jouer de la guitare sur une bouteille de cognac qu'il porte en bandoulière par le moyen d'une ficelle liée aux deux bouts. L'ivrogne au milieu de la rue vacille ; il chante des compliments, que Sigismond entend mal mais qui doivent être lubriques, à l'adresse de toute figure féminine qui approche. Ses yeux noirs se détachent de la peau crasseuse avec un brillant de jeunesse presque phénoménal, et parfois (la ficelle fait son office alors) il jette les mains en avant vers une croupe ou un buste, tandis qu'on l'encourage. Sigismond pendant plusieurs minutes demeure dans le groupe et contemple, incertain de ce à quoi il est le plus attentif entre chant, bouteille et ficelle.

Au-dessus de la voie où le vieux (vieux vraiment ?)

couplette, la bande de ciel par les toits délimitée n'est pas bleue, mais jaune. D'un nuage ensoleillé peut-être est venue cette gloire de théâtre, qui sied à l'acteur et à sa houppelande. Plus loin, entre une rôtisserie et le bar du restaurant Tibidabo, paraît une paire de nègres en vareuse et pantalon blancs, des marins de l'*Altaïr* à n'en pas douter, qui tiennent chacun à la main un grand verre d'orangeade de la couleur la plus vive autant que la moins naturelle. Le peuple occupant les côtés de la rue, l'ivrogne restant au milieu, les Noirs se séparent pour passer ; alors le vieux bouc entre les deux trépigne et il chante à leur adresse :

– Marinero ! Ay, marinero !
Con el culo se gana el dinero.

L'on rit, mais les marins, qui sont ivres aussi, car ce n'est certes pas pour la boire qu'ils portent devant eux comme des fanaux leur orangeade, vont sans se fâcher. Ceux-là se déculotteront encore bien des fois avant la dernière. Sergine, qui a l'esprit trop critique pour approuver jamais complètement un spectacle, aurait dit que c'eût été plus beau si les verres avaient été pleins de lait, ou bien elle aurait regretté qu'il n'y en eût pas un de menthe verte. Tant pis, Sigismond est content de l'orange (mais il ne blâme pas Sergine en pensée, quoiqu'il ne cesse de penser qu'elle blâmerait tout ce qu'il pense).

Les nègres à droite ont pris la ruelle où est le bar de l'Ancla, un bar de pédés probablement où sous le signe de l'ancre ils vont être reçus comme à la sainte table, et l'ivrogne, qui semble avoir été vexé par leur indifférence, se met en marche. Dans le sens inverse, Sigismond fait de même, sourcilleux. Sur la place du Théâtre, il franchit, d'un petit saut, l'ombre de la statue de Soler, dont il lui est venu l'idée qu'elle lui barrait le chemin. Allégé par la réussite de son acte enfantin, il passe devant la boîte aux lettres, le *buzón* rouge et jaune dans la fente duquel il sait que désormais il n'introduira point de missive, puis il traverse la chaussée près de l'entrée du Panams, qu'il laisse derrière lui. Des gens qu'en abondance il a croisés, il n'a retenu qu'une fille au joli visage félin sous de bruns cheveux assez désordonnés pour laisser croire qu'elle n'était pas vénale. « La marque des putes à Barcelone est qu'elles sont coiffées », pense-t-il, en tournant le coin de Conde del Asalto par un court passage entre les vitrines du magasin d'angle, et dans ce brillant couloir il se heurte à une frange dont la raideur vernie ne laisse aucun doute sur les facilités offertes par la chair que sous un peu de satin paille elle couronne. « Pardon », dit l'homme, qui croit entendre qu'on lui répond : « *Pichón.* »

« Pigeon », c'est bien la dernière chose, ou plutôt la dernière bête, que Sigismond voudrait être ce soir, quand même cela lui donnerait l'occasion de fienter sur un crâne quasiment paternel. Dupe il ne l'est de rien, puisque c'est lui qui volontairement a mis le malheur sur voie de garage ainsi que tout à l'heure il a remisé le suaire, et de son libre ou serf arbitre il ne pouvait tirer parti meilleur. Distributeur de message, il ne l'est pas, il ne le sera point. Féline n'aura de lui aucune réponse, quoi qu'elle ait écrit. Il pense à elle, qui vainement attendra, et son cœur éclaterait, mais la pitié n'a pas cours sous la domination de la tour de verre. Puis il pense qu'il se pourrait que la pute lui ait proposé simplement d'être « pigeon au colombier de Cypris... » S'il savait bien l'espagnol, le catalan, le moderne argot barcelonais, l'ancien germania, il ne voyagerait pas en sourd, mais il est tard pour apprendre tout cela !

Du trottoir de gauche où il est resté jusqu'au coin de Lancaster il passe sur l'opposé, marche à droite rigoureusement, serrant les façades des magasins sans se laisser écarter par personne. Ce sont des devantures de goût populaire que celles qu'il côtoie, des étalages de vêtements moins luxueux que sur la Rambla, moins sagement colorés et dans ces bazars pour putes et ruffians il se dit que Sergine aurait plus d'une fois trouvé son lot, sans parler de certaines chemises de maquereaux qu'elle aurait voulues pour lui. Mais à ces soies généralement artificielles, à ces violents tons d'aniline, il voit un aspect fol et funèbre, comme à la défroque d'un bal autant de carnaval que de fête des morts. Sorti d'un magasin de disques, l'air d'un ancien tango ne sera pas étranger à cette impression. *Gata de porcelana,* chatte de porcelaine, fragile figurine mue par l'engrenage d'une absurde boîte à musique, c'est Sergine encore qui est évoquée là, ballottée sur un miroir au tain ténébreux. Sergine.

Sigismond plane non pas au-dessus mais au-dessous de la surface orageuse tandis que le tango diminue et que la figure aimée s'éloigne. Le ciel, qui était doré, devient rose, le soleil a dû se rapprocher de la montagne. Sans vouloir rentrer dans un temps précis, inconsidérément, il a regardé sa montre, qui marque un peu moins de sept heures quand il arrive au coin d'une rue qui lui paraît familière. Nul ne l'a pincé, mais c'est tout comme, et il reconnaît la calle de San Ramon, dans laquelle il s'engage.

Des gens de race verte autour de lui se rassemblent, tandis qu'il s'arrête un moment devant les habitations du 20 où la duchesse a ses habitudes. Voyageur égaré, vont-ils le clouer sur le bois de la porte ? Il ne l'aurait pas volé, se dit-il, puisqu'il est revenu bassement planter ses pieds sur le seuil de là où furent ses basses amours, comme la police attend qu'à l'endroit de leur crime fassent les criminels, et surtout parce qu'il ne cesse de mêler la duchesse avec son épouse, Sergine avec Juanita. Véritable abomination que ce rapprochement perpétuel, il le sait ; pourtant il ne se corrige pas. Dans la compagnie idéale de Sergine, comme il est actuellement, il lui plairait assez de monter à l'obscur et sur le premier palier de voir paraître la vieille ou (mieux) la fillette équivoque. Faire ouvrir la carrée serait probablement impossible, car la chambrière, quelle qu'elle soit, ne distinguerait pas le reflet qui l'accompagne, et il aurait l'air d'un vicieux solitaire. Il y a dans le quartier des habitations signalées par l'avis « *solo para dormir* », autrement dit « pas pour forniquer », mais la règle de celles du 20 doit être qu'on n'y dort pas et que les personnes seules n'y sont pas reçues.

S'il est entouré et qu'on l'observe, précisément, ce sera parce que sans compagne apparente il hésite à entrer dans un local de la seconde espèce, et l'on veut voir s'il ira et s'il sera ridiculement exclu. On ne le mettra pas à mort pour cette fois. Tant mieux, ou tant pis.

En tout cas il eut tort de s'être laissé remarquer. Sergine, rapide, lui disait que l'on peut s'introduire dans les milieux les plus hautains ou les plus infâmes à condition de se mouvoir vite, et que ce n'est qu'en s'attardant que l'on se détache de l'entourage et qu'on attire sur soi les ennuis. Donc en flèche il part, puis ralentit parmi les verts, à l'ombre. Ce fantôme conjugal dont en dernier recours on ne sait pas très bien si son rôle est passif ou actif (si c'est par la volonté de Sigismond ou contre elle que son accrochement est tenace), il va le débaucher dans la société des putes et des voyous du Robador.

Il marche. Par la calle del Marqués de Barbara, au coin de laquelle la porte du bar Cuba est béante sur un cénacle de truies en chômage, il pourrait, s'il voulait, aller tout de suite au Pigalle, où la duchesse doit exposer ses charmes derrière la vitre à moins qu'au lundi, jour creux pour le trafic charnel, elle ne se soit donné congé. Mais il a continué droit, négligeant la duchesse, dont il n'a pas mission de contrôler l'assiduité au labeur (s'est-il dit). Deux jeunes hommes vont devant lui, qui laissent voir des cheveux bruns, des cols de chemise blancs, de légers complets presque noirs, des souliers noirs. Étudiants plutôt qu'employés, le soin qu'ils ont de ne mettre les pieds qu'à des endroits choisis contraste avec l'allure distraite dont ils font montre, et Sigismond, qui a noté aussi qu'ils ne causaient guère, parie (contre inconnu) que la démarche hypocrite de ces deux-là les conduira chez les putains. S'il gagne, il se récompensera ; il s'imposera une vexation s'il perd.

Dans la calle de San Pablo, comme il l'avait prévu, les hypocrites supposés ont tourné à droite ; ils ralentissent le pas, feignant de s'intéresser à des étalages, ce qui oblige le suiveur à passer en revue la vitrine d'une bonneterie à bon marché, dans laquelle au premier plan sont des bas de coton noir pareils à ceux de Juanita et qui n'ont vraiment pas un air de lingerie frivole. Repartis, les hypocrites sont allés à gauche, comme prévu encore, et ils traversent le terrain vague ; après avoir observé les alentours ils se dépêchent, et voilà qu'ils se sont précipités parmi la masse d'hommes qui déborde du Robador. Sigismond se hâte aussi, juste assez pour voir le second disparaître derrière les battants de l'entrée du bar Tucuman.

Pour que le pari soit gagné tout à fait, il suffirait d'attendre que les hypocrites ressortent et montent aux habitations chacun avec sa truie, car ceux-là ne sont pas venus en simples voyeurs. Mais Sigismond s'est rappelé un autre pari tenu contre inconnu de même et perdu, face au guichet de la poste restante, deux soirs plus tôt, pari plus grave à son jugement et dont il ne s'est pas acquitté. Ce souvenir suffit à engouffrer toute idée de gain dans des fonds à rats qui ne sont que réalité trop proche au Robador. Et le mot de récompense, qui s'est présenté à son esprit, doit être rayé illico, pense-t-il, puisque la tour de verre ne défendra plus longtemps sa partie sur l'échiquier déplorable et puisque la rupture prochaine de la bulle va le laisser dans une abjection qu'il ne saurait encore imaginer. A l'intérieur du bar Tucuman il ne donnera aucun coup d'œil, malgré l'attrait d'une grande fille rousse dont le buste se voit en corsage rose au-dessus des volets qui battent avec une force décroissante, ailes brunes d'aigle mourant.

Nombreux plus qu'ailleurs, dès les premiers taudis du Robador, sont les magasins à l'enseigne de clinique de gommes et de lavages préventifs, et c'est vers leurs devantures inquiétantes et leurs portes au vitrage aveuglé de satinette noire qu'à présent Sigismond regarde. Dans San Ramon, pareils étalages étaient ordonnés avec un air de collection qui évoquait un peu le musée ou la bibliothèque et qui faisait qu'on les considérait avec de la curiosité ou de l'amusement. Différemment, ceux d'ici semblent proposer moins la prophylaxie que l'infection, et à lire les inscriptions qui sont tracées en gros caractères sur leurs façades au crépi sale on dirait qu'elles n'offrent à l'homme que *sífilis, blenorragía* en récompense de sa visite aux rues voisines. *Específicos* est un autre mot qui revient fréquemment dans leur sinistre réclame. Les maladies vénériennes ne sont-elles pas des maux particuliers, qui distinguent et décorent le contaminé de quelque symptôme aussi discret que le ruban rouge à la boutonnière de Gédéon Pons ? N'est-il pas flatteur de devoir user de spécifiques ? « Quand je pensais qu'il s'agissait d'une récompense... » prononce Sigismond, qui parlerait de Larbaud parlant de Malherbe si l'oreille de Sergine se trouvait à portée de ses lèvres ! Mais non, il est tout seul sur le pavé pollu, sous les fenêtres des carrées pouilleuses, et pour son pauvre pari il ne veut pas de gain.

Dans la rue pouacre il va, parmi les décorés (pense-t-il), avec un sentiment d'obligation qu'il ne cherche pas à comprendre. Malgré lundi, l'affluence n'est pas mince, et un vieil ouvrier l'a tiré par le bras pour qu'il fît place à un infirme qui vient sur des béquilles d'aluminium et qui se plantera au seuil du bar Onuba pour en scruter avidement la faune. Également il se rangera pour céder le passage à une folle en robe à fleurs, qui marche avec des allures de putain mais qui n'en est pas une, et la tête de celle-là lui restera en mémoire parce qu'il ne s'en faut que d'un peu de peau pour que ce soit une vraie tête de mort. Il voit un homme qui n'a qu'un œil pour regarder les putes et dont l'autre orbite est vide sous le sourcil affaissé. Puis en robe chemise du plus éclatant rouge, à la porte du bar Juventud, il voit une très maigre pute dont le visage, le cou et les épaules sont troués partout par les cicatrices de la petite vérole ou de la grande. « *Sífilis, sífilis* », lit-il aux vitres des cliniques qui affichent un engageant programme d'injections diverses et de cautérisations. Une main qui grifferait, à l'extrémité d'une forte créature noire de poil et blême de cuir dans un fourreau de cotonnade feignant le léopard, essaye de le retenir quand il passe devant le bar Ta-ka-ta, mais il se rebiffe, et l'on crache sur ses pieds.

Il se dit qu'à l'ombre des boxons les hommes et les femmes prennent des airs de vieux fauves.

Sur une poussée insistante il se tourne, ennuyé à l'idée que pour être laissé tranquille il lui faudra simuler la colère ; or c'est une manche vide qui est poussée contre lui par un flanc d'homme ; c'est un mutilé du bras (aux clairs yeux bleus sous des sourcils gris, dans une face obscure) qui lui demande passage. Satisfaction donnée au débris, qui sans remercier est entré au bar Cuerno de Oro où l'on peut imaginer qu'il sera salué à la romaine par les putes sur deux rangs, Sigismond reprend son chemin, mais à contrepied. Si le dimanche était jour de sortie pour les sourds-muets, pense-t-il, le lundi doit être jour de fête virile pour les infirmes. Il va tenir à l'œil ceux-là.

A la station qu'il fait ensuite, devant le Juventud de nouveau (et la pute à peau de pécari a dû trouver client, car elle n'est plus au guet), il voit sortir un homme vêtu tout de noir, coiffé d'une casquette noire, avec des lunettes noires et une canne blanche dont il se sert pour tâter devant lui. Un aveugle à ce qu'il paraît, que Sigismond avec intérêt suit, mais qui n'excite la curiosité d'aucune autre personne. L'un derrière l'autre ils vont dans le bar Zaragoza, et là Sigismond voit que si l'aveugle ne voit pas bien il voit passablement tout de même, car du biais de ses lunettes il reluque les plus énormes femelles. Sa canne lui sert d'excuse pour des attouchements auxquels les gibbeuses mouflardes se prêtent sans réticence, car elles chérissent en lui le diminué, ou elles flairent le bon payeur, tandis que Sigismond avec méfiance est reçu, avec mépris (pourquoi ?) considéré. L'aveugle partiel, enrichi d'une cigarette qu'il a cueillie allumée déjà sur les lèvres d'une pute, ressort bientôt, en annonçant qu'il reviendra, et on lui dit : « *Hasta la vista.* » Sigismond dit : « *Hasta la vista* », pour n'être pas moins poli, mais ce que de la grosse donneuse de fumée il reçoit en réponse est : « *Margarita de mierda, adiós...* » Ainsi l'un plaît et l'autre irrite, et mieux vaut n'en pas chercher la raison.

L'aveugle en bâtonnant devant lui va ; Sigismond va derrière. Jusqu'à l'entrée du bar Coyote, dans lequel l'infirme s'introduit après avoir repoussé brutalement une assez jolie blonde, à l'air de fillette, qui tendait le bras pour l'aider. Sigismond suivra-t-il ; ou prendra-t-il, lui, le bras de la fausse gamine en pantalon rose et caraco violet ? L'un ni l'autre il ne fera, non, et sans avoir réfléchi (à quoi, pourquoi ?) il tourne à gauche dans la calle de San Rafael, ce qui le retire en quelques pas de la mêlée pour le situer dans la solitude. Là, il ne serait pas étonné, se dit-il, de voir arriver un cul-de-jatte priapique qui se pousserait dans sa caisse à roulettes. Mais il ne voit rien de semblable.

Indécis (car il ne suffit pas d'aller sur la foulée d'une précédente promenade pour savoir à chaque moment la direction qu'on va prendre, ou comment l'on agira), il entre au bar de La Pajarera (La Volière, l'Oisellerie) devant lequel est arrêté un tricycle à moteur de modèle ancien, pareil à ceux des infirmes qui vendent des billets de loterie sur la Rambla. Point d'infirme à l'intérieur, pourtant, et les oiselles sont d'énormes putes, âgées non moins que le véhicule. Trois d'entre elles enserrent étroitement deux jeunes hommes en combinaisons noires, les passagers probables du tricycle, tandis que deux autres, mises en blanc satin l'une et l'autre en velours rose, tournent face à face en rythmant des talons et des doigts un air de paso doble. Elles viennent, sans cesser de tourner, vers Sigismond, qui se retire avant qu'elles ne l'aient enserré aussi. L'électrophone est sous une applique qui porte une madone rose comme le velours fripé de la robe et des pendeloques de papier tue-mouches.

Parce qu'il fut troublé par la scène à cinq femmes et deux hommes où il se dit qu'il aurait pu jouer un piteux rôle, Sigismond marche vite, et s'il prend, à gauche, la calle de la Cadena (en français la rue de la Chaîne), c'est pour ne reprendre pas San Geronimo, où il serait inquiet de repasser devant la boulangerie bizarre. La Chaîne n'offre aucun spectacle, et elle est sans surprise. Sigismond débouche dans San Pablo, presque en face de la calle Olegario, où par son bon pas il sera conduit, inévitablement.

Ainsi le petit effort qu'il fit pour se détourner du chemin qui lui est assigné sans doute est resté vain. Le bar des cornes lui présente ses collections pointues, où il trouve matière à dépit comme si le décor amusant naguère était dressé maintenant pour le moquer sur son parcours ou le maudire. Devant lui, déjà, brille l'enseigne du bar Pigalle. Comment ferait-il à ne pas s'approcher de la vitre, derrière laquelle Juanita est à sa place coutumière, sur sa chaise habituelle, dans son vêtement sempiternel ? Comment ne pas entrer, s'asseoir sur un tabouret, commander un cognac ? *Soberano*, bien sûr, à la santé du souverain soleil, auquel tout homme par naissance est lié.

S'il a besoin de regarder un peu la duchesse pour être aperçu, cette fois encore, elle lui rend bientôt son œillade en signe de reconnaissance, puis se lève et vient, sans qu'il l'ait appelée. Sans qu'elle ait rien demandé, de même, il ordonne un café pour elle, tandis que sur sa jambe qui pend il sent la chaleur des cuisses de la fille, cependant qu'il glisse la main sous le pull framboise. Taille fine, peau lisse, il voudrait n'avoir pas pensé cela, tant ces mots et ces choses le ramènent à la comparaison qu'il s'est reprochée comme une faute. Il a bu et elle boit.

Le doigt dans l'œil ne l'a pas surprise. Qu'il est plaisant, touchant, de voir comme les enfants sont rapidement enseignés ! Elle sourit en imitant de son index un peu gras et brun le geste, ce qui est assurément plus joli que de dire : « *Fucky, fucky.* » « Me voilà maître d'école comme papa », pense Sigismond, qui patine avec quelque tendresse le buste de la bonne élève. Puis il s'avise que le serveur le regarde en familier et, pour éviter que cet homme lui fasse de la conversation, il pose sur le comptoir deux piécettes de cinq. Tout ce qu'il entendra est « *Gracias* », avant d'ouvrir la porte en s'effaçant pour laisser passer Juanita.

D'un commun accord leurs mains se sont unies, mais la répétition des faits n'entraîne pas la similitude, Sigismond le constate une fois de plus, et parce qu'il est moins tard que la veille ou que l'avant-veille le ciel est clair au-dessus de leur couple, les lumières ne sont allumées que dans les bars. Le caractère enfantin de la petite pute est accentué par cette promenade nuptiale en plein jour ; Sigismond lui presse les doigts avec une ardeur qui n'est pas feinte ; puis il la retient, car il vient d'apercevoir une singularité ou même une monstruosité de la prostitution. Dans le milieu de la calle del Marqués de Barbara, contre le mur d'un local d'habitations, c'est une putain unijambiste qui sur des béquilles s'appuie et dont le bas du corps est vêtu d'un pantalon rose ficelé d'un côté sur le moignon comme pour exhiber une sorte de saucisson affreux. Cheveux décolorés, visage flétri sous la poudre, chandail blanc, le reste de la figure ne se remarque pas au-dessus de l'horreur essentielle, qui est tendue vers les passants comme une arme. Mais la duchesse a jeté sur le monstre un regard plein de haine. « *Ven* », dit-elle à son compagnon, en le tirant par la main, et il obéit, car il ne voudrait pas qu'elle soit offensée par une attention qui n'est que surprise.

Autant qu'il se souvienne, sauf les bagasses qu'elle avait maudites, la duchesse n'avait jamais daigné observer une putain avant l'horrible rencontre.

Tout de suite après, elle redevient enfantine et douce ; il devient tendre de nouveau, presque paternellement. Le coin de la rue est tourné ; l'air est tiède. N'est-elle pas fière de montrer dans San Ramon un homme qui lui appartient ? Si cela était, Sigismond serait flatté aussi. Sans se cacher nullement, avec un semblant d'ostentation, elle a passé le seuil du 20 et leurs mains ne se sont pas désunies. Le gros homme est dans le réduit ; il sourit à Sigismond et à ses vingt pesètes.

Subridere, mot de basse latinité, disait le roux Gédéon, qui prétendait qu'en l'ancienne Rome on ne disposait que du rire et des larmes. Aujourd'hui le moyen terme est employé partout pour montrer simplement que l'on vous a reconnu, et Sigismond a de la peine à rouler sa bulle devant ces lèvres entrouvertes à chaque station d'un parcours qui est en train de devenir coutumier. Patience ! La bulle n'est pas indéchirable (comme les capotes chères dans les cliniques de gommes). A l'étage, ce n'est pas la gamine qui reçoit, mais la vieille dolente, qui sourit largement à Sigismond quand il la gratifie, et il est heureux de refermer derrière lui la porte sur l'amabilité sinistre et sur le tremblement. Heureux aussi, c'est vrai, de se retrouver avec Juanita pour la troisième fois dans la chambre noire, grise et rouge.

A la réflexion, la disponibilité perpétuelle de cette chambre et de la petite pute est étonnante, dans l'encombrement contemporain ; elle le fait se demander si l'une et l'autre ont jamais d'autres clients que lui.

Son veston jeté, comme la veille, sur la poupée curieuse, Sigismond prend son portefeuille et avant de le poser sur la table de chevet, à côté du crabe de faïence, il donne à sa compagne un billet de cinq cents pesètes, « *Quinientas* », dit-elle avec satisfaction, et alors, d'elle-même, elle se met entièrement nue, puis vient se presser contre lui, qui est resté à demi vêtu, dans un état de vague. En souriant (mais son sourire, à elle, est agréable), elle dit encore : « *Los huevos ?* »

Pas d'œufs pour cette fois, non, il n'a pas pensé qu'il aurait dû s'en munir, comme de cacahouètes pour la guenon quand on va au zoo. Elle se tient près de lui, tandis qu'il se déshabille ; elle prend ses vêtements quittés et les pose à leur place de la veille ; elle touche du doigt son alliance et dit « *Casado ?* ». Marié ? Il devrait répondre que oui ; pourtant il ne dit rien. Et quand elle lui demande : « A quoi penses-tu ? » (phrase qui, décidément, est de son vocabulaire professionnel), il ne sait que l'embrasser en réponse. Sans doute il ne lui eût pas facilement expliqué qu'il songeait à son père, flamboyant dans le collier de sa barbe et de ses cheveux comme un soleil d'enluminure, à Gédéon Pons, latiniste fou, qui aurait voulu être pasteur, qui était incliné vers les jeunes garçons et qui n'avait jamais touché ni vu la nudité d'une putain. Il pensait aussi qu'il ne resterait plus très longtemps dans sa bulle, où il se trouvait bien cependant, en ce moment surtout qu'elle coïncidait avec la chambre de Juanita, car il sentait de quelque façon obscure qu'elle s'était amincie et que la paroi en était devenue fragile.

Juanita s'est étendue sur le couvre-lit à fleurs dans la pose classique de la duchesse d'Albe. Sigismond la rejoint (ce qui détruit le tableau), et il la caresse avec plus d'amitié que de lascivité. Relevant d'un baiser la tête, il aperçoit, sur les ailes de son nez, de petits points noirs, comédons pareils à ceux que d'une pression des doigts il avait souvent extraits de l'épiderme de Sergine. A la duchesse il ne proposera pas l'opération, qui dérangerait son fard. Entre les seins et la croupe, la taille de cette fille, se dit-il, est splendide ; puis il se dit qu'une taille ne peut être splendide et que Gédéon Pons aurait blâmé son expression.

Il se souvient de la taille apparue entre la gorge et le bassin de Sergine, quand pour la première fois, dans une soirée de juin, il y a presque six ans, elle s'était dévêtue devant ses yeux, sans permettre qu'il la touchât avant qu'elle fût nue. « Suis-je un porc ? » se demande-t-il. Puis il pense que non, et que, critiquement, il n'en est un d'aucune façon, mais qu'il est une sorte de vieil enfant difficilement acceptable parmi les vieux ou parmi les jeunes. Sauf Féline, qui donc l'accepta vraiment ?

Il se joint étroitement à la pute en pensant à lui-même avec une affection triste. En baisant il se contemple. Il est dans le miroir comme s'il était seul.

Dans son portefeuille, qui est à portée de sa main, il prend deux billets de cent pesètes et les met sous la nuque de la duchesse après les avoir fait passer devant ses yeux ; alors elle se démène beaucoup et feint, en récompense, de sentir un plaisir extrême. Mais il ne se dégage pas d'elle aussitôt qu'elle s'est apaisée.

Plus tard, quand il l'a laissée aller se revêtir et qu'il se rhabille aussi, la duchesse, avec une soupçonneuse mine, observe que cette fois pas plus que les autres il ne s'est lavé après l'amour.

– Tu n'es pas malade ? dit-elle.

– Les Français sont sales, dit-il en riant un peu.

La duchesse rit, puis elle cesse de rire, et Sigismond pense qu'elle a pensé qu'il ne fallait pas rire puisqu'il est français.

Il a remis en position normale l'étrange poupée de tissus, qui sous le poids des vêtements avait basculé.

Ce qui est vraiment étrange est que sur le palier la vieille a disparu et qu'à sa place se tient la fillette, comme en sentinelle à côté de la porte. Sigismond lui donne sa dernière piécette de cinq ; il la voit embrasser rapidement Juanita, puis s'enfermer dans la chambre où l'on entend qu'elle pousse le verrou. Il voudrait la rejoindre, connaître son occupation ou son jeu, savoir les faits de la poupée. Cette fille, la vieille, le gros homme et la duchesse ne seraient-ils pas membres d'une famille unique, propriétaire et ouvrière du grand 20 ? Voilà qui n'est pas impossible, quoique Juanita prenne le tram pour retourner chez elle, dans un autre quartier ou dans un faubourg.

Dehors, il aperçoit, sur le mur opposé à l'hostal peut-être de famille, une affiche officielle, coléreusement déchirée et dont le message est réduit à cette mystérieuse expression : *an de az.* « Que l'aze te foute, vieille bourrique ! » pense-t-il, égayé par l'image qui en lui s'est formée d'une ânesse énorme et obscène, douée de la tête du furhoncle, caudille des Espagnes. A ce moment la duchesse lui reprend la main ; il entend qu'elle lui dit : « *Comer.* » Ce n'était pas son intention d'aller dîner, mais il sait qu'il a besoin de se renforcer pour quand la bulle sera rompue. Donc il accède au vœu.

A-t-elle tourné à droite, ou bien est-ce lui qui a pris la direction contraire à celle du bar Pigalle et du restaurant de Los Leopoldos ? Peu importe, elle et lui sont d'accord. En quelques pas, ils arrivent à la calle Conde del Asalto, au coin de laquelle et du terrain vague où la veille il passa Sigismond voit un bar-restaurant qui a des tables en plein air. Toujours d'accord, après avoir regardé la liste de mets qui est peinte sur la vitre, ils vont se mettre devant le terreux espace, au plus loin de la rue.

Assise est la petite duchesse en face de Sigismond, qui regarde les beaux méplats (zapotèques) de son visage que la sueur de l'amour a décapé. Si elle n'a pas remis de poudre, c'est parce que le travail du jour a pris fin et pour le signifier peut-être à son compagnon, mais ses pommettes ont un éclat de pierre baignée, son front, sous la touffe en désordre, est d'une taille précieuse. Superbement jeune en même temps que confusément ancienne, on peine à l'inscrire dans une époque précise, qui certes n'est pas celle de l'Espagne furhonculiste, et Sigismond pour la juger ne trouve rien sinon qu'en vérité elle est adorable. L'idée de donner la pâture à un aussi joli animal féminin plaisamment l'échauffe. Que mangera-t-elle ? Ce qu'au serveur survenu elle commande est un mélange de nourritures marines : calamars à la romaine (formule qui en Espagne désigne la friture à la colle), poulpes, sardines et crevettes à la planche (autrement dit cuits sur le gril électrique). Elle boira de la bière, et Sigismond, tant pour le liquide que pour le solide et par soumission au goût de la femme, adopte le même choix.

Vite on les sert, quoique rien ne fût prêt d'avance. « Quel bonheur de n'attendre pas comme on fait dans les fastidieux restaurants à prétentions gastronomiques ! » pense Sigismond, qui pense à l'impatience de Sergine. Cependant le caprice d'un client a tiré des réserves de l'électrophone un disque de sardane, et la noble musique se répand sur le terrain vague, où les kiosques à limonades se sont illuminés soudain comme par un brusque afflux de sang. Cinq garçons et deux filles, moins adolescents qu'enfants, qui jouaient là, se sont pris par les mains pour former l'antique ronde. De la rue d'autres sont venus, qui les ont imités. Un vieux, puis un autre, sans dire mot ont rompu l'un des anneaux pour se joindre aux danseurs, et leurs visages sont exaltés et graves plus que ceux des jeunes gens, quoique leurs pieds soient moins alertes. Ainsi la fête s'improvise et dure, frappe le sol poussiéreux dans une atmosphère de tension et de vivacité dont le degré s'élève car le disque fut remis en jeu, la puissance sonore de l'instrument poussée au maximum, jusqu'à ce que devant le bar s'arrête une voiture grise et que trois agents en grisâtre uniforme fassent montre de matraques pour briser les rondes catalanes et disperser les danseurs.

– *La autoridad no está para bromas,* dit la duchesse en

dégustant la queue de la dernière crevette comme en présence de la Sainte-Hermandad.

Sigismond, qui l'a bien entendue, pour une fois n'approuve pas son mot, car il a cru comprendre que pour ces jeunes gens et pour ces vieux il ne s'agissait nullement de plaisanterie, mais la duchesse est de Castille et le tapin qu'elle fait à San Ramon l'a laissée étrangère aux choses de Catalogne. Ce qui d'ailleurs est sans importance, puisque d'après son habit et son air elle doit être au premier mois de l'apprentissage. Dans la douceur de la nuit qui vient, il se sent affaibli, lui, comme si les matraques de caoutchouc brandies par les policiers fussent tombées sur son crâne ou eussent amoindri sa frêle enveloppe. Il se dit qu'il resterait longtemps là, s'il se pouvait ; puis, non, au serveur qui s'est présenté il a demandé deux cafés et l'addition, comme si son plus fort désir eût été de partir au plus vite.

Ils ont bu l'odorant concentré ; il a payé environ cent cinquante pesètes, sans donner grand regard à la monnaie rendue ; alors Juanita s'est levée et voilà qu'ils sont revenus sur le trottoir de Conde del Asalto. Elle s'est tournée vers le Paralelo, où elle prendra son tram, et Sigismond hésite s'il va l'accompagner, comme il fit la veille. S'est-elle aperçue de sa distraction et de son éloignement ? Avec un sourire bien modelé, en tout cas, ce qu'elle lui dit est :

– Adiós. No te veré ya.

Sa tête est un peu renversée. D'elle-même elle élève sa jolie main grasse, sur laquelle il met le baiser familier, doublé d'un autre sur les lèvres proches. En pleine rue celui-là, évidemment, l'a surprise. Elle lui donne un regard plutôt farouche ; elle va.

« La duchesse d'Albe m'a dit qu'elle ne me verra plus », pense Sigismond, en allant à l'opposé, dans la direction de son hôtel. Il pense qu'il vient de voir la duchesse et de l'accoler pour la dernière fois, et que c'est un important fragment de sa vie qui est tombé là, pour n'être plus relevé. De courir derrière la fille et de la rejoindre à l'arrêt du tram il n'est pas question, car il éprouve que la chute est définitive. Interdits lui sont désormais le Paralelo, le Robador, San Ramon et le Marqués de Barbara. *Off limits* (comme doivent prononcer les marins de l'*Altaïr*).

Aussi longtemps qu'il vivra la petite duchesse restera dans sa mémoire... Que menaçante, à la réflexion, est cette pensée débile qu'il fut assez sot pour laisser prendre forme en lui, puisqu'il sait que la statue moresco-zapotèque est engouffrée sous l'eau noire qui cerne déjà le pied du monument. Dans la calle Lancaster, au coin de laquelle il se trouve, des gens sont groupés qui brusquement s'écartent et, sous la flibustière enseigne d'un bar, Sigismond voit un jeune ivrogne qui a jeté sur le pavé sa veste et sa chemise pour provoquer les passants. Torse nu, il se met en posture de boxeur, puis fonce et frappe, un peu à l'aveuglette, comme un taurillon dont les autres s'amusent. Sous la chevelure ébouriffée son visage aux larges pommettes a quelque ressemblance avec celui de la duchesse. Ainsi la dernière image que de celle-là croyait garder Sigismond perd-elle sa pureté, mêlée à celle d'un garçon équivoque qui s'est dépouillé pour combattre des hommes à la porte d'un bouge. La nuit là-dessus se referme, avec un parfum d'anis et de sueur quand les moqueurs et le brutal sont accourus. Sans aucun contact, ils ont passé à droite et à gauche de Sigismond, qui n'est plus que l'époux de Sergine quand il arrive entre les cordons de lumières qui sur la place du Théâtre font songer à des navires en partance. Gédéon Pons va se pâmer de rire en haut de la vague où Frederich Soler est assis, car il ne fut jamais, lui aussi, jusqu'au dernier de ses jours, que dans un précaire équilibre.

Atteint par la contagion du rire évoqué, Sigismond a traversé la place et dans Escudillers il marche moins qu'il ne court, indifférent à tout ce qui n'est pas l'image du barbu juché haut. De l'hôtel Tibidabo il a franchi le seuil (pierre noire où le nom prometteur est tracé en lettres blanches), il a poussé des Suisses dans les bouquets de fleurs italiennes, il ne s'est pas calmé devant la figure triste du concierge, qui se met à sourire, par un courtois retour.

– Que vous êtes gai ce soir, monsieur ! dit cet homme en tendant la clé.

– J'ai vu mon fou de père... dit Sigismond.

Il monte à pied pour n'attendre pas, car l'ascenseur est en mouvement. Dans l'escalier le rire héréditaire lui est retiré avec autant de brusquerie et sans plus de raisons qu'il lui avait été donné. A l'étage, son cœur bat (non pas seulement parce qu'il a fait vite), et si dans le couloir il voyait une femme il serait capable de tomber à genoux devant elle et de la prier ; mais il ne voit personne. Porte ouverte, la chambre dix-sept est obscure.

Il referme ; il reste debout pendant un temps long peut-être, le dos appuyé au panneau, jusqu'à ce que ses yeux aient pris l'habitude de l'ombre et que soit clairement apparue la tour de verre ; alors il presse le bouton électrique, et la subite illumination l'éblouit. Sur la chaise, qu'il a poussée devant la table où sont la lettre et la tour, il s'assied. Le cristallin phallus brille ; le Colón du bouchon est ainsi qu'une langue de feu descendue sur le gland ou crachée par le gland vers le ciel. A portée de sa main le grand jeu de sa vie est disposé. « Joue », entend-il qu'il lui est commandé par un maître ou par un partenaire qui a pénétré dans l'espace clos où pendant plus de quarante-huit heures il a trouvé refuge. « Joue. »

Tergiverser point ne servirait ; rien ne peut plus être éludé. Sigismond, d'un geste ferme de la main droite, déplace la tour qui défendait sa reine ou le roi blanc qui n'est autre que lui-même. La lettre est dans sa main gauche, adressée par Féline exactement comme il se le rappelait, et il pense aux mots qu'il est presque certain d'avoir lus sous la colonne du marquis de Comillas. Ce que d'une manière plus aiguë (blessante) il pense est que la vieille Féline, par une sorte d'aversion à l'égard de Sergine qu'elle supportait à peine, disait toujours « elle », pour ne pas dire « Madame », quand elle parlait de la maîtresse de maison. Il s'assure que l'enveloppe est soigneusement collée, comme il a souvenir qu'elle fut par ses soins et sa langue, sur la passerelle du monument à Colón. Jusqu'à présent, hélas ! tout est ainsi qu'en sa mémoire.

D'un bout à l'autre il déchire le haut de l'enveloppe et il retire un feuillet de papier à petits carreaux comme pour un problème d'écolier. Le feuillet est plié en deux (comme il était dans son souvenir). Le voilà déplié, ensuite, sur la table et sous la lumière forte. Féline n'a pas mis de date. Son écriture un peu gothique est claire.

Pour la vieille gouvernante, l'époux de Sergine et le père du jeune Élie ne cessa jamais d'être un enfant ; voici ce qu'elle lui a écrit :

« Mon petit Sigismond,

« Je te fais savoir le malheur et j'en suis malheureuse. Mais tu dois savoir. C'était après le déjeuner aujourd'hui. Je travaillais dans la maison. Elle a pris un de ses livres et elle est allée dans le jardin avec Élie. Il y avait un beau soleil. Élie est allé près de la gourgue. Elle était dans son livre et elle ne regardait pas. Élie a voulu attraper un serpent d'eau peut-être. Il est tombé dans l'eau profonde et froide. Il n'a pas crié ou bien elle n'a pas entendu. Elle a crié quand elle l'a vu dans le bassin. Elle m'a appelée trop tard. Nous avons pris des bâtons. Il était sans vie quand nous l'avons retiré de la gourgue.

« Elle n'a rien dit et elle ne pleurait pas. Elle a couru à la tour des vents. Elle a monté la spirale. Elle s'est jetée du haut. Elle a expiré tout de suite.

« Le médecin et les gendarmes sont venus. Ils ont dit qu'il n'y a rien à dire.

« Je suis malheureuse d'être la messagère du malheur. Mais il n'y a que moi pour l'être. Reviens au mas. Je t'embrasse comme dans les anciens temps.

« Féline. »

Crevée donc est la bulle ; explosée. De la paroi qui fut solide, élastique et douce aucun lambeau ne demeure, et la chambre d'hôtel est ouverte à tous les vents de particules et à toutes les tempêtes magnétiques ruées dans le glacial espace où les astres sévissent. Altaïr ! L'hôtel Tibidabo a rejoint le point d'origine des inquiétants émissaires qui se sont multipliés en tous lieux de la ville. Sigismond plane avec lui dans un malheur cosmique. Il ne ressent aucun étonnement, à la réflexion, car il sait que sans avoir une connaissance exacte des faits il avait appréhendé le malheur dans sa totalité irrémédiable, et il se trouve grand d'avoir été capable de le placer pendant deux jours sur une voie de garage avant qu'il fît irruption dans sa conscience à l'heure de son choix. La tour de verre ne lui sert plus de rien. Il pourrait, sans même se lever, la casser d'un coup sec sur la porcelaine du voisin lavabo et humer l'odeur de l'anis. Mais il laissera plutôt à l'intention de la chambrière cette queue remplie de liqueur suave, sur la table où le mauvais destin fut en sursis.

La lettre qu'il a lue, Sigismond soigneusement la plie, puis il la met dans son portefeuille, à l'endroit d'où les bruns banknotes sont sortis pour aller dans une pochette intérieure à la jupe rayée de la duchesse, contre la cuisse nue. Il songe que pendant ce jour de lundi il n'a visité aucun client de son cousin, comme il eût été régulier de faire. Trop tard. Antonin Pons, qui a dû aller déjà sur le lieu du malheur, que les journaux locaux auront nommé « le mas tragique », ne lui tiendra pas rancune de sa négligence.

En ouvrant et en refermant la porte, puis dans le couloir vide et dans l'escalier, Sigismond pense à ce lieu du malheur qu'il vient d'évoquer, mais il se le rappelle peu distinctement, sans y voir de relief ou de coloris nets, comme sur une image qui aurait été dans le feu. Le concierge qui fut triste est maintenant hilare.

– Bonne nuit à votre père... dit-il au passage de Sigismond, qui va sans répondre, oublieux de la clé qu'il aurait dû remettre et qui est restée dans quelque endroit de la chambre.

Sur le seuil, il entend qu'on lui dit encore : « Bonne nuit à vous-même... » Il est dehors ; la rue bruit ainsi qu'un promenoir de bastringue.

Rires et criailleries, cris de colère et de joie, défis, commentaires, rires, rires, cela vient d'un aveugle ivre et d'un groupe de farceurs qui guident et poussent l'homme à canne blanche vers les feux de la rôtisserie des Caracoles, où tournent en pleine rue des volailles embrochées. L'aveugle sent le foyer proche, il maudit et supplie, chancelle et frappe, cependant qu'on le pousse. En robe orange une pute rousse que Sigismond a vue déjà s'exalte parmi les furieux comme une autre flamme. Puis le rôtisseur intervient, qui éloigne l'aveugle pour préserver ses broches, et la dispute s'installe entre les plaisants et lui, cependant que l'infirme bâtonne le pavé dans une ruelle latérale. Partout les électrophones font tapager des airs de danse américains et des chansons andalouses ou mexicaines. Le malheur de Sigismond, s'il se mettait à en dire ou déclamer les faits dans le milieu de la voie publique, serait accordé si bien aux jeux cruels, à l'ivresse et au tintamarre que le conteur d'histoire aurait un beau succès sans doute. Quand il vous a été donné un malheur qui semble dépasser toute mesure, ne faut-il pas le réciter ? Sergine eût répondu que oui ; Gédéon Pons aurait pris des arguments dans l'antiquité gréco-latine.

La paix revenue un peu, l'on arrose les volailles et la flambée éclaire les visages. Sigismond, qui dans la presse fut attentif à son portefeuille où est la lettre définitive, se dégage de la cohue, va dans la première ruelle à droite. S'il regardait à l'intérieur du bar Don Juan, se dit-il, il verrait la blonde entraîneuse assoupie ou tout comme, tandis que du cendrier plein monterait un fil de fumée dans la solitude. Gédéon et Sergine à ses côtés se tiennent ; ils le soutiendraient, au besoin, mais son pas est assuré. Sergine autrefois lui parla de certains sectaires qui ont des suppliciés pour saints patrons et qui croient que Louis XVI et Marie-Antoinette encadrent tout condamné que l'on fait marcher vers un échafaud. Il arrive sur la plaza Mayor (où les trois Grâces de la fontaine lui rappellent celles de Montpellier). Des mufles de lion crachent de petits jets d'eau dans une vasque moussue, au-dessus de blancs arums, sous les palmes qui au moindre vent frissonnent et que de hauts réverbères illuminent. Des fiacres attendent devant des restaurants et des cafés enguirlandés de lampes. Cependant c'est vers sa voiture que Sigismond va.

Dans la poche de son veston, dès qu'il fouille, il sent la petite clé de contact, qui aurait pu tomber quand il jeta ses habits sur la poupée de chiffon de l'habitation du 20. Si la clé s'était perdue là, qu'eût-il fait ? Aurait-il été capable d'aller la rechercher en compagnie de la fillette d'étage, dont il n'est pas inadmissible qu'elle puisse fournir une image vraiment enfantine de la duchesse d'Albe, à condition qu'elle se laisse dévêtir ? Et si la clé avait disparu pour de bon, que serait-il advenu de lui, à cette heure tardive ? N'eût-il pas dévié de sa destinée, au risque d'entraîner sur de singuliers chemins encore les reflets de son père et de son épouse qu'à sa gauche et à sa droite il imagine ? Considérations oiseuses, puisque le plat morceau de métal chromé qui commande l'antivol est dans sa main au moment où derrière la Renault il s'arrête.

« Drôle de mot que celui d'antivol », a-t-il prononcé comme en sarcasme, en se rappelant qu'il n'avait pas verrouillé la porte, et ce qu'il peine à s'expliquer est qu'il n'ait pas laissé tout simplement la clé sur la serrure de contact, puisqu'il n'a pris nul soin de protéger son corps ou de le désinfecter avant ou après la connaissance de Juanita. Mais il avait peut-être des raisons de sauvegarder mieux sa voiture que la santé de son corps, et il lui semble que Sergine et que Gédéon Pons se montrent satisfaits de le voir entrer et s'asseoir, prendre en main le volant. Sergine est à sa droite, comme il se doit ; Gédéon en majesté remplit l'espace postérieur.

« En vieil argot, une clé s'appelait une tournante », se dit Sigismond, qui fait le petit geste qui lance le démarreur. Le moteur aussitôt ronfle. Point d'échappatoire. Les reflets de son père et de sa femme, à la manière des truands de Chicago, l'emmènent faire une promenade en voiture. Il allume les feux de ville, démarre en marche arrière, pour descendre du trottoir, puis repart et passe de première en seconde vitesse pour faire lentement le tour du sableux rectangle où l'on ne voit de forme humaine que celle des Grâces mouillées sous les palmiers qui tremblent. A l'enfant à laquelle il donna un lambeau de la chemise de nuit de Sergine, à la superbe beauté noire en robe blanche, il adresse une pensée d'adieu, cependant qu'il prend la petite rue à portiques par où l'on sort de la place.

Sur la Rambla, il est dirigé obligatoirement à droite, ce qui répond sans nul doute au vœu de ses passagers fantomatiques. Quoiqu'il n'y ait presque pas de circulation à cette heure, il est attentif aux commandes comme rarement il fut. « Je conduis bien », se dit-il (et les ombres familières, à ce qu'il lui paraît, l'approuvent).

Au premier carrefour, le feu du sémaphore est vert, ainsi la troisième vitesse, en laquelle le moteur fut engrené après le virage, convient, mais sur l'accélérateur Sigismond pèse à peine et vite un taxi le double. Les oiseliers et les fleuristes de la rambla de San José ont clos leurs kiosques, vidé leurs bancs ; des linceuls de toile grise, qui drapent certains éventaires, font comme si des statues ou des géants étaient cachés dessous. Demain les bouchers, les volaillers, les poissonniers, les verduriers, les fruitiers et les herbières intrigantes seront à leur poste au marché ; demain...

A l'apparition, sur la chaussée descendante, de Notre-Dame de Belen, point limite de ses pérégrinations dans ce quartier, Sigismond ralentit, rétrograde en seconde vitesse, contemple la façade baroque derrière laquelle il ne serait pas extraordinaire que soit célébré un perpétuel office des morts. Un taxi double la Renault encore, et Sigismond, parce qu'il regardait à gauche, a vu, quand les fenêtres ont coïncidé, passer devant la funèbre architecture un grand nègre enfoncé dans une mince fille rousse à demi délivrée de sa frêle robe rose. Quand le taxi arrivera à la calle de La Virgen, cette rue de la Vierge où selon Antonin Pons se trouve la principale maison de rendez-vous de la ville, il pourra faire demi-tour... « Sépulcre ! » serait-il proféré par le reflet de Gédéon, si comme au cinéma les reflets étaient sonores et loquaces.

C'est plutôt : « Va », pourtant, que de derrière et d'à côté il semble à Sigismond qu'on lui dise, en lui remémorant le mas, la gourgue et la tour des vents. « Va », et puis : « Va, sinon à nous la direction... » Donc il presse un peu l'accélérateur et reprend la troisième, sans se départir d'une prudence absolue. Plaza de Cataluña, des travaux en cours (métro ?) l'obligent à plus de lenteur, mais les sémaphores ne commandent pas l'arrêt et il fait le tour de l'esplanade monumentale jusqu'au paseo de Gracia, dans lequel il s'engage. Le large espace, les hauts bâtiments, les lumières multicolores et fortes, achèvent de l'exposer à son malheur.

Sans avoir observé rien que des carrefours et des feux, il est arrivé à l'avenue du grand furhoncle, l'avenida del Generalisimo Franco, à laquelle il se dit qu'après effusion du pus on donnera le nom d'avenue du Président Companys, et dans la longue voie « diagonale » il est allé à gauche. Ses compagnons imaginaires lui ont tenu la main dans le virage, il en pourrait jurer. Maintenant qu'il est dirigé selon leur arbitre, ils perdent consistance, s'atténuent, se fondent. Des feux et des carrefours sont de nouveau tout ce qu'il voit. Sinistre trouée rectiligne à travers un quartier où il est impensable que jamais les trottoirs aient été foulés par les chaussons élastiques de la petite pute qui est aussi la duchesse d'Albe.

Une plaque, puis d'autres, à ses yeux se présentent, qui sont tracées de flèches et de noms de villes : LERIDA, ZARAGOZA, MADRID... « Il ne sera pas besoin de rouler jusque-là », lui ont soufflé les transparents.

D'après le plan fourni par la conciergerie de l'hôtel Tibidabo (il lui a été donné, il fut gratifié, il fut comblé, il peut rendre grâce à la puissance donatrice, oui !), il va sortir de Barcelone peu après la plaza Calvo Sotelo, qu'il vient de passer. De fait, l'avenue du furhoncle étire maintenant son asphalte sur un terrain d'aspect différent, et sans être moins hauts les blocs qui la bordent deviennent plus populaires et plus désolés à mesure que l'on s'éloigne du centre. Les lumières sont réduites. D'une pression de doigt, Sigismond commande l'extinction des lanternes et l'allumage des phares en position de code pour inspecter la chaussée sur laquelle il roule. Puis, quand les maisons se sont espacées et que les lumières se sont raréfiées encore, il voit que la nuit est blanche au point qu'il pourrait, s'il voulait, se passer d'éclairage. Dans le ciel pur, la lune, qui ne décroît que depuis quelques jours, illumine la banlieue jusqu'aux montagnes qui barrent l'horizon, et sur les lointains se détachent des silhouettes de donjons bas qui sont des gazomètres. Le conseil que Sigismond en retire est d'être toujours plus sage au volant, car il sait qu'il est susceptible d'égarement lunaire.

Sa nature, en l'espèce, n'a jamais été distincte de celle de Sergine, sinon que la femme était encore plus sensible au rayonnement de l'astre nocturne, qu'elle obéissait plus passivement à ses phases et que ce n'était que dans la semaine de son plein qu'elle avait un spontané désir d'être saisie par l'homme. Gédéon craignait les nuits de lune, pendant lesquelles il ne supportait la veillée qu'en des lieux clos, sous des éclairages artificiels ; l'heure de midi en rase campagne exaltait sa puissance et son extravagance au contraire. Dans la promenade de victime à laquelle il a l'impression d'être soumis, Sigismond se dirait que l'état du ciel et les circonstances de lieu, de temps et de fait ont donné la haute main à Sergine sur Gédéon Pons. Étrange paire qui est constituée par ces deux-là, paire contrastante et cependant accordée comme Phébus et Phébé, paire dont la présente réunion condamne Sigismond de la manière la plus inexorable. « Et pourtant je n'ai jamais tué ni blessé, je n'ai jamais volé, j'ai dissimulé rarement et je ne me souviens pas d'avoir fait vraiment du mal à quelqu'un », se dit-il, en signalant par un éclair des phares routiers son arrivée sur un embranchement qui pourrait être dangereux.

Passé cela, son pied donne un peu plus de gaz au moteur, avec l'assentiment de la paire de reflets dont il croirait qu'ils sont en train de se consulter sur l'endroit où ils vont lui imposer le stop. Des arbres bordent l'avenue, qui n'est plus une voie urbaine mais qui n'est pas tout à fait une route, arbres d'un parc fréquenté dans la journée probablement. Un restaurant de plein air, devant les lumières duquel stationnent de nombreuses voitures, tient à la ville encore. De petits cadavres (hérissons, belettes), aplatis sur la chaussée, annoncent la proximité du terrain sauvage.

Après un autre carrefour, la voiture traverse une médiocre agglomération où des jeunes gens, garçons et filles à part, marchent sur les flancs éclairés de la route. Puis les lampes avec les maisons disparaissent, et la présence humaine n'est plus manifestée que par des véhicules.

Sigismond passe une voie ferrée, les barrières étant ouvertes ; il passe un cours d'eau, sur un pont bref, qui modifie le bruit de la voiture ; il roule entre des buissons et des pentes pierreuses.

A ses côtés l'air frémit, comme si ses passagers imaginaires étaient dans la jubilation.

ZARAGOZA, MADRID, lit-il une fois de plus sur une

plaque indicatrice, après avoir revu le semblant de ceinture de sauvetage qui entoure PEPSI-COLA. Il est dans la bonne direction... Il pourrait emmener à Saragosse les reflets de ses proches et les foutre dans l'Èbre, où furent justement noyés tant de Français jadis...

C'est comme si on avait lu sa pensée tout de suite après qu'il a lu les noms des villes, car il a l'impression que derrière lui l'on rit de son outrecuidance et que c'est son père qui rit, tandis que Sergine avec ironie le considère. La courbe du fleuve, au pied d'un sanctuaire où l'on adore une forme conique et miraculeuse, est trop éloignée pour qu'il ait la moindre chance de s'y débarrasser des reflets impératifs. Il ralentit beaucoup l'allure de la Renault, qui roulait lentement déjà ; des à-coups dans la transmission se produisent, qu'il éviterait en prenant la seconde vitesse ; bah ! Puis sur la gauche il voit s'ouvrir une sorte de cirque très blanc, dans lequel il ne peut faire à moins d'entrer et d'immobiliser sa voiture près d'une camionnette vide qui paraît à l'abandon.

Le frein à main serré bien, il tourne la clé pour couper le contact et le moteur avec un petit hoquet se tait. Repos. Dans la berline close, l'humeur des hôtes familiers s'est élevée de la jubilation à l'extrême exultation, selon ce qu'il croit comprendre. Ne fut-il pas un bon fils et un bon époux d'être allé en ce lieu et de s'y être arrêté docilement, comme on voulait qu'il fît ? Quelques minutes passent, pendant lesquelles il cherche à entendre ce qu'on dit peut-être.

Par l'effet des manivelles de portières, il baisse la vitre

de gauche, puis celle de droite, et la fraîcheur de la nuit se fait sentir, qui vient dans la voiture comme une eau courante et qui dissipe les présences supposées. Donc il n'était pas besoin des remous de l'Èbre... Sigismond fut-il frôlé par les reflets fuyant l'un vers le ciel lunaire l'autre vers les broussailles qui semblent murmurer parfois des phrases latines, ou bien une illusion s'était-elle emparée de son esprit ? Il ne sait. Mais, dans la solitude où il s'est retrouvé avec son malheur, il n'a pas le moindre doute sur ce qui lui reste à faire pour s'accorder avec le monde fantastique et avec celui de la réalité.

Au centre du rond, en face de lui, est un tas de matière poudreuse, entre deux grands tamis qui font appui à des pelles, et le talus circulaire est de terre effritée partout. Compter les pelles est difficile ; Sigismond entre sept et neuf hésite, mais il ne sortira pas de la voiture pour vérifier. Le dernier endroit de sa vie sera donc une carrière, ou, plus précisément, une sablière, et il se répète le terme singulier avec une voluptueuse insistance, charmé que ce soit, au féminin, le même mot que celui qui désigne l'un des plus anciens instruments à mesurer le temps. Sous le clair de lune, la blancheur du sable est merveilleuse. Des alentours on ne voit rien, comme si tout avait été aboli hors de la vaste coupelle.

Nul n'a jamais su que dans sa voiture, derrière le carton de cette cavité du tablier que l'on nomme la boîte à gants, Sigismond, par une sorte d'enfantine manie, cachait un petit revolver bull-dog et une boîte de cartouches. Poche secrète aisément accessible (les douaniers, s'ils avaient eu des velléités de fouille, n'eussent pas manqué de la découvrir), qu'il vide de son contenu. La tyrannie des familiers fantômes, si elle exista, est oubliée. Sigismond se flatte d'avoir décidé lui-même de son dernier lieu et de son dernier moment. C'est en maître du temps et de l'espace qu'il charge les cinq alvéoles du barillet, lesquels font les sommets d'un pentagramme, qui pourrait être bénéfique s'il avait une pointe en l'air, maléfique s'il en avait deux comme les cornes du diable. Garnir un seul alvéole, comme à la roulette russe, ou en garnir quatre et se donner une chance sur cinq, serait tentant, mais non, il les remplit toutes. « Je ne suis pas joueur », se dit-il avec fierté, tandis que se referme avec un claquement la culasse.

Soudain il pense au peuple catalan, avec lequel il se sent lié d'amitié autant que de solidarité. Aura-t-il la force, celui-là, de n'accepter pas d'être un vaincu toujours ? Sera-t-il capable de vouloir de la liberté autre chose que quelques parties de ballon, quelques corridas, quelques sardanes et quelques plaisirs sexuels aux jours et aux heures de permission ? Vivra-t-il fièrement ? La réponse que Sigismond se donne (ou qui lui est donnée) est affirmative.

« J'ai vécu en marge », se dit-il (pensant qu'ainsi auraient pu dire son père et la duchesse).

Comme pour un victorieux volt, alors, à haute voix dans le confinement, il prononce : « Que le grand peuple catalan soit délivré du furhoncle et du furhonculisme, que soient délivrés tous les peuples d'Espagne, que le noble acier intervienne et que le pus ignoble soit expulsé, que la verte vie refoule le cours merdeux de la mort ! » Il rit aux plus grands éclats de lui-même et de son malheur, il pose sur sa poitrine, à sa juste place, le court canon de l'arme, il presse la gâchette, et voilà comment il s'est brûlé le cœur.

(10 octobre 1966.)

DU MÊME AUTEUR

Aux Éditions Gallimard

DANS LES ANNÉES SORDIDES (1949).

L'ÂGE DE CRAIE, *suivi de* HEDERA (1961).

LA MOTOCYCLETTE (1963).

ASTYANAX, *précédé de* LES INCONGRUITÉS MONUMENTALES *et suivi de* CARTOLINES ET DÉDICACES (1964).

LE POINT OÙ J'EN SUIS, *suivi de* DALILA EXALTÉE *et de* LA NUIT L'AMOUR (1964).

PORTE DÉVERGONDÉE (1965).

LA MARGE (1967).

L'ÂGE DE CRAIE, *suivi de* DANS LES ANNÉES SORDIDES *et de* HEDERA (coll. Poésie, 1967).

RUISSEAU DES SOLITUDES, *suivi de* JACINTHES *et de* CHAPEAU-GAGA (1968).

TROISIÈME BELVÉDÈRE (1971).

MASCARETS (1971).

LE CADRAN LUNAIRE (1972).

ISABELLA MORRA (1974).

LE DÉSORDRE DE LA MÉMOIRE (1975).

SOUS LA LAME (1976).

LA NUIT SÉCULAIRE (1979).

L'IVRE ŒIL, *suivi de* CROISEUR NOIR *et de* PASSAGE DE L'ÉGYPTIENNE (1979).

L'ANGLAIS DÉCRIT DANS LE CHÂTEAU FERMÉ (1979).

ARSÈNE ET CLÉOPÂTRE (1981).

UN SATURNE GAI (1982).

LE DEUIL DES ROSES (1983).

Dans la collection L'Imaginaire

SOLEIL DES LOUPS (1979).

MARBRE OU LES MYSTÈRES D'ITALIE (1985).

Chez d'autres éditeurs

LE MUSÉE NOIR (Robert Laffont, 1946; Folio, 1974).

LES MASQUES DE LÉONOR FINI (La Parade, 1951).

SOLEIL DES LOUPS (Robert Laffont, 1951).

MARBRES (Robert Laffont, 1953).

LE LIS DE MER (Robert Laffont, 1956; Folio, 1972).

LES MONSTRES DE BOMARZO (Grasset, 1957).

LE CADRAN LUNAIRE (Robert Laffont, 1958).

LE BELVÉDÈRE (Grasset, 1958).

FEU DE BRAISE (Grasset, 1959).

SUGAÏ (Le Musée de Poche. G. Fall, 1960).

DEUXIÈME BELVÉDÈRE (Grasset, 1962).

SABINE (Mercure de France, 1963).

LARMES DE GÉNÉRAUX, *lithographies de Baj* (Herman Igell, Stockholm, 1965).

CRITIQUETTES, *eaux-fortes de Bona* (Fata Morgana, Montpellier, 1967).

JACINTHES, *eaux-fortes de Bonnier* (O.L.V., 1967).

LE MARRONNIER (Mercure de France, 1968).

BONA L'AMOUR ET LA PEINTURE (Albert Skira, Genève, 1971).

LA NUIT DE MIL NEUF CENT QUATORZE (L'Herne, 1971).

CROISEUR NOIR, *eaux-fortes de Lam* (O.L.V., 1972).

CHAGALL (Maeght, 1975).

PARAPAPILLONNERIES, *lithographies de Meret Oppenheim* (M. Cassé, 1976).

ARCIMBOLDO LE MERVEILLEUX (Robert Laffont, 1977).

LE TRÉSOR CRUEL DE HANS BELLMER (Éd. Le Sphinx, 1979).

CRACHEFEU, *eaux-fortes de Carlo Guarienti* (Nouveau Cercle Parisien du livre, 1980).

MIRANDA, *eaux-fortes de Miró* (R.L.D., 1979).

DES COBRAS À PARIS (Fata Morgana, Montpellier, 1982).

SEPT JARDINS FANTASTIQUES, *eaux-fortes de Yamashita* (Éd. Muleta, Tokyo, 1983).

AIMER MICHAUX (Fata Morgana, Montpellier, 1983).

CUEVAS BLUES (Fata Morgana, Montpellier, 1986).

PASSAGE DE L'ÉGYPTIENNE, *eaux-fortes de Miró* (R.L.D., 1987).

ÉCRITURE INEFFABLE (Fata Morgana, Montpellier, 1988).

Traductions

LA FEMME DE GOGOL, de Tommaso Landolfi, et *autres récits traduits de l'italien par Bernard Noël, Viviana Pâques et Louise Servicen* (Gallimard, 1969).

LA FILLE DE RAPPACCINI, d'Octavio Paz, *traduit de l'espagnol* (Mercure de France, 1972).

LE VENT PARMI LES ROSEAUX, de W. B. Yeats, *traduit de l'anglais, eaux-fortes de Miró* (O.L.V., 1972).

LA PETITE BASSARIDE, de F. de Pisis, *traduit de l'italien* (L'Herne, 1972).

MADAME DE SADE, de Yukio Mishima, *traduit du japonais* (Gallimard, 1976).

ONZE PLUS UN POÈMES, de F. de Pisis, *traduit de l'italien* (Fata Morgana, Montpellier, 1983).

LE VENT PARMI LES ROSEAUX, de W. B. Yeats, édition augmentée, *traduit de l'anglais* (Fata Morgana, Montpellier, 1984).

L'ARBRE DES TROPIQUES, de Yukio Mishima, *traduit du japonais* (Gallimard, 1984).

Impression S.E.P.C. à Saint-Amand (Cher),
le 13 avril 1993.
Dépôt légal : avril 1993.
1er dépôt légal dans la collection : mai 1981.
Numéro d'imprimeur : 1078.
ISBN 2-07-037294-4./Imprimé en France.

65241